閱讀與寫作教學的新趨勢

Reading

Writing

Education

閱讀與寫作教學可以因帶前瞻性而形成新趨勢，為語文教育開展新局面以及為學習者提供更多福祉，本書深具此特點。

周慶華・主編

東大語文教育叢書出版理念

只要有教育，就一定會有語文教育；而有語文教育，也勢必要有語文教育研究來檢視它的成效和推動它的進程。因此，從事語文教育的研究，也就成了關心語文教育的人所可以內化的使命和當作終身的志業。

臺東大學語文教育研究所從 2002 年設立以來，一直以結合現代語文教學的理論及實務、發展多媒體語文教學、培養專業語文教育人才、提供在職教師語文教育進修和開拓未來語文教育產業等為發展重點，已經累積不少成果，今後仍會朝這個方向繼續努力，以便為語文教育開啟更多元的管道以及探索帶領風潮的更新的可能性。

先前本所已經策畫過「東大詩叢」和「東大學術」兩個書系，專門出版臺東大學師生及校友的詩集和臺東大學語文教育研究所研究生的學位論文，頗受好評。現在再策畫「東大語文教育叢書」新書系，結集出版臺東大學語文教育研究所舉辦的學術研討會和研究生論文發表會的論文，以饗同好，期望經由出版流通，而有助於外界對語文教育的重視和一起來經營語文教育研究的園地。

如果說語是指口說語而文是指書面語，那麼語文二者就是涵蓋一切所能指陳和內蘊的對象。緣此，語文教育就是一切教育的統稱而可以統包一切教育；它既是「語文的教育」，又是「以語文來教育」。在這種情況下，語文教育研究也就廣及各個語文教育的領域。本叢書無慮就是這樣定位的，大家不妨試著來賞鑑本叢書所嘗試「無限拓寬」的視野。

　　由於這套叢書的出版，經費由學校提供，以及學者們貢獻精心的
研究成果，才能順利呈現在大家面前；以致從理想面的連結立場來說，
這套叢書也是一個眾因緣合成的結晶，可以為它喝采！而末了，寧可
當語文教育研究是一種「未竟的志業」，有人心「曷興乎來」再共
襄盛舉！

臺東大學語文教育研究所

目　次

論文

論 文

出版透視與高空鳥瞰

——洪文瓊臺灣兒童文學史的書寫典範

周慶華

臺東大學語文教育研究所

摘　要

　　資深兒童文學人洪文瓊，長期以來為臺灣兒童文學立史的心志甚殷，所旁及兒童學／兒童文學的內涵論述也頗有可採，很可以取為對話的對象。他獨樹一幟的出版史觀已經展現某種程度的透視力；而他所不及的受詮釋學或後結構主義影響的新史觀，則回過頭來保障了他的另類書寫典範。換句話說，他所立的典範，一方面是他的書寫大多聚焦在兒童文學的出版上，而別人則無能為力；一方面則是此外可以再行開拓的書寫向度而他尚不能夠的，大家則無妨視為反例而積極於填補，以便兒童文學的理論和實證研究真的可以從附庸蔚為大國。

關鍵詞：洪文瓊、臺灣兒童文學史、出版史觀、新史觀

一、觀察者與參與者兼具的身分

自從兒童文學因為有「兒童」的限制項而可以脫離文學的領域且自成一個範疇後,有關對它的認知就開始朝向後認識論的立場移動。也就是說,論述兒童文學的人都基於權力意志而依便構設了一套套的兒童文學的知識,使得兒童文學的範疇性也跟其他學科的範疇性一樣(周慶華,2004a;2007a;2009),充滿著習取上的不確定感。而根據這一點來看臺灣一地的兒童文學論述所顯現的「紛繁多姿」,由於已經後認識論觀念的對焦,所以所見相對上就會「真切」一點。

在這種情況下,想要對一個資深兒童文學人如洪文瓊的兒童文學見解劃定討論區,也就毋須再別為尋找前提。換句話說,只要當洪文瓊也在參與兒童文學知識的建構,他就可以進入這一次第的觀察範圍且不必受舊認識論真假/有效與否一類形上欲求的制約。而這在我類屬「第二層次」的掌握中,得有一個切入點來跟他相關的論述接軌,以便後續「依違後認識論」式的討論能夠順利的展開。

這個切入點,是有關兒童文學在臺灣的「興起」樣態的。它大約有三個方面可以歸結發揮:第一,兒童文學是近代西方人文理性抬頭下的產物。先是比照一般人脫離中古世紀神學籠罩後所要凸顯的自主性,而重視起即將「長大成人」的兒童這個層級的獨特性;後是認為兒童既然要長大成人,那麼他們也該有文學的涵養,以便為在人來說所不可或缺的審美心靈的深化奠定基礎。這在早期以改寫或創作「適合兒童」欣賞的作品為主(可以《格林童話》和《安徒生童話》為標誌),晚期則朝向「專為兒童」需要而創作的途徑邁進。

第二,綜觀兒童受到重視而隨後有兒童文學的興起,這在西方已經有二、三百年的歷史〔艾斯卡皮(D.Escarpit),1989;湯森(J.R. Townsend),2003;吳鼎,1991;葉詠琍,1982〕。但在中國原來並沒

有兒童文學這種東西，僅見的一些啟蒙教材（如《三蒼》、《急就篇》、《孝經》、《論語》、《女誡》、《千字文》、《開蒙要訓》、《蒙求》、《太公家教》、《兔園冊》、《百一詩》、《雜鈔》、《雜字書》、《三字經》、《百家姓》、《神童詩》、《千家詩》、《二十四孝》、《對相四言》、《朱子治家格言》、《日記故事》、《幼學瓊林》、《龍文鞭影》、《唐詩三百首》、《昔時賢文》、《女兒經》和《弟子規》等）所傳授的內容也不過是要兒童提早體驗成人的生活（周慶華，2000：121～140）；直到近百年來西方文化陸續傳入後，兒童文學的觀念才開始引進而在中土社會萌芽成長。至於臺灣，從上個世紀五〇年代以來（緣於一些作家隨著國民政府遷臺，在此地辦報、設出版社、獎掖兒童文學創作，而逐漸帶動起兒童文學的生產、傳播和接受的熱潮），就頗積極地要跟西方的兒童文學接軌，迻譯、創作、傳播和研究等都不落人後。

　　第三，大體上，有幾項指標可以看出臺灣的兒童文學在這五十多年來努力「進取」的跡象：首先是創辦兒童雜誌和兒童報紙，如《臺灣兒童月刊》、《小學生雜誌》、《小學生畫刊》、《學友》、《東方少年》、《幼獅少年》、《小樹苗》、《紅蘋果》、《小袋鼠》、《月光光》、《兒童月刊》、《小讀者》、《大雨》、《風箏》、《布穀鳥》、《滿天星》、《國語日報》和《兒童日報》等，這些專屬性的雜誌和報紙所開闢的兒童文學版面，提供相關作品發表的機會，對於推動兒童文學的創作風氣實有莫大的助益。其次是專業或附屬的童書出版社的設立，如東方出版社、國語日報社、民生報社、臺灣省教育廳、書評書目出版社、洪建全教育文化基金會、九歌出版社、幼獅文化公司、富春文化公司、天衛文化公司、小魯出版公司、皇冠出版公司、信誼基金出版社、親親文化公司、愛智圖書公司、光復書局、漢聲雜誌社、臺英社、張老師出版社、新學友書局、遠流出版公司、格林文化公司和童書藝術國際文化公司等，這些出版社所出版相關的系列作品，不啻直接帶起了兒童文學創作的熱潮。再次是兒童文學獎的舉辦，如教育部優良兒童讀物獎、臺灣省教育廳兒童文學創作獎、中山學術文化基金會中山學術文藝獎兒童文

學類、國家文藝基金會國家文藝獎兒童文學類、新聞局小太陽獎、文建會兒歌一百徵選、高雄市兒童文學寫作學會兒童文學創作柔蘭獎、師院生兒童文學創作獎、洪建全兒童文學創作獎、中華兒童文學獎、東方少年小說獎、信誼幼兒文學獎、陳國政兒童文學獎、國語日報兒童文學牧笛獎、九歌現代少兒文學獎、臺東大學兒童文學獎和其他較後出的公私立文學獎兒童文學類等,這些兒童文學獎所獎勵的相關創作,更加推波助瀾兒童文學向「自產性」高峰發展。再次是兒童劇團、兒童文學學會、兒童文學學術研討會、兒童文學的研習和教學研究等等的創設和建制,如兒童教育劇團、水芹菜兒童劇團、魔奇兒童劇團、杯子兒童劇團、九歌兒童劇團、臺東兒童劇團、蘭陽兒童劇團、小木偶劇坊、如果兒童劇團、信誼基金會小袋鼠說故事劇團等兒童劇團的組成及高雄市兒童文學寫作學會、臺北市兒童文學教育學會、臺灣省兒童文學協會、中華民國兒童文學學會等兒童文學學會的創會和各師院語文教育學系所舉辦「兒童文學與語文教育學術研討會」、靜宜大學文學院所舉辦「兒童文學與兒童語言學術研討會」、臺東大學兒童文學研究所所舉辦「兒童文學學術研討會」等以及佛教慈恩育幼基金會所創辦慈恩兒童文學研習營、各公司機關團體所創辦兒童文學研習會、各大專院校兒童文學課程的開設、臺東大學兒童文學研究所的設立等,這些環繞著兒童文學的傳播和推廣等活動的策畫和執行,也多方的刺激了兒童文學的成長。而由此也可見兒童文學這一「後起之秀」或「附庸蔚為大國」的實體,在臺灣這個彈丸之地所受廣泛重視和特加憐愛的一斑(周慶華,2004b:157〜159)。

依照上述這個架構,在此地凡是跟兒童文學有關的事物,似乎都可以「據為係聯」而有我們「一窺詳情」的機會。而這就洪文瓊的表現來看,他除了長期任教於臺東大學,還曾擔任過兒童圖書與教育雜誌總編輯、慈恩兒童文學研習會總幹事、中華民國兒童文學學會第二任秘書長、兒童日報創報總編輯、信誼學前教育基金會兒童文學委員會委員、國語日報編輯顧問兼兒童文學週刊版主編和九二八電腦公司

CAI&E-Book 部門顧問等職（洪文瓊，2004：底封面摺口），可以說在創作和翻譯以外所關涉的「推動」兒童文學的出版、傳播、研究和教學等行業，他都經歷了。這也使得他特別有資格從觀察者和參與者的身分來發言，並且取得無緣這般接觸兒童文學的人所嚮往的「專業資歷」。

二、兒童文學的出版透視概況

　　顯然兒童文學在臺灣一地的發展時間尚短，而洪文瓊的專業資歷剛好都接上了。這從他所編著的《臺灣兒童文學手冊》（1999）和《臺灣圖畫書手冊》（2004），以及主編兼撰稿的《中華民國臺灣地區兒童期刊彙編，民國 38～78 年》（1989）、《1945～90 年兒童文學大事紀要》（1991）和《1945～90 年華文兒童文學小史》（1991）等書，可以印證。

　　如果以洪文瓊特大宗的有關兒童文學出版的論述為例，那麼他對臺灣兒童文學約略就有三個階段獨家的透視：第一個階段是在〈1945～1993 年臺灣兒童讀物出版量與質的總體分析〉一文中所論斷的「高價位套書」、「虛浮風尚」、「一窩蜂主義」、「非專業化傾向」和「缺乏民族風格的作品」等幾項有關臺灣兒童讀物的品質問題，以及「缺乏品管管道」、「缺乏理論支援」、「兒童圖書館資源不足」、「消費觀念偏頗」和「兒童文學從業人員社經地位偏低」等一些涉及影響臺灣兒童讀物健全發展的因素（洪文瓊，1994a：43～47）。這些主要環繞著出版物所顯現的「可觸及的跡象」而發的見解，不啻道出了兒童文學觀念外來所實踐處「體質」普遍難以跟人家併比的癥結。也就是說，洪文瓊的透視已經可以直逼文化移植的困境（只要不是在自己的土壤醞釀的東西，都有這種缺憾）！

　　第二個階段是在〈多媒體時代兒童文學發展前瞻〉一文中所鋪展的「編著系統」／「用戶介面」／「多重文字和多重媒體」／「虛擬實境」／「儲存技術」／「放映技術」等多媒體系統影響資訊傳播的技術環節、「圖書形態的改變」／「編制作業方式的徹底改變」／「參與化、視覺化、聽覺化將是兒童電子書的最高編輯指針」／「圖書使用方式的大變革」等多媒體時代電腦對出版業引發的衝擊、「電腦將成為作家必備的基本工具」／「作家傳統的獨立性和獨尊性將受到嚴重挑戰」／「作品螢幕化的挑戰」／「書面的文學語言和口說的文學語言的一致性問題」等多媒體對兒童文學作家的衝擊和「使用電腦繪圖相關套裝軟體成為必須具備的基本能力」／「美術分工不但繼續存在，而且會愈來愈細」／「設計規畫及廣泛的背景知識益形重要」等多媒體對兒童圖書美術工作者的衝擊，以及「要擯除傳統重文的觀念，重估圖、音的教育價值」／「外版化危機的未雨綢繆」／「注重多媒體產品開發相關理論研究」等結論和建議（洪文瓊，1997：16～36）。這類的預期，雖然還未釐清如其他論者所指出的宰制耗能危機和資訊化社會的新虛無性等問題〔柯司特（M.Castells），1998；曼德（M.J.Mandel），2001；格拉罕（G.Graham），2003〕，但在臺灣內部後續一片「看好」聲中（梁瑞祥，2001；須文蔚，2003；張高評主編，2007），還是有「見微知著」的效果。這麼一來，洪文瓊的透視就無異預告了科技移植及全球化「不得不爾」的無奈！

　　第三個階段是在統整圖畫書而結撰成《臺灣圖畫書發展史》一書所發掘的「圖畫書出版深受市場環境因素和政府政策因素影響」、「相對於經濟發展是臺灣圖畫書的關鍵指標，解嚴開放同樣是促成臺灣圖畫書發展的分水嶺」、「從圖畫書出版社總體運作來看，近六十年來，臺灣圖畫書出版系統，一直是官方、民間並存的發展形態；出版品則外版書多於本土版，幼兒刊物是本土圖畫書作畫家當前最重要的寄足場所」、「電腦多媒體適合用來展現圖畫書，由於客觀的環境（市場小、拷貝容易，交易規範不易……），電子童書出版在臺灣並未造成風潮」、

「幼兒讀物的兩大支柱——圖畫書和幼兒期刊，到九〇年代均出現再分化的現象」、「臺灣圖畫書的版式、繁體注音、橫排（字由左而右）逐漸成為主流範式」、「精裝加附 CD、親子手冊是流行的包裝方式，主要是為了迎合學習導向的消費心態；而在行銷方面，臺灣一直未發展出良好的產銷分工制度。套書直銷由光復、臺英試行成功，一直盛行不止」、「臺灣圖畫書未來的發展和先進國家相較，差距不在印刷、裝訂，而在編、寫、畫和研究方面」、「臺灣圖畫書發展的三個歷史分期中，第三期雖然多元競榮，卻也面臨最嚴峻的考驗」和「從縱向近六十年臺灣圖畫書三期的發展脈絡中，省教育廳編輯小組設立、洪建全兒童文學獎創設、信誼基金會設立、臺英和漢聲產銷合作、國立臺東大學兒童文學研究所設立，這五個事件對臺灣圖畫書的發展具有關鍵性的影響」等事項，以及所陳列的「人才培育應列為第一優先」、「設置圖畫書美術館」、「強化兒童圖書資訊的蒐集、整理、分析」、「鼓勵獎助出版專業期刊」、「獎勵有關圖畫書專題研究或撰寫教科書」、「獎助鄉土題材圖畫書創作出版」、「整理資深圖畫書作畫家人才檔」和「設置並遴選圖畫書作畫家講座」等建言（洪文瓊，2004：99～104）。這種文化進化論式的批判方式，固然遺缺多多（包括創作和接受的精神易動跟出版和傳播的物質變化不是一併偕進、整體環境充滿著人和市場的不穩定因素以及社會文化的形塑和被形塑的質性難以全面考察等等）（埃斯卡皮，1989；何金蘭，1989；滕守堯，1997；周慶華，2003），但所揪舉的臺灣圖畫書市場脈動的某些「癱滯」現象，仍然稱得上「慧眼灼照」且「苦口婆心」。換句話說，洪文瓊的透視對於文化進口再製的窘迫頗有警覺和知所轉進方向。

　　基本上，出版視野只能看到經濟力和生產關係的運作〔史密斯（D.C.Smith），1995；隱地，1994；孟樊，2002〕，對於誰在操縱經濟力和生產關係以及背後的美學、道德規範、世界觀和終極信仰的「支持度」等一概無從著眼（即使偶爾著眼了，也會因為事涉複雜而僅能「淺嘗即止」，根本深入不了）。而洪文瓊有關兒童文學的出版考察，

就頗有自知之明，自動略過作者、作品、讀者和更深歷史文化背景等層面，而僅依現實傳播的動向立論。這種切面透視，隱含有混沌理論〔葛雷易克（J.Gleick），1991〕的碎形或蝴蝶效應的新洞見；只是少了一點複雜理論〔沃德羅普（M.M.Waldrop），1995〕偶發變數影響全局的觀照智慧。這是說臺灣兒童文學市場的考察，很難只就某些重要事件的出現就能斷定它的影響力（應了混沌理論），當中可能還有海島型國家人特別崇洋媚外和內部多股力量交混激盪而不定接受嗜新向度所偶然促成（得從複雜理論的角度來看）。也因為有後者存在，所以要再預期臺灣兒童文學的發展方向或想望它的理應前進作為，也就少能如願。

三、高空鳥瞰的一些成果

　　除了關注出版的波動，洪文瓊還旁及許多課題，包括兒童圖書的推廣和應用、兒童文學的見思、兒童文學的專類發展和電子童書等等（洪文瓊，1994a；1994b；1994c；1997），這些也可以一併看出他學思的一斑。而大致上，這類的討論大多採鳥瞰的方式（他雖然有跟人合著《兒童讀物導論方法與策略教學研究》和《1945～92 年臺灣地區外國兒童文學類中譯本調查研究》等書，可以一覽他細談詳較的功力，但就兒童文學這個區塊所會涉及的作者、作品、讀者和更深歷史文化背景等層面，目前他則還沒有餘暇進行深廣度兼備的探討），所得也有一些成果可以觀摩。而在這些「小」成果中，特別是有關用來支持他論述兒童文學的出版兼及他從事兒童文學的傳播、研究和教學「所以可能」依據的兒童文學的見思部分，不妨予以稍事整理來跟前節所論的相呼應。

　　首先是作為兒童文學更高層級制約力的兒童文化問題。在洪文瓊的觀察中，既然「兒童文學」要被獨立出來了，那麼就不能沒有專屬

的兒童文化在背後支撐而使得兒童文學有地方可以掛搭。所謂「以兒童文化為依歸」，指的是肯定兒童也是文化的創造者，肯定兒童有他們獨立的人格和能力，肯定他們也有自己的文化。兒童文化觀的教育理念是以兒童為本位的人本教育理念，它把兒童當作跟成人一樣的『人』看待，教育的目標就是在使兒童能成為自我發光的生命體，而不是成人文化的反光體」（洪文瓊，1994c：代序1），這是他設論的基調，也是他要「轉」重視兒童文學的大前提。而在兒童文化的倡導下，一門兒童學的「新」學科也跟著要被他所期待完成：「由於兒童文化觀的教育理念是以兒童為本位，因此兒童教育的落實和達成，必須對兒童有充分的認識和了解才可能，也就是必須有豐厚的兒童學以為奧援。所謂『學』是指有系統的大知識體系，兒童學就是指研究兒童的各種系統知識，舉凡兒童發展、兒童心理、兒童語言乃至兒童權利等等都包括在內」（同上，代序1～2）。這雖然不是他的首發〔十九世紀以來，歐、美、日就陸續有人在作這方面的研究，且已經從生物學、醫學、生理學、人類學、社會學、犯罪學、倫理學、語言學、統計學、數學、解剖學、衛生學、病理學、宗教學、文學、哲學、美學、史學和教育學等眾多學科的角度廣為開啟兒童學的面向（吳鼎，1991：15）〕，但有這個可以讓論說「一以貫之」的設定，所解決的兒童文學「非憑空而起」的問題，還是比一般僅能就兒童文學談論兒童文學的人要「視野恢闊」。

其次是以兒童學來框限兒童文學的問題。洪文瓊所力主的「真正的兒童文學是立基於『兒童學』的文學，也唯有這樣的兒童文學出現了，兒童文學才談得上真正存在，而兒童文學『學』也才有成立的基礎」（洪文瓊，1994c：6），這在「先天條件」上就限定了兒童文學的向度，以致接著他所發出的「從兒童文學『學』的觀點來立論，兒童文學在性質和知識分類結構上都從屬於文學。文學是藝術的一環，而『美』又是藝術的本質，因此回溯兒童文學的本質也是美。我們可以歸總的說，『文學』是兒童文學探討的主題，『兒童』是它的方向、它

的屬性狀態。它的目的是給兒童提供美的感受，促進兒童的身心發展，幫助兒童達成社會化」（同上，6）這一相關兒童文學性質的界定，也就前提／結論局部相通貫了〔所以說「局部相通貫」，是因為還有「文學」在，它究竟能否兒童化，還是一個大問題（周慶華，2004c；2009）〕。這所透露的建構論（而非本質論）背景，最大的難題還在於接下來的「空白」待填。換句話說，兒童學管轄下的兒童文學到底「會是什麼樣子」，旁觀者都可以發出「舉證」的籲請，而設論的人又該怎麼回應？這一點，洪文瓊顯然還處在但為「初為發凡」的階段，有興趣的人可以為他代勞。

再次是直接提點兒童文學的次類型問題。洪文瓊在論述兒童文學的次類型如童話和少年小說時，並沒有再跟兒童學作連結，而是直就該次文類來立論。如「童話的內涵個人認為可化約為三方面，也就是三個基本構成要素：『兒童』、『故事』、『幻想』。兒童是指童話主要閱讀對象為兒童；故事是指體裁上童話是屬散文故事體；然而給兒童看的故事類型太多，那些才能歸為童話？這就涉及童話用以跟其他故事文類相區隔的『童話特質』問題。此一能使得童話跟其他故事區別開來的質素就是『幻想』，它是童話最重要的構成質素，也是西洋現代童話的命名精義所在，可說就是古典童話和現代童話所共具的『特質』」（洪文瓊，1994c：19）、「『小說』範疇規範少年小說的類別歸屬，基本上應該具備小說的文學形式，『人物的非扁平性』、『具故事化結構』和『受生物定律規範』三項當是最重要的判別式。『少年』的範疇是界定少年小說在『小說』中的位域，它應以適合少年閱讀為定位。從少年發展的角度來考慮，『主要人物的可認同性』、『情節的可經驗性——事件具經驗意義、衝突解決方式契合少年的行為能力』、以及『主題、題材和發展任務的相關性』，或不失為最好的定位指標」（同上，41）等等正是。這個「邏輯斷裂」（也就是兒童學隱匿後，相關兒童文學次文類的討論就會「不知所繫」），原則上洪文瓊還是試為填補了。也就是說，洪文瓊仍然在文中藉「發展心理學」的觀點稍微統合該次文類

的內涵而得出上述的結論；縱使格局還有待開闊，但所論已經能「契理應機」了。

由於洪文瓊在討論兒童文學的種種問題上，多屬短製片章，不容易看出他整體的構思藍圖；尤其這些又如何跟他所特別感興趣的兒童文學的出版「緊密結合在一起」，也不見說明，以致二者並列就不免給人有「假以時日還期盼他再說明白」的強烈感覺！因此，只能說他「站」在高空俯瞰一切，正好得出這些「影影綽綽」的約莫成果；想看到成體系論說的人，無妨自己聯想構築，也許會跟他的「創見」相遇。後者是說像洪文瓊這樣要展現創見而可以如願體現於「一套論說」的，實際上也不是什麼難事（周慶華，1998；2002；2004a；2004c；2009），就看大家是否「知所感發」而踵武強論了。

四、臺灣兒童文學史的書寫典範

就在洪文瓊精於兒童文學出版的考察而略於兒童文學實質內涵的建樹時刻，我們會發現他的學術敏感度頗為「與眾不同」。所謂「治史是我長期的興趣，為臺灣兒童文學立史，更是我長年的心願」（洪文瓊，2004：出版感言 V），這種「史好」既然成型了，那麼相關的史實建構不就得全面性的展開？可是他卻又自我侷限只就出版一個面向來撰述。因此，嚴格的說那僅僅是兒童文學的「出版史觀」，而還搆不上「整體史觀」。即使是這樣，裡面所蘊涵的「鮮少能如所見」的考鏡分析力道，還是有著成書寫典範而可以寄予他人習取的地方。

我們知道，文學史的書寫本就內蘊著雜音充斥的張力：「柯爾辯稱：我們不需要文學史，因為文學史的對象總是常常現存的，都是『永恆的』，所以它毫無確當的歷史可說。歐立德也會否認一件文學藝術作品會成為『過去』的。他說：『所有歐洲文學，起自荷馬，都是同時並存的，而且構成一個同時並存的秩序。』一個人大可跟叔本華辯論，

以為藝術常常能達到了它的目的；藝術品是永遠沒有改進，而且不可以被取代和重演的。在藝術裡，我們毋須追問『這是什麼事情』（原注：倫克認為這是史料編纂的目的），因為我們能十分直接地經驗事物的演變。因此，文學史並不是真正的歷史，因為它是一門有關現存的、無所不存的和永久存在的事物的知識」〔韋勒克（R.Wellek）等，1987：412〕、「韋勒克認為：所謂文學史只不過是作家、藝術機構和技巧演變的歷史而已；至於說到文學的演變、進展和歷史等，根本沒有那麼一回事。在他的《文學史的沒落》一書中，他認為文學作品是隨時隨地都可以接觸到的；這一種即時可及性，否定了文學是屬於『過去』。即使我們要勉強接受文學史的存在的話，那也只不過是一種非常含混不清的『心理概念』；它所包含的是刺激和反應，或者是陳規和反陳規。不管爭論的立場如何，都無法預知它改變的方向。這顯然是和傳統的文學觀截然不同的立論」〔佛克馬（D.Fokkema）等，1987：譯序 VII〕。而洪文瓊仍然堅持要為臺灣兒童文學立史，可能是他覺得出版事業較「明朗化」，勤於觀察掌握，一部臺灣兒童文學出版史就可以成形。因此，他所自信或自豪的一些言論如「本書對臺灣兒童文學史的分期，從整體大環境作多角度觀照，有與眾不同的分法和論點」（洪文瓊，1994a：扉頁書內容簡介）、「不論電子童書是不是比傳統兒童讀物更有價值、更值得我們接受，它的發展，無疑的都將關係著未來下一代的教養」（洪文瓊，1997：出版序言 1）、「由於過往的經驗，在兒童文學領域裡，我對出版、編輯擁有較深厚的經驗，因此這一本《臺灣圖畫書發展史》，我決定先選擇從出版的觀點加以分析立論」（洪文瓊，2004：出版感言 V）等，也就「文如其人」而不同於兒戲了。

　　大概也是因為洪文瓊對於出版環境的熟悉而以為治史「易如反掌」，所以導致他忽略了史觀在當代的轉變（而仍信守歷史有它的「客觀」指標）。該轉變，最主要的是不再「抱殘守缺」相信歷史的客觀性；而它一方面來自詮釋學的啟迪，一方面來自後結構主義的激勵。前者（指詮釋學的啟迪），認為史實的認定並沒有絕對客觀的標準（任何人

所提出的「標準」，最多只具有相互主觀性），而這還不是最重要的；最重要的是史實認定者的企圖。正如尼采（F.W.Nietzsche）所提示的，並沒有所謂「純粹的認知」，認知本身就是一種詮釋和評價的活動，一種意義和價值的設置建構。因此，大家所認定的「史實」從來就不是什麼純粹的「史實」，而是一個意義價值界定的範疇。這個範疇，其實已形同一個崇高的「理念」，它不僅僅是可以作為討論相關問題的依據，更是指導行動、定位行動主體的最高價值體系。而當大家在爭論誰所認定的「史實」才是真史實時，那並不是它更客觀或更真確，而是因為它更理想或更崇高。換句話說，史實的判定並不是認知層面上的「真／假」問題，而是價值層面上的「信仰抉擇」或「意識形態鬥爭」問題（路況，1993：122～123）。後者（指後結構主義的激勵），認為長久以來世人對歷史的研究都強調在時間的延伸線上，將各種散亂的史實資料重新歸納排比，以期根據邏輯推衍的順序，重新建立某個事件或時代的意義。然而，這種治史的方法往往過分重視「體系」、「始源」和「傳承」等觀念，在研究史實時容易陷入削足適履或一廂情願的歧途；不但無法重現所謂的「歷史原貌」（事實上也不可能），反而將史學範圍侷限於少數主題、事件或人物的重複研究中。因此，凡是對於史學過分凸顯某些事件和人物承先啟後的樞紐地位，熱中鑽研某一時期的「時代精神」，強求某些意識理念的來龍去脈，乃至重塑理想主義式的世界史觀等舉動，都會遭致連聲的撻伐！也就是說，人文現象的產生和發展，本來就沒有固定不變的軌跡可以遵循，也沒有終極的意義目標可以企及；我們的種種思想行為尺度，都是「知識欲求」和「權力欲求」交鋒下的產物。這也使得「新」史學工作者，要以「現在」為立足點，為「現在」寫出一部歷史，而不是妄想於重建「過去」〔傅柯（M.Foucault），1993：導讀二 40～56〕。這雖然都可以在權力意志的「重新介入」下翻盤（依舊讓它「如人所信」的），但有關它在相關程度上的「挑激」作用，還是不得不加以理會。在這種情

況下，洪文瓊的出版史觀的書寫方式，就有可供「反思」的另類的典範意義。

典範一詞，通常都要追溯到孔恩（T.S.Kuhn）的界定：「我所謂的『典範』，指的是公認的科學成就，在某一段時間內，它們對於科學家社群來說，是研究工作所要解決的問題和解答的範例」（孔恩，1989：38）。而洪文瓊的臺灣兒童文學史的書寫，是否會成為兒童文學社群的範例，還無從得知；但可以判斷它應該成為「典範」，所以這裡就直接用典範一詞。這種典範，一方面是指洪文瓊對兒童文學的出版生態極盡描繪的能事可以高懸而被人所觀摩仿效；一方面則是指洪文瓊未能及時轉化史觀「以為趨新」而得當作反面教材（負向典範）。這二者的表面矛盾現象（也就是既要效法他的出版史觀，又要以他的具體書寫為戒，明顯是一大弔詭），可以從自我昇華取徑來化解。換句話說，同樣的出版史觀，得再加上詮釋學或後結構主義的理論裝備，而使它朝向如何有助於兒童文學的創作、接受、研究和教學等新格局的開拓去著力（而不是停留在貌似客觀的「量化」兼微量「質性」旨趣的考察階段），才能完滿一個較新史學的要求。因為這是從洪文瓊的論述成果推論出來的，所以要把相關的「典範意義」歸功於他，以見別為趨時而再開新聲的途徑。

五、繼起者還有什麼可以思考的空間

洪文瓊所不自覺的臺灣兒童文學史書寫的另類典範，可以從新認識論的角度重許以一個準後設知見而讓它「如如存在」；正如我作為此次的論述者，雖然也以新認識論自衡，但又極力構設了「一套言說」，彼此的質距並不會太遠。因此，他的見解和我的新會，自然就可以形成一個「相互對話」的局面。而為了更加擴延這個局面的邊界，我試著再行追問「繼起者還有什麼可以思考的空間」。

　　說實在的（別在意這句話可能的語病），對兒童文學出版情況不太關心或不夠敏感的人，是不可能大量論述這塊區域的大大小小的經驗；以致整體的對話就得拉出來別為定位。這是說談兒童文學的出版「第一把交椅」就給洪文瓊，然後我們來「促其重思」：首先，兒童文化／兒童學並不是抓著一些學科就可以建立起來的。這除了得注意「兒童」被論述的不定取向〔波茲曼（N.Postman），1994；巴克肯翰（D.Buckingham），2003；黑伍德（C.Heywood），2004；熊秉真，2000〕而必須「選樣有則」，還需要將它置入權力／知識的新認識論框架中予以妥適處理，所設論的東西才不致觸處涉疑。其次，發想兒童文學次文類的質性，已經有一些精實且成套的論說可以借鏡（陳意爭，2008；林明玉，2009；許靜文，2009；許峰銘，2009；嚴秀萍，2009），不宜再自我囿限而逐看別人「遠為超前」。再次，對於多媒體這種「新興文類」，在預期它的影響力時，也未必是「順勢」式的。舉凡它的新資訊焦慮、新虛無主義、霸權爭奪戰和資源大消耗等後遺症（周慶華，2008：220～224），都可以促使我們從反面來進行一種「逆勢」式的批判，以為挽救世界的沉淪而延緩能趨疲（entropy）臨界點的到來。

　　重思的啟動，不僅是針對洪文瓊這個可對話者，它也是針對每一個有心的後繼者。臺灣兒童文學史的書寫終究要賦予足夠新穎的內涵，才可望「出類拔萃」而被世人所垂青。而這第一要務，就是從「陳俗舊規」中奮起，以基進的理論領航（周慶華，2004a；2005；2006；2007b；2008；2009），重新規模兒童文學的方向。至於這個方向所要融鑄的古今中外相關文學／兒童文學的成分或計慮新成分，在可見的未來還會是「嘗試」性質居多，這就得勞動大家趕緊「觀念跟上」，以便可以實踐無礙。此外，似乎沒有更好的辦法足以用來突破現狀。

參考文獻

孔恩（1989），《科學革命的結構》（王道還編譯），臺北：遠流。

巴克肯翰（2003），《童年之死：在電子媒體時代下長大的孩童》（張雅婷譯），
　　臺北：巨流。

史密斯（1995），《圖書出版的藝術與實務》（彭松建等譯），臺北：周知等。

吳鼎（1991），《兒童文學研究》，臺北：遠流。

佛克馬等（1987），《二十世紀文學理論》（袁鶴翔等譯），臺北：書林。

何金蘭（1989），《文學社會學》，臺北：桂冠。

沃德羅普（1995），《複雜──走在秩序與混沌邊緣》（齊若蘭譯），臺北：天下。

孟樊（2002），《臺灣出版文化讀本》，臺北：唐山。

林明玉（2009），《少年小說中的人物刻畫──以紐伯瑞兒童文學獎得獎作品為
　　例》，臺北：秀威。

波茲曼（1994），《童年的消逝》（蕭昭君譯），臺北：遠流。

周慶華（1998），《兒童文學新論》，臺北：生智。

周慶華（2000），《中國符號學》，臺北：揚智。

周慶華（2002），《故事學》，臺北：五南。

周慶華（2003），《閱讀社會學》，臺北：揚智。

周慶華（2004a），《創造性寫作教學》，臺北：萬卷樓。

周慶華（2004b），《後臺灣文學》，臺北：秀威。

周慶華（2004c），《文學理論》，臺北：五南。

周慶華（2005），《身體權力學》，臺北：弘智。

周慶華（2006），《語用符號學》，臺北：唐山。

周慶華（2007a），《語文教學方法》，臺北：里仁。

周慶華（2007b），《紅樓搖夢》，臺北：里仁。

周慶華（2008），《轉傳統為開新——另眼看待漢文化》，臺北：秀威。

周慶華（2009），《文學詮釋學》，臺北：里仁。

洪文瓊（1994a），《臺灣兒童文學史》，臺北：傳文。

洪文瓊（1994b），《兒童圖書的推廣與應用》，臺北：傳文。

洪文瓊（1994c），《兒童文學見思集》，臺北：傳文。

洪文瓊（1997），《電子童書小論叢》，臺北：傳文。

洪文瓊（2004），《臺灣圖畫書發展史——出版觀點的解析》，臺北：傳文。

科司特（1998），《網絡社會之崛起》（夏鑄九等譯），臺北：唐山。

韋勒克等（1987），《文學理論》（梁伯傑譯），臺北：水牛。

格拉罕（2003），《網路的哲學省思》（江淑琳譯），臺北：韋伯。

埃斯卡皮（1989），《文學社會學》（葉淑燕譯），臺北：遠流。

曼德（2001），《網路大衰退》（曾郁惠譯），臺北：聯經。

張高評主編（2007），《文學數位製作與教學》，臺北：五南。

許峰銘（2009），《童詩圖像教學》，臺北：秀威（出版中）。

許靜文（2009），《臺灣青少年成長小說中的反成長》，臺北：秀威。

陳意爭（2008），《圖畫與文字的邂逅——圖畫書中的圖文關係探索》，臺北：秀威。

梁瑞祥（2001），《網際網路與傳播理論》，臺北：揚智。

傅柯（1993），《知識的考掘》（王德威譯），臺北：麥田。

湯森（2003），《英語兒童文學史綱》（謝瑤玲譯），臺北：天衛。

須文蔚（2003），《臺灣數位文學論》，臺北：二魚。

黑伍德（2004），《孩子的歷史：從中世紀到現代的兒童與童年》（黃煜文譯），臺北：麥田。

路況（1993），《虛無主義書簡——歷史終結的游牧思考》，臺北：唐山。

葉詠琍（1982），《西洋兒童文學史》，臺北：東大。

葛雷易克（1991），《混沌——不測風雲的背後》（林和譯），臺北：天下。

熊秉真（2000），《童年憶往——中國孩子的歷史》，臺北：麥田。

滕守堯（1997），《藝術社會學描述》，臺北：生智。

隱地（1994），《出版心事》，臺北：爾雅。

嚴秀萍（2009），《童話中的反動思維——以狼和女巫形象的塑造及轉化為討論
　　核心》，臺北：秀威（出版中）。

童話閱讀教學的新嘗試

——一個有關反動思維的發掘

嚴秀萍

臺中縣沙鹿國小

摘　要

　　童話的取材與寫作在時代演變和觀點轉換的過程中，各有其不同的面貌。本研究藉由理論架構的鋪陳，從童話發展的歷史脈絡中，縱向討論不同時代童話中狼和女巫形象的塑造及角色搬演的情形，剖析童話中反動思維的興起及演變。

　　「正向式的反動思維」是傳統保守的想法和行動，抗拒基進革命，捍衛傳統的文化和社會秩序；「反向式的反動思維」是自由基進的想法和行動，追求自由平等，接受變遷革新，對社會現狀具有批判精神；其他非具有極端性或帶有兼具性的反動思維就歸為「正反向兼具式的反動思維」，這三種類型所蘊含的反動思維都頗為可觀。

關鍵詞：童話、反動思維、正向式的反動思維、反向式的反動思維、
　　　　正反向兼具式的反動思維

一、前言

　　人身處於社會環境中，所思所為無不受整體社會環境所支配，而形成自以為真理的意識型態，本文所要討論的「反動思維」便是意識型態眾多形貌的其中一種。它支配了我們看待社會、文化、政治、宗教、性別、倫常等事物的態度，而且還會因為認知的差異，而形成不同向度的「反動思維」，無論是哪種向度的思維體系都控制了所有的社會參與者，影響我們了解自己在社會裡的定位及與周圍世界的關係，並影響我們看待世界的方式。這種「反動思維」的意識型態無所不在，它滲透文學、穿越文學，無論是宰制的或是被壓抑的意識型態，都透過文學作品投射出一種文化的價值觀與假設，再隨著作者的立書論作而傳遞給讀者，即使是童書的作者也不例外。

　　在多元文化社會的刺激下，社會文化背景如何形塑反動思維？不同的反動思維反映出什麼樣的社會文化內涵？我們能否藉由解構童話的反動思維來了解不同時期的社會文化內涵？生於現代的我們，是如何看待從前既有的觀念和想法？反動思維又會為未來的童話創作帶來什麼樣的影響？如果將多元價值觀的現代童話應用於教學中，能否透過多元的價值澄清方式，引發學生更大的思考與討論空間？這些都是相當值得深入研究與探討的課題，也是對於閱讀接學的一種新探尋。

二、相關名詞界說

（一）關於童話

　　國內為「童話」定義的學者眾多，但各家看法難有定準，這是由於西方童話最初出現時（十八世紀），並非專門為兒童而寫，以至於後

期轉變成為兒童創作時,對於童話的定義並無普遍性的共識,僅能歸結出其擬人且帶奇幻色彩的特徵。(周慶華,2004:134)陳正治在《童話寫作研究》一書中,曾整理蘇尚耀、朱傳譽、林文寶、蔣風、林良、林守為、嚴友梅、林鍾隆、洪迅濤及張美妮等十位評論家對於童話的說法,提出:

> 童話的構成要素,在欣賞對象上屬於「兒童」;在文體上屬於「故事」;在特質上屬於「想像或幻想」和「趣味」;在內容上重視「意義」;有它的特定範圍。(陳正治,1990:4~5)

陳正治綜合各家所提出的說法,可說是對童話較寬廣的認定,而針對「欣賞對象為兒童」一點來說,我認為這個範圍並不像一般人所想的那麼幼稚和狹隘,如愛情、戰爭和死亡這樣的主題並不一定要被童話排除,因為兒童可以憑藉著想像力來明瞭許多就字面上看來兒童不可能了解的真相。因此本文以陳正治的說法為基準,提出「童話」的操作型定義為:一種以幻想為表現特徵,為存有童心的兒童或大人所能理解感受的故事,以收納進為兒童而寫及非專門為兒童而寫的部分。為免遺珠之憾,特將九〇年代以來異軍突起的圖畫書(或稱繪本)納進研究範圍,期能充分展現現代社會中的多元童話文本,簡言之,本文所指的「童話」涵蓋以兒童為主要閱讀對象的童話故事、幻想故事及圖畫書,在選材上則是以西方童話為主要研究範圍。透過「古典童話」和「現代童話」的歷史脈絡,縱向討論不同時代童話中反動思維的興起及演變。

(二)關於反動思維

回顧相關書刊與論文資料,「反動」一詞散見於各領域、各文類,但學術上對於「反動」的界定和論述仍相當有限,未能成為專有學說。

我試著探求「反動」詞彙的釋義:「反動」是由英文 Reactionary 翻譯而來,拆解其字根,得到 action 與 reaction 兩個有意義的詞彙。如果依牛頓第三運動定律來看,「每一個作用力(action),都會產生一個相等力量的反作用力(reaction)。」〔赫緒曼(Albert O. Hirschman),2002:26〕也正說明了行動(action)與反動(reaction)必然相對存在的道理。

　　進一步查詢相關詞語典後,得出幾組相關詞彙:Reactionary 反動的(形容詞用法)及反動份子(名詞用法)、Reactionary movement 反動(運動),並將其釋義羅列於下:

　　《關鍵詞:文化與社會的詞彙》中對 Reactionary 的釋義:

　　【Reactionary 保守的、反動的】

　　　　這個字現在被廣泛的使用,用來描述右派的看法與立場。

　　　　Reaction(反應、反作用、反動)從十七世紀開始出現在英文裡,主要是用在物理方面的意涵,指的是一種行動 action 對另一種行動的抗拒或回應。更廣泛而言,Reactionary 指的是受前一個行動影響而產生的行動,或針對前一個行動而產生的回應,尤其是在化學與生理學方面。

　　十九世紀初期,這個字的政治用法首先出現在法文裡,具有較準確的政治意涵:它是被用來描述反對或抗拒革命的看法與行動。它具有強烈的「希望重新回復到革命前的狀態」之意涵。這個字被引入英文裡,其字義就是源自這種特殊的意義脈絡,但是它同時具有早期的與普遍的意涵:「派系鬥爭的持續存在」與後來通用的「反對革命」之意涵。〔威廉士(Raymond Williams),2003:317〕

　　《政治學辭典》中對 Reactionary 的釋義:

【Reactionary 反動份子】

　　指一個人贊成回復到以前更為保守的系統，因此擁有實質
上為退步的政治、社會或經濟變遷。反動份子相信大多數社會
問題之形成，都是由於民主過程寵愛毫無財產的大眾，因此反
動份子往往偏愛寡頭政治。儘管這個名詞不夠明確，反動份子
仍可算是政治的右派份子，甚至比保守派還要極端，並且更可
能採取好鬥的戰術以達到他們的目的。（林嘉誠等，1990：310）

《社會學辭典》中對 Reactionary movement 的釋義：

【Reactionary movement 反動】

　　一個集體努力，企圖恢復曾存在於過去的文化特點與社會
秩序。通常，右派的政治運動是反動的，而左派則為前進的。
惟這種派別並不如當初所顯現的那樣單純，所有的社會運動一
般皆具保守與前進的兩面。例如：前進派運動被認為倡言博
愛、自由、平等等價值，而反動派不具有這些價值；但事實上，
所有社會運動都接納這些價值以求取得合法性。〔卡尼爾（Peter
J. O'Connell），1991：705〕

　　綜合來說，「反動」一詞多指保守的、右派的想法或行動，企圖恢
復曾存在於過去的文化特點與社會秩序，反對政治、社會或經濟變遷。
但是社會運動一般兼具保守與前進兩面性；就反動的積極面來看，
「反動」也可指涉反抗社會僵化與偏差的主流思維、對社會的強權與
不公義提出抗議與批判的質疑，並力求突破霸權束縛的行為，此種「反
動」是與主導性規範系統的衝突，在某些場合下也被賦予「反政府」
的意義。由此看來，「反動」一詞應該含有兩個互為對立面的意義，一
方面既是堅決反對政治、社會或經濟變遷的保守派，一方面又是積極
訴求政治、社會或經濟變遷的基進派，不應單獨只以「反動」一詞來

概括兩種不同向度的概念，基於此，我認為將「反動思維」作一更明確的區辨與分類實有其必要。

三、反動思維的類型

　　如前所述，在社會學、政治學與文化學的辭典中，對於「反動」的闡述多與「左派」、「自由」、「進步」、「前進」的概念相對。依照這樣的觀點推知，此處所指陳的「反動思維」為反對改革、希望重新恢復到原來的狀態、支持一種特定的（右派的）社會制度；而具有這樣「反動思維」的「反動人士」（反動份子）可說是政治上的右派份子，多為社會中擁有既定政治、經濟、文化等資源與利益者，對社會具有主導性規範，反對逆於正常歷史進程的革命行動，認為革命是歷史倒退的行為。

　　然而，以我所收集到的相關反動論述與文獻為例，文獻中所述的行動與思維雖都指陳為「反動」，但卻在某種程度上與上述所整理的反動意涵與思維有所牴觸，如：林雅鈴（2003）碩士論文《日本皇民化政策與臺灣文學的反動精神》裡的「反動人士」為在日本殖民統治恐懼威脅下的知識份子，非為社會中擁有既定政治、經濟的利益者，也非對社會具有主導性規範，文中的「反動思維」是透過文學作品的書寫傳達出反抗殖民政府的意識，並非「反對改革、希望重新恢復到原來的狀態、支持一種特定的（右派的）社會制度」。與前一段所述「反動思維」的意涵大相逕庭。倘若將前一段所述的「反動思維」命名為「正向式的反動思維」，則本段所述的「反動思維」則可謂是「反向式的反動思維」。

　　據此，「正向式的反動思維」和「反向式的反動思維」的類型區分開來，則許多文獻中「正向式」和「反向式」並陳的反動論述就得以區辨與說明。如：摩爾（Barrington Moore）（1991）《民主與獨裁的社會起源：現在世界誕生時的貴族與農民》中的土地貴族抗拒社會變革

與革命為「正向式的反動思維」，農民不滿社會制度為當權者效勞為「反向式的反動思維」；蘇其康（2006）〈反動與反撲：英國文藝復興時期文壇和講道壇的交戰〉中宗教與政治的主流力量壓制劇場發展為「正向式的反動思維」，文藝界的回應和反駁為「反向式的反動思維」。

除了「正向式的反動思維」和「反向式的反動思維」的類型外，其他的「反動思維」類型有帶兼具性的就暫且歸為「正反向兼具式的反動思維」，所以本文將「反動思維」的類型分「正向式的反動思維」、「反向式的反動思維」及「正反向兼具式的反動思維」三類型作為論述的架構。

（一）正向式的反動思維

所謂「正向式的反動思維」，意指極右派、極保守的思想和行動，反對或抗拒基進革命的看法與行動，贊成保存或回復到以前更為保守的、更為傳統的生活習慣、社會秩序和文化傳統。相信大多數社會問題的肇因，都是由於民主過程寵愛無產階級而造成社會脫序，因此往往偏愛寡頭政治，反對逆於正常歷史進程的革命行動，認為革命是歷史倒退的行為。

每一種政治意識型態都是以對人性的認知為基礎，他們對人性的基本信念是「性惡論」：人性是不完善的，人類的理性是有限的。此信念與基督教的「原罪說」一脈相承〔彭懷恩，2005：101；史庫頓（Roger Scruton），2006：357〕，希望人性能除去道德和智慧的不完善，是愚蠢而危險的。在這樣性惡的基礎下，社會應由法律來規範，而不是由良心或是道德來規範，抱持美好願景的大膽嘗試和創新，常常會造成更大的傷害。

他們因不相信人類的理性，傾向於保持傳統的習慣及結構，強調為了社會秩序和公共利益，必須在政治上保持相對穩定，以維護與保存傳統社會、宗教和道德的價值，所以被視為維護封建階層制度和封

建傳統的保守主義者。他們多為世襲貴族或社會中的既得利益階層，具有控制主流社會的權勢，他們對於個人擁有自由與平等的理想抱持懷疑的態度，主張強權政府是不可或缺的管制者，政府的架構應該遵循國家長久以來的既定發展模式，以及如家庭和教會等重要的社會傳統權威，來穩定道德秩序與社會紀律，以便維護他們既有的階層權利，反對在政府和社會制度上的基進變革。

　　他們相信人有原罪，惟有虔敬承受神的超然力量，才能維繫道德於不墜，進而使人類返本歸真，重回天國。中世紀可說是一個以宗教為主導的時代，不僅精神生活深受宗教影響，實際的生活秩序也靠宗教來維繫。教會極力鼓吹「君權神授」、「君權至上」的保守反動觀點，國王和貴族是上帝委派在地上的代表；他們受基督教的影響，贊成現存的政治社會制度，甚至認為農奴制也是《聖經》允許的。上帝是世界秩序的立法者，傳教士則是闡述神聖法律的權威，只有他們才能裁決什麼是許可的和什麼是禁止的。倘若有人否定教士獨裁統治的合法性，那麼他就是反對上帝，就會被歸為異端，將立即付出血的代價或被逐出教會，而喪失進入天堂的機會。因此，他們認為對教會和政府的反抗鬥爭是一時衝動的不理性行為，反抗只是徒增社會秩序的動盪，為現實的基督教社會所不容，會帶來無盡的厄運。相應於此，國王正需要一套如此的道德理論體系來鞏固他的政權，雙方日漸融合，統一社會樣態，形成政教合一的嚴謹秩序與規範。

　　他們為求社會控制的穩定力量，多會從社會的最小單位——家庭的基本功能來著眼，而成為父權社會的擁護者。在父權家庭中，男性是有產出的有產階層者，是家庭的主人；女性是無產出的無產階層者，成為較低的階層，而女性為了生存而成為男性的附庸，成為次等的性別（第二性）。這種「男尊女卑」、「男主女從」的觀念便在家庭無形的教養中成形，並透過社會教化的學習，漸漸形成普遍的集體意識。男性漠視女性的個別發展與思想，視家中女性是自己私人的財產，有權為女性決定、安排一切，還將女性的貞操視為財產，通姦以及非處女

就代表他人對於家族財產權的侵犯，給予無法抹去的汙名烙印。社會期待的女性最佳形象為順從、聽話、乖巧、樣貌美麗、身材婀娜多姿、能獻身於家庭和婚姻，女性用父權制賦予她們的身分、特質、角色、地位等形象來界定自我，內化為女性自身行為的準則，只能在男性面前將自己的意識壓抑下來。他們認為藉由父權制度的性別專制與壓抑操控女性，兩性關係才得以和諧穩定的發展。

他們認為人類社會的文明是由傳統的道德和習慣所累積形成，因為傳統經歷了數個世代的智慧和考驗，比理性的抽象思考和演繹思考更值得信賴，是促使人類得以超越個體限制的力量，是文明進步的基礎。他們把社會秩序看成一切政治和社會價值體系的基礎，這種「秩序的外部表象是國家的法律及規範，它的內在實質是國家的公民道德和習俗準則，而其核心是國家權威的維護」（史庫頓，2006：378）。因此，他們在維護舊秩序的同時，其實也正是肯定舊秩序中律法、道德與權威的價值，並據此提倡社會需要有權力的政府來控制人民的思想和情緒。他們對於政治和社會生活傳統的籲求總是積極和執著的，因為拋棄舊有的社會秩序與生活習慣，以全新的、未經檢驗的創新和革命來取代，必將會把社會帶向毀滅，與其冒著失去社會和平的風險，不如珍惜現有和平穩定的社會。

（二）反向式的反動思維

「反向式的反動思維」是相對於「正向式的反動思維」所產生的想法和行動。為了更了解「反向式的反動思維」的意涵，需要先回顧一下中世紀歐洲的歷史、社會環境，探究其成為中世紀歐洲社會反作用的時代背景。十七、八世紀時的歐洲，在政治方面，政教合一，倡導君權神授，國家為君主專制極權，一般的農民沒有參政權；在社會方面，人民生活既無保障又苦不堪言，封建社會下階層的劃分與權力的懸殊差異仍明顯存在；在經濟方面，人民賦稅繁重，特權階級（貴

族與教士）卻可豁免賦稅，不平的聲浪四起。如此的景況，讓許多有識之士對社會現狀產生不滿，「反向式的反動思維」便因此而成形。

「反向式的反動思維」立基於「對人性良善的進步觀」的基礎上，相信人是有理性的，有能力按照自己的願望自由生活，只要他不妨礙別人，應擁有絕對的個人自由；個人的自由行動能夠達成最完美的社會，強調自由為人類必要的權利。他們認為在自然的狀態下，每個人都是自由而平等的，擁有「生命、自由、財產」的自然權利，主張「天賦人權」是上帝直接賦予人類、天生具有的權利，每個人都應有均等的機會去追求自我發展並發揮自我的潛能獲致成功，這種追求善與幸福的力量會促進整體政治社群無限的進步。

他們相信人生而自由平等，沒有天生的等級，主張終結封建制度，排斥既有的傳統和權力。政府不應只是保護少數人的財富和權利，而是應捍衛每一個人的自由、平等和公正。他們否定君權神授說，反對君主專制，在民主制的憲法裡建立了分權制衡的系統，用以監督與限制政府，主張限制政府的角色，認為政府的權力和個人自由間應該有著一個平衡點，強調統治者與被統治者的關係為社會契約，政府的權威只能建立在被統治者擁護的基礎之上；如果政府侵犯或剝奪到人民的權利，那麼民眾就有權利來推翻這個政府，建立一個新政府來取代它，主張「主權在民」，認為人們擁有選擇君王的權力，國民對於政府的暴政，有起而反抗的權利，人民可以對社會中許多不平等、不合理的制度提出反省批判，甚至加以反對興革。

他們對當時歐洲的君主專制、基督教的壟斷，以及教會對異議份子的鎮壓進行了毫不妥協的批判和攻擊，認為宗教信仰屬於私人領域，任何宗教只要不對公共秩序造成威脅，政府就應當予以寬容；主張政府應該採行政教分離的政策，並對宗教採取自由、平等、中立的態度。他們主張信仰是人和神的直接關係，人人都可以從《聖經》中吸取信仰要旨，對《聖經》作出自我的的詮釋，不必再盲從教皇和教會闡釋《聖經》的權威，這不但衝擊了教皇的傳統權威，也瓦解了教

義一元性的禁錮，激發出若干科學與思想上的變革，造成知識壟斷和思想控制的傳統權威遭受到前所未有的挑戰。

他們認為應該破除迷信，倫理觀不須以上帝為唯一的中心，要使人能夠按照人的本質生活，實現真正的自由、平等和博愛。他們注重個人在道德觀和生活方式上的權利，認為種族或性別的歧視在道德上是錯誤的，應該對所有族群一視同仁，反對任何特定的價值，認為不應該由社會來判定個人的價值觀念。主張「男女平權」，女性的本性和男性一樣，具有全人類共同擁有的本質——理性，男女兩性享有一樣的天賦人權，主張去除兩性間的性別刻板概念，男、女性都具備全部的男性與女性特質。他們認為女性生存的目的必須以自我實現及發展自我潛能為優先，不應該只是為了符合社會上對於性別角色的期待；鼓勵女性極力爭取物質資源與行政權力等力量，打破男女在工作場所的二元結構關係，唯有經濟層面不再需要依附在男性的羽翼下，才有可能進一步地去追求自我的實現。

他們主張捍衛思想的自由，認為人們應該避免集體暴力壓迫到任何個體的自由，因為無論意見本身的價值為何，都有可能是真理，強調真理比統一更重要。個人的行為與思考不能被社會既有的習俗與傳統所左右，要從傳統的專制下解放出來，開創性是促進人類幸福與社會進步的重要關鍵，一個社會如果缺乏開創性就會使文明停滯不前，因此他們常會與反對者結合，總是與傳統專制處於敵對狀態，對社會現狀保持批判的精神，接受變遷革新的必然發生，相信有最大的破壞才有最大的建設。

簡言之，「正向式的反動思維」是一種保守的想法和行動，反對或抗拒基進革命的看法與行動，並且捍衛傳統的生活習慣、社會秩序和文化傳統。「反向式的反動思維」，是相對於「正向式的反動思維」所產生的自由基進的想法和行動，排斥既有的傳統和權力，追求自由平等，對社會現狀具有批判的精神，反對社會現有的制度與習俗，接受變遷革新或基進革命的看法與行動。茲以表格將兩種「反動思維」的內涵加以比較如下：

表 1　正向式的反動思維與反向式的反動思維的內涵比較表

	正向式的反動思維	反向式的反動思維
屬　性	極右派、極保守	極左派、極基進
擁護者	操控主流社會的權貴階級	反抗主流霸權的自由主義者
人性觀	人性並不完善， 須以法律規範個人自由	人性良善， 擁有自由平等的天賦人權
政治觀	捍衛封建的階層制度， 主張強權專制政府	反對封建的階層制度， 主張民主代議憲政
宗教觀	認同君權神授， 反抗是異端的行為	主張政教分離， 信仰是個人的自由
社會觀	以父權制支配個體， 穩定道德與社會秩序	尊重個體自由意志， 不強調特定價值觀
傳統觀	肯定傳統的價值， 革新帶來社會動亂	從舊有習俗中解放， 革新促進社會進步

（三）正反向兼具式的反動思維

　　至於兩對立反動思維極端間的模糊地帶，我則將其總括為第三類的「正反向兼具式的反動思維」。茲將其可能的型態圖解說明如下：

1.並陳型正反向兼具式的反動思維

　　此種「並陳型正反向兼具式的反動思維」的維護並非全然的維護，顛覆並非全然的顛覆，因為作者即使再如何清醒地意識到思維的運作，意識的盲點仍然存在。「巴赫汀（Mikhail Bakhtin）稱非官方的、民間的、日常生活的意識型態或價值系統為『行為意識型態』。行為意識型態中包括了與官方意識型態相一致的部分，也包括了相對立的部分」（劉康，1995：125）；蔡琰也提出「意識型態經常是交集呈現的思想與行為準則，並且與價值的意識觀念不可截然二分。」（蔡琰，1996：20），因此作者深受行為意識型態影響難以撇清，一個作家的作品可能

在對某些主流社會價值進行質疑、嘲諷與顛覆時，它也可能同時維護、支持另一些主流價值。像這樣在文本中呈現「正向式的反動思維」和「反向式的反動思維」範疇交集的情況（如圖1），則稱為「並陳型正反向兼具式的反動思維」。

2.中立型正反向兼具式的反動思維

「正向式的反動思維」和「反向式的反動思維」是兩個立場完全相對的思維。以政治光譜來看，如果軸線的右端是代表最極端的「正向式的反動思維」，而左端是代表最極端的「反向式的反動思維」，那麼不同政治傾向的人在政治光譜上的位置也不相同，極端的左和極端的右看似對立的兩極，其實二者都有其偏執的一面，都是需要被反省的。而「中立型正反向兼具式的反動思維」則是不偏向左或右的二元選擇（如圖2），於不偏不倚之中呈現出中間中立的觀點，採取不支持、不批判的中庸之道，擺脫二元思維的僵化束縛；在文本中沒有自己特定支持或強調的觀點，僅客觀的呈現社會多元化樣貌。

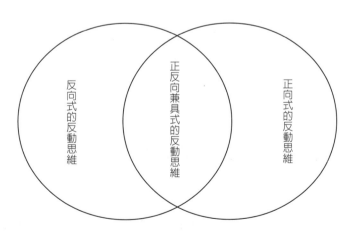

圖1　並陳型正反向兼具式的反動思維

反向式的反動思維　　　正反向式兼具式的反動思維　　　正向式的反動思維

←─────────────────────────┼─────────────────────────→

圖 2　中立型正反向兼具式的反動思維

3.模糊型正反向兼具式的反動思維

紀登斯（Anthony Giddens）（2000）曾在《超越左派右派》一書中對保守主義和社會主義的發展歷程進行回顧和分析，他得出的結論是：左和右，基進和保守，由於其片面性，無可避免的走向它們各自的反面，並不是兩相對立的觀點不存在了，而是發生歷史性的變化，過去的左派有可能因為對過去留戀而對現實不滿，轉而趨向右傾；而過去的右派也可能因為對現實中改革成效的不彰，轉而趨向左傾，而呈現出向歷史中心靠攏的現象，左和右的區分已經失去了意義，保守主義已經趨向基進，社會主義已經趨向保守，因此在今天的社會條件下，右派和左派的舊思維已經不存在。

處於新世紀的開端，所有國家的政治都在轉型，傳統兩極政治的特性已經消失，思維模式不再拘泥於「正向式的反動思維」和「反向式的反動思維」對立的框架中。二者之間的界線模糊，讓「模糊型正反向兼具式的反動思維」能穿梭其間取得平衡與調和，在政治光譜上可以定位在「中間偏右」或「中間偏左」，思維範疇沒有固定的界線（如圖 3）。「模糊型正反向兼具式的反動思維」立基於劇變的社會，是從「正向式的反動思維」和「反向式的反動思維」間演繹出來的修正路線，它具有不斷修正的彈性空間，並不限定在左右之間找尋中間路線，也或許是提出一條迫切需要但被忽視已久的政治路線。

圖 3　模糊型正反向兼具式的反動思維

　　以上三種正反向兼具式的反動思維為一體的三面，雖然在判定上容易跟「不反動思維」混淆而造成分類的徒然，但因為它仍是在反動思維光譜上的（「不反動思維」則不在此一光譜上），以致從理論上為它保留一個位置以備「不時之需」也就有其必要性。換句話說，在反動思維的光譜上凡是不居兩端的，就得有中間地帶來讓它們歸屬，從而使各種可能的反動思維都能得到安置。

四、童話中的反動思維

　　每一篇文學作品都內蘊著寫作者的思維，用以表現或傳達出作者個人的思想、情感、信仰或價值觀，這些思維會自然而然的由作者的潛意識中流露出來，透過作品的內容呈現出某種傾向的意識型態。童話是文學作品的一環，自然也內蘊了童話作家的思維，呈現出某種傾向的意識型態。

　　我以為童話的思維沒有絕對的「正確」與「不正確」的區別，只有「正向」與「反向」的傾向不同，或者是說，作者在自認為「正確」的範疇內寫作，卻在字裡行間流露出潛意識裡「正向」與「反向」的思維向度，這都是本文想要探討的問題。童話的內容應該允許思維多元呈現，童話可以呈現光明面，也可以呈現黑暗面；可以呈現理想人生，也可以呈現真實人生；可以呈現封建專制，也可以呈現自由民主；

可以呈現父權結構，也可以呈現男女平權；可以呈現保守傳統，也可以呈現顛覆創新。

（一）童話中「正向式的反動思維」的呈現

1.在人性方面：
認為人性不完善，非理性會為人類帶來毀滅

以人性不完善為立基點的童話為數眾多，不勝枚舉。而安徒生更在〈天國花園〉（安徒生，1999）中仿造出亞當與夏娃的伊甸園，故事中的王子百思不解為什麼夏娃要摘下智慧之樹的果子？為什麼亞當要吃禁果？並且堅信換作是自己的話，絕對不會做出違禁的事。而後他因緣際會的來到天國花園，也答應仙女分離時絕不跟隨她而去，更不會親吻仙女，然而王子終究難以抵抗誘惑，也像亞當一樣犯了錯，讓天國沉陷到地底下去。這樣的故事更可以說明人類的理性是有限的，即使有了前車之鑑，信誓旦旦的承諾自己的理性，但是最終仍究跨不過人性永恆的弱點。

2.在政治方面：
捍衛封建的階層制度，力保階層世代相傳不墜

「正向式的反動思維者」為了維繫社會階層的穩定，便利用世襲的貴族制讓其後代繼續處在高階層裡，使得階層得以世代相傳。如：〈豌豆上的公主〉（安徒生，1999）中王子一心期待與真正的公主門當戶對的聯婚。在一個暴風雨的夜晚，一位渾身被雨水淋得溼透，鞋子也沾滿爛泥巴卻自稱是公主的女孩急急地敲打城門，王后半信半疑，決定試試真假。王后在鴨絨被下別有玄機地藏了一顆豌豆，第二天一早，女孩告訴大家她一夜無法入睡，所有人都相信她是真正的公主，王子便與她完婚了。故事末了，安徒生還特別強調這是一個真實的故事，

而那粒證明公主身分的豌豆重要得被送進了博物館去，誇張又荒唐的呈現當時「門當戶對」的貴族制度。足見古典童話的故事，在敘寫國王、王后、王子、公主等角色故事的同時，也傳達出捍衛封建社會階層制度的「正向式的反動思維」。

3.在宗教方面：信奉上帝是唯一的選擇，反抗必得懲罰

中世紀的基督教地位非常高，在平民百姓的思想中，宗教代表一切。清晰描繪當時人民生活的童話有〈老上帝還沒有滅亡〉（安徒生，1999），文中「國內的生活費用很高，糧食的供應又不足；稅捐在不斷地加重，屋子裡的資產在一年一年地減少。最後，這裡已經沒有什麼東西了，只剩下窮困和悲哀」〔安徒生，1999（四之二）：413〕，但在這樣愁苦的生活中，悲哀的夫妻仍然堅信老上帝還活著，信仰上帝是人們生活的精神支柱。

「正向式的反動思維者」認為人應該接受上帝的旨意和安排，反對上帝，就會被歸為「異端」，他的下場除了悔改外，就是死罪一條。如：〈聖母的孩子〉（格林兄弟，2001）中被聖母收養的女孩因為說謊被逐出天堂，並失去了聲音。其後，每當她生完一個孩子，聖母就出現要她承認錯誤，但她始終沒說實話，所以聖母先後帶走她的三個新生兒。因為孩子先後消失，大臣們議論紛紛說她是吃人的妖精，將被判火刑，當火熊熊燒起時，她才真誠悔改，於是聖母原諒了她，並將三個小孩都還給她，賜給她幸福快樂的生活。還有〈紅鞋〉（安徒生，1999）中，上帝派天使懲罰信仰不專、愛慕虛榮，為了追求享樂而背棄養育之恩的珈倫，讓她腳上的紅鞋不聽使喚地跳起舞來，直到珈倫受不了折磨，請劊子手砍斷她的雙腿為止。經歷折磨和苦難，斷絕了雜念和思想淨化以後，珈倫深深地懺悔，並且堅信上帝，終於獲得救贖，靈魂飛進了天國。再如〈踩著麵包走的女孩〉（安徒生，1999）中，傲慢虛榮的英格兒因為怕弄髒衣服和鞋子，便把麵包扔進泥巴裡，踩在麵包上要走過泥巴水坑，這時她的身體卻跟麵包一起沉陷到地獄

裡，成為一尊石像，在漫長歲月中飽受折磨。英格兒聽到曾經對她像慈愛的父母一樣的主人說：「她不珍愛上帝的禮物，把它們踩在腳下，她是不容易走進寬恕的門的。」〔安徒生，1999（四之三）：240〕後來，她因為得到一位小女孩的同情和憐憫，漸漸被感化、醒悟，英格兒在淚水中獲得救贖，化成一隻鳥兒四處尋找麥粒和麵包屑，奉獻給其他同類，最後終於得到超昇，飛向了天國。在這個故事當中，上帝化身為一種強大的信仰和道德力量，獎勵善良，懲罰罪惡，違背教會和政府的反抗鬥爭，不僅要受盡折難，也喪失進入天堂的機會，絕對為「正向式的反動思維者」所不容。

4.在社會方面：擁護父權制，女性成為被支配的角色

「正向式的反動思維者」有著「男尊女卑」的觀念，認為男性具有支配女性的權力，女性應學會服從男人。父權制下女性對於自己的婚姻沒有主導權，即使貴為公主也不例外，多數公主的婚姻仍舊是由國王代為決定。如〈尖下巴國王〉（格林兄弟，2001）裡的老國王因為女兒不把所有的求婚者放在眼裡，惱怒的將她嫁給窗外衣衫襤褸的乞丐，即使公主再怎麼反抗與爭吵也只好遵從父命。

由於傳統社會中父權制「母職神聖」的塑造，盛讚女性為子女犧牲奉獻的美德，強化性別道德意識。如〈母親的故事〉（安徒生，1999）的主角是一位傾盡生命為孩子犧牲的母親。她為了照顧病危的孩子，三天三夜不曾闔眼，不過是睡了片刻，死神就趁機將她的孩子帶走。可憐的母親為了打聽死神的去向，她唱了很多的歌，讓荊棘刺進她的胸膛，將眼珠哭出來交給湖，用美麗的黑髮交換白髮。貧窮的母親除了孩子和自己的生命之外，已經一無所有，她追到天涯海角也要找到死神，情願用自己的生命來換回孩子的生命，堪稱女性為人母的典範。

相對於母親仁慈偉大的情操，童話中後母的形象則有天壤之別。張兆煒（1993）曾對童話故事中的後母角色做過調查研究，竟然驚訝

地發現他所取材的二十篇童話故事中，對於後母角色的描寫全是負面的！童話故事中，遭到後母虐待的多為前妻的女兒，公主清純美麗、後母殘忍惡毒，甚至是連後母所生的女兒都還要加以醜化，這種人物之間的善、惡，美、醜之間的對比非常明顯。如〈白雪公主〉（格林兄弟，2001）中的白雪公主皮膚潔白如雪，面頰鮮紅如血，頭髮烏黑如烏檀木，但是美艷又高傲的後母王后卻不能容忍她比自己美麗，一心想除掉她；〈灰姑娘〉（格林兄弟，2001）中的後母帶來了兩個女兒，她們的心又狠又黑，要灰姑娘從早到晚在廚房幹活，晚上也只能躺在灶邊的爐灰裡，常想法子欺辱她、嘲弄她。「正向式的反動思維」的童話便是這樣藉由女性的正面形象與負面形象的兩相對比，意欲達成教化女性的遂行目的。

5.在傳統方面：肯定舊秩序中的律法、道德與權威的價值

「正向式的反動思維者」在維護舊秩序的同時，其實也正是肯定舊秩序中的律法、道德與權威的價值。如：小紅帽和祖母在獲救後，大野狼的肚子被裝滿石塊，溺水而死；灰姑娘的兩個姊姊，在她結婚之後，慘遭眼睛被啄瞎的命運；白雪公主的後母在白雪公主的婚宴上，穿著燒紅的鐵鞋跳舞至死；珈倫因為愛慕虛榮，讓她穿著紅鞋跳舞至懇求劊子手砍斷雙腿為止；英格兒怕把衣服和鞋子弄髒，而把麵包踩在腳下，就讓她的身體跟著麵包一起沉陷到地獄裡。童話故事中，除了善有善報、惡有惡報的教化意義之外，還會提到惡人所受到的嚴厲懲罰，這足以說明童話故事裡強烈地宣示著律法、道德與權威的價值，是不容世人違反和顛覆的。

「正向式的反動思維者」認為打破舊習慣與學習新習慣，是一個痛苦的過程，所以舊有的、熟悉的傳統應該要加以保全和維護。這樣的思維就反映在〈窮人和富人〉（格林兄弟，2001）中，富人的生活已經很富裕了，卻因為貪心而向上帝懇求三個願望，沒想到這三個願望讓「他除了得到麻煩、勞累、一頓痛罵和失去一匹馬外，什麼也沒有

得到。」〔格林兄弟，2001（四之二）：294〕倒不若什麼想要改變的願望都別許，依照過去一般享受社會傳統的果實，快快活活、安分老實地過生活，才是符合「正向式的反動思維」的生活願景。

（二）童話中「反向式的反動思維」的呈現

1.在人性方面：
相信人性良善理性，擁有自由平等的天賦人權

「反向式的反動思維者」相信人性是良善的、理性的，他們相信人本身有良善的能力。如：《讓路給小鴨子》〔麥羅斯基（Robert McCloskey），1995〕是個溫馨動人的童話，合乎真善美的要求，全書的「人物」都是好人，鴨媽媽是個賢妻良母；鴨爸爸為孩子的生活奔波；坐在船上看小鴨子的孩子們會丟花生米給牠們吃；指揮交通的警察慈祥又富人情味；警察局的同事派警車支援；小鴨子安全進入公園後回過頭來向警察們說謝謝，這個故事將人類的善心表露無遺，警察先生把鴨子當人看，視鴨命如人命，以愛為出發點關愛所有生命，讓人感受社會的良善與美好。

「反向式的反動思維者」主張人生而平等，每個人都應有均等的機會去追求自我發展並發揮自我的潛能獲致成功。以〈醜小鴨〉（安徒生，1999）來說，醜小鴨因為長得醜，被大家排擠欺負，忍不住逃離了那個讓牠傷心的地方。逃出來的醜小鴨，經歷過許多波折，仍然勇敢追求自己想要的生活，不放棄希望，結果牠成功地蛻變成一隻高貴的天鵝。在結尾處，安徒生用這樣的句子「只要你曾經在天鵝蛋裡待過，就算是生在養鴨場裡也沒有什麼關係」〔安徒生，1999（四之一）：41〕，即使出生如何卑微，生活遭遇如何辛酸，只要懷抱希望努力下去，每個人總有均等的機會可以熬出頭，迎向生命嶄新的一頁。

2. 在政治方面：
   流露出對封建階層的諷刺，宣揚自由民主的理念

「反向式的反動思維者」相信每一個人生而自由平等，主張終結封建制度，排斥既有的傳統和權力。〈皇帝的新裝〉（安徒生，1999）的故事則顯現出統治階層的愚昧，諂媚奉迎的朝臣為了保住自己的名望與權位，個個枉顧真實睜眼說瞎話；貪戀讒言美譽的皇帝為了虛榮蒙蔽住自己的心眼，赤身露體做出荒謬可笑的蠢事。安徒生以誇張的手法呈現皇帝愚蠢剛愎的性格，再借赤裸遊街將故事的趣味拉至最高點，直到一位小孩說出了真話戳破謊言，大家才明白自己被愚弄了。而皇帝發現自己可笑的虛榮心被戳破時，卻仍不願坦然面對，還得裝模作樣的維護自己那可憐的自尊，看來真是荒謬可笑，也徹底的暴露出皇帝的愚蠢和宮中人士的無能。

諷刺統治階層的童話還有〈快樂王子〉〔王爾德（Oscar Wilde），2000〕，故事描述一個豎立在街道上的快樂王子銅像，央求一隻錯過南飛的燕子將他身上的金片叼下來送給窮人；最後，快樂王子因為變得破損不堪，成為市民們的恥辱，於是他們決定銷毀快樂王子。故事末了還以市長與市參議員們的對話諷刺現實中人類的忘恩負義、攀權附貴，著實是一個世態炎涼的社會寫照。故事中燕子所看到的情景道盡了當時階級社會下貧富生活的極大差距，人性的自私與貪婪。王子悲天憫人的胸懷與官員世俗功利的形象兩相對比，不只形塑出淒美的氣氛，更讓人悟出美麗與醜陋的真諦，是對社會嚴正的控訴與批判。

《烏龜大王亞特爾》（蘇斯，2005）敘述池塘裡的烏龜大王亞特爾覺得他的王國太小了，想要把王位加高，以看得更遠，顯示自己統治的王國有多大。於是他命令九隻烏龜高高地疊成一個新的王位，然後坐在上面欣賞自己統治王國的景觀。不過他還對此不滿，繼續命令烏龜加高王位。不料一隻被壓在最底層不堪負荷的小烏龜打了一個嗝，他的嗝搖動了王位，烏龜大王從高高的王位上摔下，整個烏龜王國全

盤瓦解，底下的烏龜終於獲得自由。烏龜大王為了滿足自己的統治野心，護衛自己的階層地位，漠視底層人民的痛苦，終於王位塌了，王國也垮了。這個故事正是藉由烏龜大王荒謬的想法和作法象徵獨裁君王的暴政必亡，也藉由最底層烏龜的打嗝震倒王位象徵主權在民的力量，反抗君主專制，宣揚主權在民的「反向式的反動思維」昭然若揭。

3. 在宗教方面：打破教會壓制與宗教迷信，尊重真理與理性

歐洲整個中世紀都籠罩在基督教的黑暗神權統治中。在〈波爾格龍的主教和他的親族〉（安徒生，1999）中就清楚的描繪出中世紀教皇包庇主教，法律無用武之地的景況。波爾格龍的主教非常有權勢，但是他還是覬覦死去親族遺留給寡婦的土地，他寫信給教皇，得到一封教皇指責寡婦的訓令：「她和她所有的一切應該得到上帝的詛咒。她應該從教會和教徒中被驅逐出去。」〔安徒生，1999（四之三）：309〕於是寡婦離開國境，在途中她遇到自己流浪在外的兒子，他決定要在法庭控告主教的惡行。最後年輕人不敵主教的權勢，憤而將主教及他的武士全都刺死，結束一場慾望的爭鬥，回復平靜的生活。安徒生在故事中除了對於教皇和主教提出強烈的批評，文末還以「你，可怕的古時的幻影！墜到墳墓裡去吧，墜到黑夜和遺忘中去吧！」〔安徒生，1999（四之三）：314〕「讓那些過去的、野蠻的、黑暗的時代的故事被擦掉吧！」〔安徒生，1999（四之三）：315〕道盡自己對於神權時代的唾棄！

「反向式的反動思維者」認為理性能引導人走向更好的世界，所以主張破除宗教迷信，尊重真理與理性。〈野天鵝〉（安徒生，1999）中艾麗莎忍耐肉體上的折磨，採集蕁麻織披甲來拯救哥哥，但她的行徑卻被大主教認為是個巫婆，裁判她火刑處死。僅僅靠著大主教的片面之詞，國王與民眾也迷信的將她所有作為作了曲解，還好十一隻天鵝及時出現恢復王子原形，艾麗莎終於可以開口說出真相，取得了群眾的理解，「眾人看清了這件事情，就不禁在她面前彎下腰來，好像在一位聖徒前一樣。」〔安徒生，1999（四之一）：312〕最後她擊敗

邪惡與誹謗，贏得了幸福。故事中以一個柔弱女子的決心和毅力，戰勝了比她強大、有權勢的主教，也粉碎了宗教狂熱者編織的迷信謊言。

4. 在社會方面：人道關懷主義，平反特定角色形象的刻板概念

「反向式的反動思維者」認為兩性角色有重新思考的必要，《超人爸媽》（管家琪，2008）藉由海馬和企鵝兩種動物天性的巧妙安排，糾正讀者的「偏見」──「生」和「養」絕不是女人的天職，提供讀者一個關於「爸爸」和「媽媽」的定義及分工的思考空間。《朱家故事》〔布朗（Anthony Browne），1991〕中朱太太用離家出走表達抗議後，其他人才了解到媽媽的重要，改正過去懶散依賴的習性，全家人開心的一起做家事。書中提到依個人的專長來家事分工，比如朱太太修理車子，而朱先生和兒子們也可以學習幫忙煮飯、洗碗、鋪床、燙衣。《媽媽就要回家嘍！》〔班克斯（Kate Banks），2004〕更是翻轉傳統男女工作場所的二元結構關係，媽媽在外面工作準備回家，而爸爸不僅要在家做晚餐，還要一邊餵著小寶寶，一邊管其他小孩，最後父子三人微笑的擠在窗前等待媽媽回家的擁抱。從這些童話看來，女性的意識已逐漸抬頭，男性享受女性的無償勞動不再是理所當然，也宣告著「男女平權」時代的來臨！

「反向式的反動思維者」主張去除兩性間的性別刻板概念，這種觀念漸漸在許多童話故事中出現，如：《紙袋公主》〔繆斯克（Robert Munsch），2001〕裡原來穿著得體的公主在噴火龍燒掉她的城堡後，毅然穿著紙袋遮蔽身體，依靠自己的力量去拯救被俘的王子。不料只重相貌的王子卻在得救後，嫌棄她穿得太邋遢，她立刻決定不和王子結婚。這則顛覆王子與公主美好結局的故事，不以柔順來包裝公主，不以勇敢聰穎來形容王子，更貼近我們的生活，讓人有耳目一新的感覺！《頑皮公主不出嫁》〔柯爾（Babette Cole），1999〕的公主卸下象徵道德束縛的沉重長裙，跳脫古典童話中豐胸細腰的女性化裝束，身

穿寬鬆 T 恤外搭吊帶牛仔褲、親自為寵物洗澡，常常是一身髒兮兮、房間充斥著尚未整理的髒襪子、食物的殘渣，一反公主「去生活化、不食人間煙火」的聖潔形象。面對父母親的逼婚及眾多的追求者，刁鑽的公主讓求婚者知難而退，不敢再來打擾她，顛覆了女性一定得走入婚姻的迷思。

　　其他形塑女性新形象的童話有：《長襪子皮皮冒險故事》〔林格倫（Astrid Lindgren），1993〕創造了野性、狂放、邋遢、怪誕、滑稽、不被體制拘束的「長襪子皮皮」女孩形象，作者顛倒了女性、兒童在社會中的被照顧角色，讓皮皮具備強大力量可以保護自己與他人，以及充裕的經濟能力讓她可以隨心所欲，獨立生活，統領一個完全屬於自己的世界，無視社會加諸於女性和孩童的價值判斷和體制要求。而一改過去男性英俊、主動、英勇、堅強、權威角色形象的童話有：《灰王子》（柯爾，2003）的王子沒有英俊的臉蛋，只有滿臉的雀斑，沒有挺拔的體格，瘦得像皮包骨，全身邋遢，還膽小害羞；他沒有高壯的白馬或拉風的敞篷車，只有一隻貓陪伴，還得窩在廚房裡料理三餐、打掃和洗衣服。《阿倫王子歷險記》〔包斯（Burny Bos），1994〕裡的青蛙阿倫自認為是王子，幻想要去解救公主，他在尋找傳統中等待被解救的公主的路途上，他幫助了迷路的小鳥露西，並成為好朋友一起結伴同行。隨著小鳥的長大，青蛙和小鳥的男女外在形象漸漸顛覆傳統，小鸛鳥已經變成了大鸛鳥，阿倫的英雄氣概也轉成了害怕，兩個好朋友之間的性別模式漸漸轉變成女強男弱，最後還是鸛小姐救他脫離困境順利回家，公主解救王子的結局幫兒童打開兩性世界的新視野，讓他們有機會去了解兩性角色的多元性。

　　「反向式的反動思維」除了不強調特定的性別價值觀外，也開始興起對古典童話中既成角色刻板印象的重新思考，為傳統故事中的反面人物進行平反。如〈夜雪公主〉〔沃克（Barbara G. Walker），1996〕讓後母不再是個與白雪公主爭美的邪惡女人，反而是個美麗而有智慧的後母，識破以美麗來離間母女的狩獵長野心，還重金請七個小矮人

暗中保護公主，讓公主順利逃脫魔掌，使她對後母的救命之恩念念不忘，一改後母的負面形象。《飛天小魔女》〔普羅伊斯拉（Otfried Preussler），1994〕裡的小魔女只要路見不平必定運用魔法偷偷的協助，她做了一樁又一樁的好事，顯示出眾人認定邪惡的女巫世界也有天真善良的女巫。高大異常的巨人，在童話中常將他們形塑成可怕、貪婪且又愚昧的怪物，但在《吹夢巨人》（達爾，1900）中的巨人不僅善良不吃人，而且每天晚上用他巨大的耳朵辛勤的工作，將聽到的一個個美夢蒐集起來，再把美夢吹進熟睡孩子的腦中，讓他們在夜晚有個好夢，全書透過好巨人與小女孩蘇菲之間的互動，塑造了一個溫馨的故事。蜘蛛雖為益蟲，但因為其可怕的毒牙和不討喜的外型，甚少成為童話的主角，而《夏綠蒂的網》〔懷特（Elwyn Brooks White），2003〕卻將牠塑造成溫情而智慧的夏綠蒂，發揮結網的本事，奇蹟似地解救小豬韋伯的性命。《狐狸孵蛋》（孫晴峰，2001）中的狐狸既不壞又不作惡，雖好吃卻溫和善良，而且還會孵蛋，照顧小鴨子。這個充滿顛覆趣味的童話改寫了傳統童話中狐狸狡猾貪婪的樣板個性，賦予讀者一個新的價值觀。

5. 在傳統方面：
　　從古典童話中解放，用改寫與顛覆手法追求創新

　　在現代社會中，人們還會以質疑與顛覆的態度來面對傳統，表現出「解放傳統，追求創新」的「反向式的反動思維」精神。古典童話的改寫與顛覆，在近代的童話作品中屢見不鮮。如：〈女皇的新衣〉（沃克，1996）把〈皇帝的新裝〉裡重要的角色都換成女性，女皇、裁縫姊妹、說真話的小女孩、女孩的母親，故事情節如〈皇帝的新裝〉般的進行，卻將最後的結局改成女皇賞識兩個裁縫的聰明，讓她們安然的留在皇宮裡為女皇設計禮服，表現出女性的恭自反省與寬容大度更能贏得臣民的忠心。威斯納藉《三隻小豬》的經典童話，創作出《豬頭三兄弟》〔威斯納（David Wiesner），2002〕的顛覆童話，三隻小豬

一樣是小豬三兄弟，一樣蓋自己的小房子，大野狼還是來敲門。但是這次大野狼不是從煙囪裡掉進滾燙的湯裡，而是把三隻小豬吹出故事外，進入了另一個故事的空間，遇見鵝媽媽歌謠的小貓和跳月的牛，以及屠龍故事的龍，最後三隻小豬帶著龍和小貓一起回到原來的故事中，以龍擊退了野狼的惡勢力，完全顛覆了故事的發展與可能。《三隻小豬的真實故事》〔薛斯卡（Jon Scieszka），2001〕則是保留了《三隻小豬》原本的結構和角色，靈活的轉變敘述觀點、角度，呈現出完全不同的是非對錯和因果關係，故事以大野狼的角度來重新看待整個故事，替大野狼平反了冤屈，也讓讀者在似曾相識的情境中，一再有意料之外的驚奇。

為古典童話故事加上意料之外的後續發展，也會為讀者帶來無限的驚喜與想像。如：〈白雪公主〉（倉橋由美子，1999）中的某些情節已和原來經典的故事有所不同，白雪公主受後母皇后所迫害，咬下蘋果沒有昏睡，卻是讓雪白的肌膚頓時變成泥巴色，最後在小矮人家安度一生，而原本答應為她報仇的王子，進城後卻愛上皇后，共謀殺害國王並與皇后完婚，完全顛覆「善有善報，惡有惡報」的結局。《11 個小紅帽》（林世仁，1998）發展出十一個以「小紅帽」為主角的不同故事，故事中的小紅帽不一定都要淪為大野狼的食物，祖母也不一定時時都處於劣勢、大野狼也沒有每次都趾高氣昂、甚至小紅帽還可以欺負大野狼的小孩！《當東方故事遇到西方童話》（管家琪，2000）在每個故事之後，還寫出包含故事原來結局之外的另兩、三種不同的結局，此外讀者也可以自行創作一個屬於自己的精彩結局，讓讀者參與童話故事的發展。

（三）童話中「正反向兼具式的反動思維」的呈現

童話作家在創作童話時，常會無意識的將自己的思想內蘊在其中，他可能在對某些主流社會價值進行質疑、嘲諷與顛覆時，也可能同時維護、支持另一些主流價值。以〈豬倌〉（安徒生，1999）為例，

英俊的王子盼望找個外貌和他相匹配的公主結婚，但公主卻不領情。王子於是化身為豬倌接近公主，經歷一連串事件的試驗後，他才猛然發現美麗的公主不過是個愚蠢的人，拂袖而去留下獨自哭泣懊悔的公主。故事中，王子盼望與門當戶對的公主結婚，以及當國王撞見公主親吻豬倌時震怒的將他們逐出王國，就顯示出封建社會下統治階級對於權貴身分積極捍衛，以及失去男性權威（國王和王子）支持的女性會落得如此悲戚懊悔的下場，均顯現出故事中所隱含的「正向式的反動思維」；而故事最終，王子感慨公主竟為了玩具和陌生的豬倌親吻，而漠視玫瑰與夜鶯的價值，所以決定放棄追求公主，這樣的結局一反傳統童話「王子從此和公主過著快快樂樂的生活」的論調，並藉此反諷上層統治階級的貪婪愚昧，可謂故事中所隱含的「反向式的反動思維」。〈野天鵝〉（安徒生，1999）中刻畫惡毒的後母王后對艾麗莎的美感到憎恨，而對她下了毒咒，對後母刻板印象的處理是為「正向式的反動思維」，而艾麗莎織披甲拯救哥哥的行徑被大主教認為是個巫婆，裁判她火刑處死，是將異端的行為視為對宗教的反抗，也是「正向式的反動思維」的呈現；最後艾麗莎終於可以開口說出真相，戰勝了坐擁權勢的主教，獲得幸福，這是破除宗教迷信的「反向式的反動思維」。〈波爾格龍的主教和他的親族〉（安徒生，1999）中主教夥同教皇指責寡婦應得上帝的詛咒，而被驅逐出教會和離開自己的國境，違背教會的意思必遭懲罰，屬於「正向式的反動思維」；最後寡婦的兒子決定要在法庭控告主教的惡行，並不惜刺死主教以示對於權勢的反抗，則是屬於「反向式的反動思維」。《瑪蒂達》（達爾，2008）裡聰明的瑪蒂達喜歡閱讀大量的書籍，瑪蒂達的聰明常招致父母及校長惡意的貶損，為了抵抗，她意外的發現自己竟然有股超能力，這不僅使她免於受到迫害，還拯救了老師。故事中瑪蒂達父母奇特的管教方式，以及校長對學生的一連串霸凌動作，暗指現實世界中成人宰制兒童思想與行為的手段，成人與兒童的權力關係是支配者與被支配者的不對等關係，屬於「正向式的反動思維」；每次遭受壓制時，瑪蒂達便用她的特異功

能想辦法反抗，最後讓校長倉皇出走，顛覆舊有社會對於兒童的認知觀點，並且大大的抨擊傳統教育的僵化與乏味教條，自然是屬於「反向式的反動思維」。

　　像這樣在同一個童話中，同時出現「正向式的反動思維」與「反向式的反動思維」敘述觀點的作品，便具有「正反向兼具式的反動思維」。至於每個「正反向兼具式的反動思維」童話的思維光譜是傾向「正向式的反動思維」的向度居多，或是傾向「反向式的反動思維」的向度居多，抑或是僅客觀的呈現社會多元化樣貌，屬於中立觀點的思維，則要詳加分析每個故事的情節架構才能看出其中的端倪。當童話的寫作不再拘泥於「正向式的反動思維」和「反向式的反動思維」對立的框架中，讀者的擇取與詮釋便有了更大的自由空間，才能充分享受多元價值的閱讀樂趣。

五、以反動思維反思童話閱讀教學

　　根據史蒂芬（John Stephens）的說法：文本推演出來的主題、道德、行為等絕不可能不帶有意識型態的向度或意涵，它常以不明顯的方式將故事內容作為生活事件的表徵（即使故事的全部或部分是不可能真的存在於現實中），而且它常以一般閱聽人可理解的形式來敘事及形塑角色，蘊含了人類存在形式的假設。〔諾德曼（Perry Nodelman），2002：115〕也就是說，文本很難不反映出意識型態，它常以顯而未見的方式融入故事或生活中，制約我們看待事物的想法，並且認定這樣的想法是人類存在的唯一的真理。而把這種意識放進童話閱讀裡，便會呈現出：創作者憑藉自己內在的反動思維創作，並有以文本操控閱讀者的影響權和支配權；閱讀者在閱讀文本時不是被動的接受者，可以憑藉自己原先具有的反動思維作後設閱讀，並且有對文本進行認同或批判的權力。在此兩相交互作用的權力下，其背後都有一個隱而難

見的「反動思維」意識型態作支持。於此，我們可以看出創作者和閱讀者並非只是純然和文本的內容互動；透過文本，創作者和閱讀者其實是和不同意識型態的反動思維作互動，它們在閱讀童話的過程中交會，或許相同，或許相對立，或許被認同，或許被批判，但都無可迴避的要涉入權力的場域裡。

讀者在進行閱讀時，是把自己的文化價值和先驗知識的積澱帶入閱讀的過程，跟文本（它本身就是創作者的文化價值和先驗知識積澱作用的產物）發生作用或碰撞。在這個過程中，讀者不是被動的，而是積極的參與；閱讀不是一個簡單接受創作者思想的行為，而是一個再創造的過程。（周慶華，2003：49）換句話說，閱讀不再是受創作者支配役使的過程；相反的，讀者在還沒拿起作品來讀之前，便已經有某些預存的興趣和動機傾向，正是這些預存的因素建構了他所見的作品，創造了他在閱讀過程中的感受。這也使得每次或每個人對文本的詮釋所得的意義就沒有絕對標準，因此文本的意義是多元性的，它沒有絕對的對和錯。是非價值的對和錯，以及反動思維的正和誤，成為了一個心理或是政治的問題，讀者可以選擇認同作者的「反動思維」，或是選擇批判作者的「反動思維」，或者可以選擇不認同也不批判，然後就在不同的意見之間浮動。這種以讀者為中心的閱讀歷程，說明了文本的意義只能在閱讀過程中產生，它是文本和讀者相互作用的產物，而且在接受的過程中，文本的內容在不同的時間、地點、社會和個人條件下獲得新的、不同的詮釋。（龍協濤，1997：102）如此一來，使得創作者原本意欲操控與支配讀者認同自己「反動思維」的企圖變得難能實踐，不免要與讀者的「反動思維」進行遊說對諍一番了。

此外，童話的主要閱讀對象為兒童，但是由於他們並無經濟的自主權，所以師長具有為兒童讀者把關與挑選童話文本的決定權。由於兒童的智識尚淺，獨立思考能力不足，常會以師長的思想見識馬首是瞻，無形中便對兒童起典範制約的功效，而使兒童的思想見識類同於引領他們的師長。甚至，師長們往往會以保護與控制兒童的思想為由，

便憑藉著自己固有的認知觀點和道德規準來為書籍進行檢查與篩選的
工作，決定兒童該讀什麼書，不該讀什麼書，他們有可能會把自己認
同的「反動思維」文本推介給孩子，培養一個和他們有相同價值想法
的兒童；相反的，他們也有可能會把自己不認同的「反動思維」創作
全盤剔除，以杜絕兒童受不良思想的干擾與驅使。以至於兒童讀者所
能接觸到的童話文本只限於整體社會價值所批准的安全範圍內，在被
框限的文本裡去認知他們陌生又亟欲了解的社會，這樣阻斷兒童認知
權利的過當保護，不僅會讓兒童的思想逐漸刻板化，鼓勵他們去認同
師長的價值觀，同時也是給兒童製造一個不完整的社會觀。除此，師
長們是否真能確知兒童真正的喜好，則又是個令人存疑的問題，杭特
（Peter Hunt）就曾提出令人反思的警語：「令人心驚膽顫又無法控制
的想法是：從大人觀點來看，絕對不好的書，也許就是好的童書。」
（引自諾德曼，2002：118）因為師長大多講究實用主義，但是兒童卻
不講究實用，只講究趣味。（林鍾隆，2005：111）以英國作家達爾為
例，他常在作品中敘述把人斬成肉泥、絞成肉醬、搗爛他、砸碎他等
種種殘忍的場面或手段，這些情節看在大人眼裡，肯定是血腥恐怖得
不宜兒童閱讀，可是看在小孩子的眼裡，這些情節卻是那麼有趣、誇
張，而教人捧腹大笑。《長襪子皮皮冒險故事》（林格倫，1993）發表
後，曾遭到堅持傳統教育兒童方法的人的反對，他們認為皮皮的惡作
劇會為兒童造成不良的示範效果，但是事實證明它受到廣大瑞典兒童
的歡迎，也有成年人開始認為皮皮是對絕對權威和盲從教育的反動
者。所以師長們在替兒童選書時，必須警覺自身所持有的意識型態，
是否會成為窄化兒童閱讀與思考的始作俑者。理想上，如果師長能不
偏限於教化的觀點來看待閱讀活動，能與社會潮流共成長，以開放的
態度提供兒童各種不同「反動思維」向度的兒童文本，就可以協助他
們從一些大人認同的共同文化假定中解放出來，以後在面對陌生或與
自己觀點歧異的書時，也比較不會排斥，如此兒童才能在多元向度的

文本中，培養獨立思考的能力和解決問題的能力，並奠定終身學習的基礎。

閱讀經驗較少的學童需要師長的引領與啟發，在語文活動中，師長可以提出開放性的問題來供兒童思考，由於每個人的生活經驗不同，即使是閱讀同樣的文本也會產生不同的解讀，正因為解讀不同，反而更增加文本產生的意義，更能豐富文本的整體，所以因理解不同而產生的腦力激盪討論就顯得相當重要。在這裡每個人的意見都一樣重要，沒有誰的意見是權威的中心，大家可以在彼此的回應中學習與對話，讓不同向度的「反動思維」都在這個自由的討論場域交會，無論是分享、辨析、批判或是挖掘文本潛藏的意識型態，都能讓所有的參與者從中得到閱讀的樂趣。

在閱讀的同時，我們常會帶著自己的意識型態來為文本尋找意義，受自己的觀念所制約，或者是受文本的言論所制約，而失去了共創文本豐富涵義的意義。所以唯有當我們和文本保持適當的距離之後，才能清楚發現自己的觀點和文本的觀點之間的差異，以反讀文本的方式察覺其中蘊含的「反動思維」向度，使自己不會陷入文本的掌控中，從而能定義及批判文本的「反動思維」，並更進一步釐清與了解自己的想法。如讀〈野天鵝〉（安徒生，1999）中艾麗莎邁向火刑場的段落時，不管讀者覺得她是罪有應得或是無辜受害，我們都從文本中看到自己的想法，也體察出自己的「反動思維」向度。而一般古典童話中泛神的、泛道德的、封建的「正向式的反動思維」，經此反讀與辨析之後，也就都無所遁形了，以現代社會的角度來看，它們確實有許多可議之處，但如果能回歸到當時的社會情境來看，我們就能多幾分了解與體悟，而不受其「反動思維」的影響了。此外，我們還可以討論文本是如何透過不同向度的「反動思維」來形塑角色形象，在「正反向兼具式的反動思維」的故事中，兩股不同的「反動思維」如何來區辨，兩廂勢力在不同的故事中又是呈現如何的消長態勢，這些藉由反動思維辨析的後設思考是開啟童話閱讀教學意符多元探尋的新嘗

試，更期望透過這些不同向度的反動思維的交會與激盪，能讓所有童話的閱讀者獲致更多元更開闊的視野。

參考文獻

王爾德（Oscar Wilde）著，劉清彥譯（2000），《眾神寵愛的天才：王爾德童話全集》，臺北：格林。

包斯（Burny Bos）著，劉守儀譯（1994），《阿倫王子歷險記》，臺北：格林。

布朗（Anthony Browne）著，漢聲雜誌社譯（1991），《朱家故事》，臺北：漢聲雜誌社。

卡尼爾（Peter J. O'Connell）著，彭懷真等譯（1991），《社會學辭典》，臺北：五南。

史庫頓（Roger Scruton）著，王皖強譯（2006），《保守主義》，臺北：立緒。

安徒生（Hans Christian Andersen）著，葉君健譯（1999），《安徒生故事全集》，臺北：遠流。

沃克（Barbara G. Walker）著，薛興國譯（1996），《醜女與野獸：女性主義顛覆書寫》，臺北：智庫。

林格倫（Astrid Lindgren）著，任溶溶譯（1993），《長襪子皮皮冒險故事》，臺北：志文。

林雅鈴（2003），《日本皇民化政策與臺灣文學的反動精神》，東華大學教育研究所碩士論文，花蓮，未出版。

林鍾隆（2005），〈童話與寓言的創作〉，載於《故事讀寫教學學術研討會論文集》，107～112，臺東：東師語教系。

林嘉誠、朱浤源編（1990），《政治學辭典》，臺北：五南。

周慶華（2002），《故事學》，臺北：五南。

周慶華（2003），《閱讀社會學》，臺北：揚智。

周慶華（2004），《創造性寫作教學》，臺北：萬卷樓。

柯爾（Babette Cole）著，吳燕鳳譯（1999），《頑皮公主不出嫁》，臺北：格林。

柯爾（Babette Cole）著，郭恩惠譯（2003），《灰王子》，臺北：格林。

紀登斯（Anthony Giddens）著，李惠斌、楊雪冬譯（2000），《超越左派右派：基進政治的未來》，臺北：聯經。

威斯納（David Wiesner）著，黃筱茵譯（2002），《豬頭三兄弟》，臺北：格林。

班克斯（Kate Banks）著，林芳萍譯（2004），《媽媽就要回家嘍！》，臺北：東方。

孫晴峰（2001），《狐狸孵蛋》，臺北：格林。

格林兄弟（Jacob and Wilhelm Grimm）著，徐璐等譯（2001），《格林童話故事全集》四冊，臺北：遠流。

倉橋由美子著，鄭清清譯（1999），《殘酷童話》，臺北：新雨。

張兆煒（1993），〈童話故事中後母之角色調查研究〉，《傳習》，11，223～232。

陳正治（1990），《童話寫作研究》，臺北：五南。

麥羅斯基（Robert McCloskey）著，畢璞譯（1995），《讓路給小鴨子》，臺北：國語日報社。

彭懷恩（2005），《意識型態與政治思想》，臺北：風雲論壇。

普羅伊斯拉（Otfried Preussler）著，廖為智譯（1994），《飛天小魔女》，臺北：志文。

達爾（Roald Dahl）著，齊霞飛譯（1900），《吹夢巨人》，臺北：志文。

達爾（Roald Dahl）著，張子樟譯（2008），《瑪蒂達》，臺北：小天下。

管家琪（2000），《當東方故事遇到西方童話》，臺北：幼獅。

管家琪（2008），《超人爸媽》，臺北：信誼。

赫緒曼（Albert O. Hirschman）著，吳介民譯（2002），《反動的修辭》，臺北：新新聞。

摩爾（Barrington Moore）著，拓夫譯（1991），《民主與獨裁的社會起源：現在世界誕生時的貴族與農民》，臺北：桂冠。

諾德曼（Perry Nodelman）著，劉鳳芯譯（2002），《閱讀兒童文學的樂趣》，臺北：天衛。

龍協濤（1997），《讀者反應理論》，臺北：揚智。

薛斯卡（Jon Scieszka）著，方素珍譯（2001），《三隻小豬的真實故事》，臺北：三之三。

繆斯克（Robert Munsch）著，蔡欣玶譯（2001），《紙袋公主》，臺北：遠流。

懷特（Elwyn Brooks White）著，黃可凡譯（2003），《夏綠蒂的網》，臺北：聯經。

蘇斯（Dr. Seuss）著，阮一峰譯（2005），《烏龜大王亞特爾》，2009 年 2 月 7 日，取自 http://www.ruanyifeng.com/mt-archives/2005_08_27_205.html。

蘇其康（2006），〈反動與反撲：英國文藝復興時期文壇和講道壇的交戰〉，《中外文學》，34（12），125～156。

童詩教學的新趨勢

——一個以圖像為引導的新模式

許峰銘

屏東縣海濱國小

摘　要

　　試圖透過圖像引導的教學，讓學生在進行童詩創作時能夠激發更多的想像力及創意。目前國內童詩多是先創作童詩後再進行繪畫圖像的配合教學，而忽略創作之前的圖像引導。亟欲經由在童詩創作之前先進行平面式圖像、立體式圖像及流動式圖像的引導教學，配合各類型圖像中涉及異系統文化的探討，而建構出各種類型童詩圖像教學的具體作法，來引導學生欣賞及創作童詩。希望能在目前國內的童詩創作及教學模式上開創更多元的面向，作為教師進行童詩教學時的參鏡。

關鍵詞：童詩、圖像教學、平面式圖像、立體式圖像、流動式圖像

一、緒論

　　研究者服務的小學，位於屏東縣沿海的漁村，家長大多以捕魚維生，對於孩子的教育較易輕忽而不重視，因此研究者必須面對班上多數學生語文程度不佳的問題。對於寫作，多數學生一碰到作文，總是胡謅一通、草率應付。為了讓學生能有寫作的「成就感」，研究者嘗試進行童詩教學，希望能提高學生學習的興趣。然而，學生們一直說要憑空想像來寫出童詩好難，他們的腦海中總是一片空白。突然，研究者轉念一想，何不帶他們到教室外走一走，親身經歷，進入實際的寫作場域，透過雙眼所接收到的訊息，提供轉化成文字所需的元素？經過短暫的解說後，不久便見到有些學生趴在地上，聚精會神的將腦中的靈感轉化成文字呈現。

　　這樣的教學模式，讓研究者思考透過圖像的觀察，來達成童詩創作的可能性。許多教師在進行童詩教學時，常讓學生透過想像來進行創作，如今研究者試著透過具體的圖像呈現，讓學生在視覺加強的效果下，能更有信心的進行童詩創作。目前坊間許多搭配圖像（畫）的童詩創作集，大多是先有童詩的產出，再依童詩的內容進行繪畫創作，對於童詩產出前的創作教學，較少提及圖像觀察引導的部分。有鑑於此，研究者想透過先行觀察圖像的方法，試圖建構出一套童詩教學的模式，提供給童詩創作者、童詩教學者、童詩欣賞者及童詩研究者作為參鏡。

　　既然談到理論建構，本研究便需將「概念設定」、「命題建立」及「命題演繹」所涉及到的相關問題，逐一析理清楚，才有助於相關問題探討的範圍及面向的圈劃。本研究將針對童詩、圖像及教學三大區塊進行整合統攝，據此便必須設定童詩理論及教學和圖像教學為本研究的基礎概念。

　　透過圖像的賞析及解構，教學者可引導學習者透過觀察力及想像力將圖像中的符號、訊息等重新創作成文字文本，提升童詩教學的成效，所以童詩的圖像教學將是必然的發展方向。本研究需結合童詩及圖像教學為基本概念，而圖像可從平面式、立體式、流動式等三個面向來探討，結合童詩教學便形成平面式童詩圖像教學、立體式童詩圖像教學及流動式童詩圖像教學等三種童詩教學類型，統攝說明才能夠面面俱到，達成理論建構的目的。目前國內各界對於童詩教學較少涉及文化相關論述的探討，也限制了童詩各個文化面向的發展，殊為可惜；有鑑於此，本研究將針對不同文化間的差異及價值觀進行論述，期待補足現今童詩教學面向的缺漏。經由析理不同「文化系統」間的差異，將能使學習者了解到不同文化間的背景所產出的文學創作，有助於學習者開展更寬廣的語文知識面向。

　　周慶華在《語用符號學》中，對於世間不同的文化系統，整理出如下的論述：

> 　　大體上，世界存在的創造觀型文化（西方）、氣化觀型文化（東方）和緣起觀型文化（印度）等三大文化系統，都可以依文化本身的創發表現所能夠細分為「終極信仰」、「觀念系統」、「規範系統」、「表現系統」和「行動系統」五個次系統，而表列各自的特徵如下頁圖 1。

　　由上述觀點可知，本研究在平面式童詩圖像教學、立體式童詩圖像教學及流動式童詩圖像教學等三種童詩教學類型下，各自依圖像類型分為幾何圖形、繪畫、照片、自然物、人造物、生物、影片、戲劇、舞蹈等九類型來進行論述。此外，考慮不同文化的要素，必須在各類型的童詩中再依創造觀型文化、氣化觀型文化、緣起觀型文化等角度來探討，才能夠顧及各種文化系統。

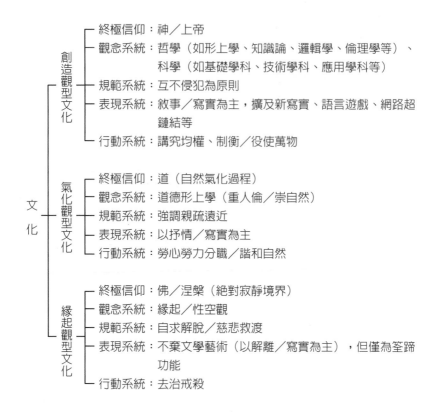

圖1　三大文化及其次系統圖（資料來源：周慶華，2006：47）

二、文獻探討

　　本研究所指的「童詩」，就是「兒童詩」。從其字面意義來看，童詩就是由「兒童」及「詩」所組合而成。「兒童」是指童詩的欣賞對象，「詩」則是指童詩的文體特質。從多位學者的定義中，我們可以勉強歸納出童詩是「成人或兒童寫給適合兒童閱讀欣賞的詩」。童詩蘊含著詩的文學特質，在語文的教學上我們不可忽視童詩教學的重要性。

　　目前學校教育中，除了少數對童詩有研究的教師外，童詩教育多屬「蜻蜓點水式」的教學，原因出在第一線的教師缺乏童詩指導的能力。童詩的教學並沒有固定可循的模式，常會因教學者及學習者的不同而有所變化，他人的指導方式，僅能提供我們參考，並不一定適合自己。多數的兒童文學工作者認為童詩的教學應從欣賞入門，然後經由語言或文字的練習、思考，再進入到創作的階段。然而，到底是先指導欣賞再創作或是先創作之後再指導欣賞？這則見仁見智。以下參考杜榮琛等人的童詩教學方法，將童詩的教學發展綜合敘述如下：

（一）欣賞

　　欣賞教學應該是詩歌教學中最重要、最有意義的一部分（杜榮琛，1996：176）。透過教師的解析進而闡揚詩教，一首好的童詩，表面上看起來是寫某一件事物或現象而已，但仔細推敲後，其牽涉的內容是非常廣泛的，絕不可侷促在狹窄的字面意義，必須擴大欣賞的空間，獲得的益處才會更大（洪中周，1987：65）。童詩的欣賞教學要從小朋友喜愛的詩作出發，有系統的介紹範詩。可惜的是，目前童詩的教學多以文字文本（就是童詩作品）為欣賞教學的媒材，不免限制了學習者接收資訊的範圍，而將「欣賞」框在文字的創作裡，殊為可惜。

　　目前的童詩作品，多以前現代寫實的風格為主，較少涉及現代、後現代、網路時代、甚至基進寫作趨向的作品，而沒有呈現出多元的風格，殊為可惜。因此，本研究將對上述各種表現風格進行探討，希望透過圖像的欣賞，讓童詩的教學及創作能有更多元的發展。

（二）練習

　　兒童在欣賞一段時間的範詩之後，漸漸會領悟一些詩的詩想、詩趣、詩意，就可以進入童詩的習作。練習是立下學生對兒童詩的形式、

內涵以及表現方法的根基，是指導兒童寫詩的紮根工作（杜榮琛，
1996：181）。以下舉出練習的幾種方法提供參考。

1. 作分行的練習：童詩的分行，首先以語氣停頓的需要、強調某些詩句的需要，避免過分冗長的需要，作恰當妥切的處理（杜榮琛，1996：182）。
2. 分段練習：文章有起承轉合，較長的童詩也不例外。
3. 其他：如作擬人、譬喻、誇飾等的修辭練習，使文章更為生動；也可以讓學生從極短詩仿作開始，然後訓練學生自己進行思考與創作。

其實，任何一種事物的學習免不了要從「模仿」開始，但是「模仿」與「創作」之間很難有一個明白的界限，再好的創作，或多或少帶有一些模仿的成分（洪中周，1987）。因此，教師對於學生的創作，應本著鼓勵的心態，提高學生創作的興趣，讓他們盡情愉快的寫（林煥彰，2001：78）。

（三）想像和思考

想像和思考是決定兒童詩表現成功與否的重要關鍵。因此，教師平時就要注重兒童想像力的啟發和思考的訓練，提升創作的品質。杜榮琛提供了幾點方法：

> 1.可以蒐集富有創意的圖片，編成「腦力激盪」教材，讓學生欣賞、思考和想像。例如：展示圖片、學生對圖片的解釋、經過腦力激盪後寫出作品，然後就作品加以說明。2.教師命題（新鮮有趣的題目），激發寫詩的動機（如給太陽的信）。3.聯想練習，訓練學生的想像力。如相似的聯想、接近的聯想、對比的聯想，說故事接龍、智力測驗或猜謎等活動。（杜榮琛，1996：198～199）

假使創作的童詩沒有了想像的味道在，那純粹只是文字的堆疊罷了。因此，教師在教學時，可以透過圖像的連結，讓學生多思考、多想像。

（四）創作和發表

在學童創作童詩的過程中，不免產生模仿，不過，兒童可以從模仿中培養信心，尤其在詩的基本形式和規則方面，讓他們確信大致已經學「對」了，當兒童對於詩的形式和規則有所領悟後，才能進一步要求他們在內容、情趣、意境各方面，多發揮自己的風格，多描述自己的經驗和心得（宋筱蕙，1994：213）。此外，兒童詩的成果發表包括語言和文字的發表，如童詩的朗誦、閱讀詩作的心得報告、文字習作、學生詩作的刊登及投稿等，都可以讓學生獲得表現機會而產生榮譽心。但是教學上最重要的是教師要運用各種方法激發兒童寫詩的動機，多鼓勵、多發表，提供他們各種創作發表的機會，讓兒童浸淫在詩的世界中。

童詩的分類就如同詩歌體裁的分類一般，並沒有絕對的分類法，因此童詩也可以從不同的角度、按照不同的標準來劃分。目前多數兒童文學作家對於童詩的分類，多屬前現代敘事寫實的作品，較少涉及現代、後現代、網路時代及基進形式的童詩。延伸到在文學的表現上，我們會以「寫實」（模象）來描述前現代所見文學整體的情況；而以「新寫實」（造象）和「語言遊戲」以及「超鏈結」等，分別來描述現代和後現代以及網路時代等所見文學的整體情況（周慶華，2007：174）。這些寫作派別及類型跟文化系統互相結合後，便產生出如下圖所示的情況：

文學的表現

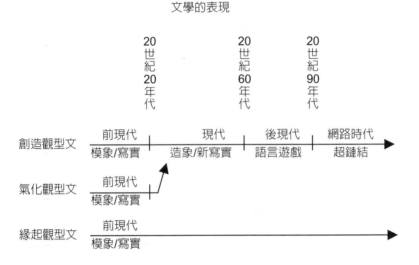

圖2　三大文化系統文學的表現圖（資料來源：周慶華，2007：175）

　　上圖中所見的世界現存三大文化系統中，各有其「模象」（寫實）的表現風格，不過名稱雖然相同但卻有各自不同的意涵，也鮮少產生交集。在創造觀型文化中的寫實主要是在描寫人與神衝突形象的「敘事寫實」；在氣化觀型文中的寫實主要描寫「內感外應」形象的「抒情寫實」；至於緣起觀型文化中的寫實，則是在描寫種種「逆緣起」形象的「解離寫實」（周慶華，2004a：143～144）。在二十世紀初期，西方社會出現了「造象」這種現代派的新寫實寫作觀念，而後也擴及到非西方社會。這樣的寫作觀念出現的原因乃在於西方社會中，上帝為無限可能的唯一信仰，當西方人一旦發現自己有能力可以跟上帝併比時，便不自覺的想要「媲美」上帝而有各種新的發明與創造（如近代西方的科學技術及學術理論等）。另外，在二十世紀中期後也出現了所謂的「語言遊戲」這種屬於後現代派的寫作觀念。同樣的，此種寫作觀念也是起源於西方社會而擴及非西方社會。其興起原因是西方社會中上帝乃為無限可能的唯一信仰遭到西方人自我質疑而引發的一種分

裂效應，及透過支解語言來達到自我解放的目的（周慶華，2004b：6
～7）。

當中西方社會（創造觀型文化）內的寫作表現，經由資訊社會的
出現而發展出網路時代的網路超文本化的寫作。而氣化觀型文化內的
寫作表現因著二十世紀初以來深受西方社會影響轉向西方取經而逐漸
失去固有的寫作形式；至於緣起觀型文化內的寫作表現，在其僅為筌
蹄功能、以解離／寫實為主的文學藝術規範中，略顯「板滯」而仍維
持一貫的基調，因此其寫作風格的演變便不像其他文化系統般多元（周
慶華，2004b：7）。

周慶華（2004b）認為，童詩指的是兒童所能理解的（抒情）詩，
也就是指詩是抒情式的文體，既然是詩，那麼詩中必得要顯露出文學
的「美」。不過，「美」是一種高度抽象的說法，基於每個人對「美」
的感受都有所不同，很難確認彼此對於「美」的客觀標準是什麼，因
此就得將「美」再加以細分為次級類型，以提高說明性。姑且以到網
路時代為止所被模塑出來的「優美」、「崇高」、「悲壯」、「滑稽」、「怪
誕」、「諧擬」、「拼貼」、「多向」、「互動」等九大美感類型作為美學的
對象。當中優美，指形式的結構和諧、圓滿，可以使人產生純淨的快
感；崇高，指形式的結構龐大、變化劇烈，可以使人的情緒振奮高揚；
悲壯，指形式的結構包含有正面或英雄性格的人物遭到不應有卻又無
法擺脫的失敗、死亡或痛苦，可以激起人的憐憫和恐懼等情緒；滑稽，
指形式的結構含有違背常理或矛盾衝突的事物，可以引起人的喜悅和
發笑；怪誕，指形式的結構盡是異質性事物的並置，可以使人產生
荒誕不經、光怪陸離的感覺；諧擬，指形式的結構顯現出諧趣模擬
的特色，讓人感到顛倒錯亂；拼貼，指形式的結構在於表露高度拼
湊異質材料的本事，讓人有如置身在「歧路花園」裡；多向，指形
式的結構鏈結著文字、圖形、聲音、影像、動畫等多種媒體，可以
引發人無盡的延異情思；互動，指形式的結構留有接受者呼應、省

思和批判的空間，可以引發人參與創作的樂趣（周慶華，2007：252
～253）。

　　誠如周慶華（2005：74）所言，在現有的童詩作品中還看不到道
地的現代式的表現。坊間一些童詩集裡所見有些「貌似」現代派的圖
像詩，其實都還停留在前現代的模象觀階段。如張志銘的〈火車〉（收
錄在林煥彰編著，1985：162～163）。這首童詩排列成舊式蒸汽火車的
車廂連接和車頭冒煙的形狀，很明顯的是在描寫舊式蒸汽火車給人的
直接視覺印象，詩句中的句號恰巧也是描寫蒸汽火車的車輪。也就是
說，它在模寫一種既存或可能的形象或情境，為前現代的寫實主義準
則，基本上沒有什麼差異創新的地方。如果要顯現這類作品且又有圖
像意味並能帶著差異創新性的，那麼就得過渡到現代式的創新上。
如詹冰的〈Affair〉（詹冰，1993：15）。詩人充分利用了中文字形與
排列的特性，把一對男女之間的戀愛故事，用簡單的字序表達了出
來。詩中「男」、「女」二字的正反向背，可暗示雙方戀愛各種不同
的過程。但這並不是在模擬反映什麼既成的事實，而是在創造「周期
變化男女關係為的當」的新形象或新情境，它所凸顯出的琴瑟和鳴圖，
頗相近於現代派中的未來主義手法（周慶華，2004b：74）。

　　接著談相關後現代式的創新方面。同樣的，在目前的童詩創作中
也看不到後現代式的表現，只好以一般詩如羅青〈吃西瓜的六種方法〉
為例：

吃西瓜的六種方法
第五種　西瓜的血統

沒人會誤會西瓜是隕石
西瓜星星，是完全不相干的
然我們卻不能否認地球是，星的一種
故而也就難以否認，西瓜具有

星星的血統

……

第四種　西瓜的籍貫

我們住在地球外面，顯然
顯然，他們住在西瓜裡面
我們東奔西走，死皮賴臉的
想住在外面，把光明消化成黑暗
包裹我們，包裹冰冷而渴求溫暖的我們

……

第三種　西瓜的哲學
……
西瓜的哲學史
比地球短，比我們長
非禮勿視勿聽勿言，勿為——
而治的西瓜與西瓜
老死不相往來

不羨慕卵石，不輕視雞蛋
非胎生非卵生的西瓜
亦能明白死裡求生的道理
所以，西瓜不怕侵略，更不懼
死亡

　　第二種　西瓜的版圖

　　如果我們敲破了一個西瓜
　　那純粹是為了，嫉妒
　　敲破西瓜就等於敲碎一個圓圓的夜
　　就等於敲落了所有的，星，星
　　敲爛了一個完整的宇宙

　　而其結果，卻總使我們更加
　　嫉妒，因為這樣一來
　　隕石和瓜子的關係，瓜子和宇宙的交情
　　又將會更清楚，更尖銳的
　　重新撞入我們的，版圖

　　第一種　吃了再說
　　（羅青，2002：186～189）

　　這首詩運用到後現代中「解構」的手法，它所要瓦解的「常人吃西瓜的觀念」（以為只有直接吃一途而不會先想及其他再有品味的享用），都極盡語言遊戲的能事而又不失應有的重開新局面的用意（周慶華，2004b：79）。

　　最後談基進（激進）創新童詩的部分。同樣的，屬於這種類型的童詩在坊間更少被提及，僅有大學課堂的習作還可見一些。例如：

　　我最好心了
　　兩隻鬼鬼祟祟的螞蟻
　　在我的書桌上急速移動著

那裡聞聞
這裡看看

突然一隻爬到我的書本上
似乎發現書上有更多牠的同伴
我好心的闔上書本
讓牠和牠的同伴永遠不分離

另外一隻在杯緣上
牠擺個漂亮的跳水姿勢
我張嘴一吹幫助牠一躍而下
那廣大湖面
從此成為牠的搖籃
　　（吳文祥等，1998：4）

　　這首作品所形塑的「暴力美學」（實際上是一件殘忍的事卻說得很美好），充分的體證了諧擬的反影響取向，而它所會帶給我們更新觀念或新創文化的機會想必會更多（例如此首童詩可以促使我們重新思考「好心」的道德正當性而有助於本身態度的調整）（周慶華：2005，83）。

　　可惜的是，目前國內的童詩創作多無法跳脫出「前現代」式的風格。屬於氣化觀型文化系統下的童詩創作，可以臺灣及大陸等華人地區所創作的童詩為代表。氣化觀型文化的觀念系統中重視人倫，強調人際關係中的親疏遠近，以抒情及寫實為主要表現面貌。而檢視目前國內的童詩創作，也大多不離這樣的範圍及類型。

　　圖像化的教學乃是將圖像透過組織後呈現，以使教學活潑化的視覺化教學策略；透過此種教學策略，可使圖像訊息的傳遞更具系統，讓學習者易於整合知識、增進批判性思考，有助於理解和學習（溫文

玲，2006）。而本研究的圖像化教學，乃是指教學過程中，教師指利用文字、聲音、音效、動畫或影像等多種媒體激發學生聯想與推論，進行圖像與文字的交叉學習；透過媒體影像與文中的插圖，喚起學生舊有經驗，開始進行有意義的連結，激盪學童對新教材的聯想以及文字的理解，並能進一步分析與應用。

培威爾（A. Paivio）提出了「雙碼理論」的觀念（Paivio，1986）。此理論假設人類在訊息處理的過程中，有兩類的系統分別來處理相同的認知訊息：一個是一般性的記憶庫；一個是特殊記憶庫。前者是語文系統，主要處理語文方面的訊息；後者則是一個心象系統，它只處理圖形，或是代表具體物品的文字。左腦半球接觸語文表徵的能力比右腦半球強，對非語文（圖形）表徵則是右腦半球占優勢（楊牧貞，1997）。

非語文與語文符號系統在其功能在感官的知覺上是各自獨立的，一個系統能不需另外一個系統就可以活化，或者是二者也可以同時被活化；而且也能在訊息處理的階段中各自獨立，而不是一個階段接一個階段的訊息處理方式。兩系統在功能上的接觸在字元和心象兩個組成單位，就如同表徵系統對應到一個物體和他的名字。「雙碼理論」的系統結構如右圖。

依照雙碼理論的觀點，語文刺激與圖像刺激都可以同時活化兩個系統，也可以單獨活化相對應的系統，但是相較於語文刺激，圖像刺激反而更容易被活化。培威爾發現語文項目的記憶倘若以心象的方式來收錄，則其記憶的效果將遠優於以語文的方式收錄所得的結果（Paivio，1971）。透過圖像的觀察刺激，將比語文刺激更容易活化學生的思考；圖像經由學生的感覺系統運作後，在腦中產生了心象最後與語文系統產生參照連結，而創作出童詩。

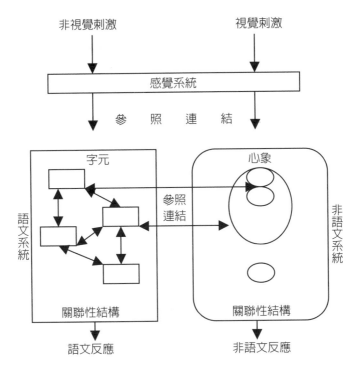

非視覺刺激　　　　　　　視覺刺激

感覺系統

參　照　連　結

字元　　　　　　　心象

語文系統　　　　　參照連結　　　　　　　非語文系統

關聯性結構　　　　　　關聯性結構

語文反應　　　　　　　非語文反應

圖3　培威爾雙碼理論之語文／非語文系統架構
（資料來源：溫維鈞，2004：16）

三、平面式童詩圖像教學

　　一般而言，平面式圖像乃是指「二度空間」的圖像，例如繪畫、照片、幾何圖形等「靜態」圖片都是。在談及平面式童詩圖像教學時，考慮不同文化的要素，可以嘗試依創造觀型文化、氣化觀型文化、緣起觀型文化等角度來探討，希望在這「跨文化系統」背景的論述之下，使本研究能夠擴展童詩教學的面向，提供教學者在進行童詩教學時更多元的參考。

　　一般指導兒童寫詩的過程，大多是先從童詩的「欣賞」入手（張清榮，1997；邱雲忠，2002）。許多童詩名家都建議學生在進行童詩創作之前，要多欣賞童詩作品，以吸收別人的經驗，透過大量優秀作品的觀摩與賞析，可以走入作者的心靈世界，窺探詩作之美。但是在寫作之前，讓學生「欣賞」相關的圖像更是有其效用。溫文玲（2006）在其研究中指出，在輕鬆自在的圖像化學習活動中，能增進學童的學習動機；除此之外，圖像化學習對學童學習能力的提升，具有積極正面的效果。

　　教師在讓學生欣賞圖像時，首先還是著重在引導的部分，接著才是讓學生進行思考、討論乃至於發表，也就是培威爾雙碼理論中，由視覺刺激（圖像）形成心象（理解圖像內容），再經由與語文系統的參照、連結互相激盪而在語文系統中形成語文反應（討論、發表）。而在此過程中，「形成心象」是圖像教學相當重要的一個環節。接著，我們將依照幾何圖形、繪畫、照片等平面圖像來歸納出各自的教學模式。

（一）幾何圖形

　　本處的幾何圖形指的是「平面幾何」，平面幾何是指「只具備點、線所構成二度空間的幾何圖形」，例如圓形、三角形、長方形、多邊形等都是。一般而言，在進行平面幾何圖形的童詩教學時，教師多會利用生活中常見的幾何圖形來作為創作的題材，例如山的外觀形似三角形，透過讓學生經由觀看生活中的幾何圖形，產生寫作童詩的聯想及創造力，有利於學生寫作童詩。

　　透過欣賞幾何圖形來創作童詩時，可以利用「單字詞連鎖聯想法」來進行聯想，所謂「單字詞連鎖聯想法」，是根據一個刺激字或詞，而聯想到另一個字或詞，以此累進聯想，獲得更多合乎邏輯基礎的字、詞（張添洲，2000）。例如，「三角形」一詞可聯想到「三明治」，「三明治」一詞再聯想到「食物」，由此累進聯想，得到更多詞彙；「長方

形」一詞可聯想到「魚缸」,「魚缸」一詞再聯想到「水族箱」,於是伍筱棻小朋友寫出了這首童詩:

圖形之家　伍筱棻

三角形是姐姐作的三明治
愛心是小金魚的嘴
長方形是小金魚的水族箱
圓形是小金魚的飼料
三角形、愛心、長方形、圓形
姐姐的三明治掉入了小金魚的水族箱
小金魚快樂的吃著三明治
卻不吃飼料了

　　嚴格說來,在現有的童詩作品中還看不到道地的現代式的表現。當然要學生憑空創作出此類的現在式童詩難度是相當高的,因此我們不妨試著從仿作著手,研究者曾舉例一首如下的現代式童詩讓學生欣賞:

⑦	⑥ 連萊勢	⑤ 呂毋忘	④ 陳角杏	③ 李高固	② 蔣大頭	① 孫小毛	新民主頌

(周慶華,2007:179)

　　這一首〈新民主頌〉為近於表現主義的「新寫實詩」,既寓譏諷又帶造象效果(指出「等值參與」的新民主道路),首先先向學生解釋這是由一張外表為長方形的選票,選票上的「候選人」姓氏恰巧與歷任的正、副總統候選人有所雷同,不過其姓名卻又帶點嘲諷意味——例如「角杏」音同「僥倖」,「毋忘」音同「無望」……等,透過長方形

來表達出民主時代的「選票」，但是卻在第七號的候選人處留下空白，是否選票上的候選人都是人民心目中的最佳候選人？會不會有一天選票上會出現「以上皆非」的選項或是寫下選民自己心目中的「理想人選」？

這一首現代式的童詩研究者選擇在學校進行兒童節模範生選舉時來進行教學（當然也可以在任何選舉時進行），每個學生心目中的模範生一定都不相同，尤其模範生選舉容易出現候選人是「人氣最好」而非學生「模範」的情形，因此研究者正好以這首童詩作為講解的範例。因此讓學生進行仿作，也產生了如下的作品：

模範生選舉　陳冠銘	① 潘驕傲	② 陳臭屁	③ 王八蛋	④

多麼充滿創意和嘲諷的現代式童詩！

（二）繪畫

在進行單幅繪畫的教學時，首先找出圖像中具代表性的事物或景象，作為觀察的重心，然後再推展出去，此種圖不可能有頭有尾的展現故事的全部情節，因此教師必須指導學生透過聯想來進行想像，在此單幅繪畫的聯想可使用「蛛網圖」來進行，蛛網圖繪製的第一個步驟是先將相關的概念與細節列出，再依照概念的隸屬關係，從最普遍的概念到最特殊的概念，依序畫出。在學生欣賞繪畫蝸牛圖像的同時，研究者也舉了一首有關蝸牛的童詩來讓學生閱讀，這首詩這樣寫的：

蝸牛的殼　顏錦泉

蝸牛的殼

像好吃的冰淇淋

每天背來背去

不知賣給誰？

　　如此一來，學生們便開始七嘴八舌的討論，把有關蝸牛的素材開始大作聯想，接著教師在黑板上畫出「蛛網圖」，指導學生將他們把有關蝸牛的聯想記錄下來，準備當作創作童詩的材料。

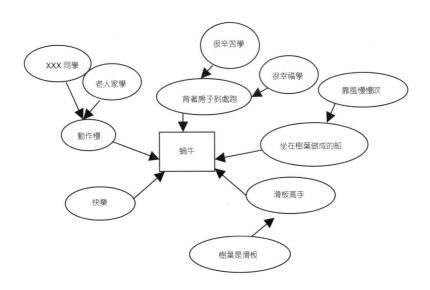

圖 4　蝸牛聯想蛛網圖

　　經過蛛網圖的聯想激盪後，學生的腦海中出現了許多可供創作童詩的材料，下面這一首童詩是黃竣暉小朋友所寫的童詩：

小蝸牛　黃竣暉

小蝸牛

笑呵呵

背著房子去旅行

搭乘樹葉過河去

風先生

幫個忙

讓我快樂出門去

旅行平安又有趣

　　研究者曾使用三之三出版社出版的繪本《三隻小豬的真實故事》〔雍·薛斯卡（Jon Scieszka）著，方素珍翻譯，藍·史密斯（Lane Smith）繪圖，三之三文化出版〕來進行繪本圖像教學。會使用這一本繪本的原因是多數人從小就看過「三隻小豬和大野狼」的故事，但這個家喻戶曉的故事卻是從小豬的角度來看問題的，而在《三隻小豬的真實故事》中，作者一步一步的將狼和豬改頭換面，鋪陳出合情合理的「真相」，而這個「真相」，卻顛覆了許多人對於三隻小豬和野狼的觀感。研究者再讓孩子們欣賞一首前引的用不同角度來描寫事物且富含「基進」風格的童詩〈我最好心了〉。接著研究者讓學生們討論《三隻小豬的真實故事》中的野狼和〈我最好心了〉這首詩作者看待事情的角度有何同異之處，再以〈我最好心了〉作為仿作範本來寫作。伍敏嘉小朋友創作了下面這一首童詩：

我是無辜的　伍敏嘉

我是無辜的野狼

我只是想借個糖

做蛋糕給奶奶吃

誰知道我只是打個噴嚏

小豬的房子卻倒了

誰知道我只是打個噴嚏

小豬們就在我的肚子裡團團了

我真的是一隻無辜的

大野狼

（三）照片

本研究把照片分為以「人物」為主角的人物類照片和以「風景事物」為主角的景物類照片。景物類的照片，是指照片的主角是風景或物件。看這類圖像，可以從以下幾方面展開想像：1.考慮景物所處的季節、時令、天氣和地理、環境、位置。2.設想行踪路線、觀察景物和角度以及觀察視野範圍。3.想像景物的形態模樣、色彩和可能發出的聲音。4.想像景物的動態各畫面無法表現出來的那一部分的情況。

那麼如何利用照片來進行童詩教學？我們知道，童詩可以由「觀察」——「聯想」來作為開端，有了細心的觀察，便容易產生更廣泛的聯想。教師先展示一張阿勃勒開花的照片，詢問圖片中的金黃色的花朵讓學生們聯想到什麼？接著教師再展示「葡萄」的圖片，請學生針對「金黃色花朵」和「葡萄」作形體相關的聯想。最後再跟學生討論，除了葡萄之外，阿勃勒金黃色的花朵還可以聯想到哪些東西？教師可以引導學生從物體的顏色、外型、功能、象徵意義等方面來進行聯想，並且準備相似物體的圖片提供給學生觀看。在此可以將上述談及平面式照片圖像的童詩寫作模式稍作整理：

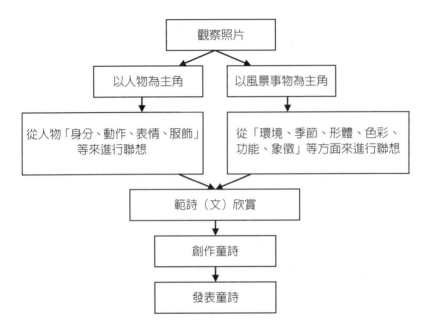

圖 5　平面式照片圖像的童詩寫作模式

四、立體式童詩圖像教學

　　所謂立體圖像，指的是由點、線、面（或是長、寬、高）所構成
三度空間的物體，因為立體圖像種類繁多，幾乎包括生活中眼所能見
的事物，因此範圍廣大，本章基於論述的方便，將立體式圖像分為三
大類，包括「自然物」、「人造物」、「生物」。

（一）自然物

　　自然物屬於無生命的物質，如果要當作童詩的題材，必定要從兩
個方向去著手：

1.運用擬人化的技巧

如日月星辰等自然景觀，由於它和人一樣善於變化，早上有早上的景色，下午有下午的景色，由這些不同的景觀，我們可以聯想到人的各種樣子或特性，所以可以利用擬人化的技巧，把這些自然物當作人來描寫。

2.運用比喻的技巧

在觀察自然界的景物時，我們也可以透過比喻的技巧把自然物的外觀描寫出來，例如山的樣子像張開的傘，雲像動物，河流彎曲的形狀像蛇等，都是觀察自然物的外形而得的。

如果說人類是造物者的結晶，那麼大自然就是造物者給我們最好的禮物。太陽、月亮、流水、露珠……等不同的事物，會讓人聯想到什麼？我們可以透過下表來稍作說明：

表1　大自然的聯想（資料來源：劉佩佩，2008：41）

自然景物	聯想過程
太陽	耀眼→光明→勇氣→困境→堅毅→……
月亮	嫦娥→偷藥→懲罰→玉兔→流淚→……
流水	分支→大海→包容→美德→學習→……
露珠	清晨→開始→朝氣→工作→努力→……
白雲	漂泊→流浪→無家可歸→哭泣→……
微風	落花→新娘→愛情→結合→家庭→……
雷電	巨響→生氣→媽媽→零分→挨打→……

研究者的學校位在屏東平原與臺灣海峽的交界處，往東邊一望，南大武山及北大武山雄偉的矗立在屏東平原上。天氣晴朗時，從學校可以很清楚的看到大武山如安詳的巨人沉睡在東方的地平線上，張博

殷小朋友看了教室裡的傘之後，從「山」聯想到「傘」，最後他寫出了
這首詩：

> **大地之傘　　張博殷**
> 山是大地的傘
> 保護住在山裡的動物
> 爸爸是家裡的傘
> 照顧我們全家人
> 動物快樂的在山的懷抱裡
> 我們也幸福的在爸爸的懷抱裡
> 爸爸的雙手
> 為我們抵擋
> 狂風和暴雨

（二）人造物

　　上課時，研究者向一位學生借了一根髮夾，作為上童詩課的道具。
這位女生常用的髮夾顏色是黑色的，形狀就如同英文字母「U」被壓
扁般。接著研究者拋出了問題：請大家討論看看，生活中有哪些東西
形狀像這根髮夾？或是當你看到這根髮夾時，你會想到什麼？這時可
以導引學生從幾個方向去想：天空中、山中、海洋中、河流中、陸地
上、生活用品等方向去思考。當學生們從人造物的圖像中得到「物象」
的靈感後，接下來就是要運用修辭技巧讓人造物「活」起來。以《國
語日報童詩選》（陳木城等，2002）以及《童詩萬花筒》（洪志明主編，
2000）中有關人造物的童詩來分析，可以知道以人造物為寫作題材的
童詩，多使用「擬人」修辭和「譬喻」修辭，將人造物原本的形象作
變化，針對人造物的特性、功能、外觀等部分來作聯想。

接著學生選定「日曆」為寫作題材，日曆的特性有「隨著日子越撕越少」、「國定假日日期會顯示紅色」、「每年都有三百六十五天」等，對照這些特性，又可聯想到「變瘦了」、「臉變紅」、「三百六十五件衣服」等，接著再思考這些題材可以使用何種修辭技巧？王虹雯小朋友使用了擬人修辭創作了這首童詩：

日曆　王虹雯

日曆是個勇敢的孩子
天氣越來越冷
他的衣服卻越穿越少
我知道
他是在等新年發紅包
就有新衣服可以穿了

虹雯寫的這首童詩，是不是把日曆越撕越薄，等到來年新春，又換了新的日曆的過程，饒富童心的寫了出來！

（三）生物

在畢業季節時，火紅的鳳凰花和唧唧的蟬叫聲，總是最能代表畢業時節的到臨。很多學校的校園裡都有種植鳳凰樹，研究者的學校也不例外，在圍牆邊，有一株非常高大的鳳凰樹從每年的四月份就開始盛開。一般人看到鳳凰花開這個「物象」，就會聯想到「畢業」、「夏天」，而畢業帶給人的情感因人而不同，有人感到不捨，有人感到悲傷，也有人感到高興。這些情感的聯想，就是屬於「心象」了。經過一番討論後研究者把學生討論的結果整理如下：

表 2　鳳凰花聯想關係表

物象	聯想	心象
鳳凰樹的葉子	鳥的羽毛	鳥兒快樂飛翔
鳳凰花開	畢業季節	離別、邁入人生另一個階段、離開童年
蟬	夏天	夏天到來
蟬	即將死去、傳宗接代	死亡、悲傷、生命
鳳凰花	紅色	熱情、炎熱、燃燒

研究者接著舉一首有關鳳凰花的童詩給學生們欣賞：

鳳凰花

閃閃的陽光下，

閃動著菊紅的身影，

菊紅的花瓣，

碧綠的葉子，

五六月裡，

飄零著離情，

它是菊紅的離花。

（吳翊銘，2009）

　　從這一首詩看來，菊紅的花瓣和和碧綠的葉子是作者觀察到的「物象」，而在五六月裡飄零的「離情」是作者腦中的「心象」，也是他的情感抒發，最後他把鳳凰花稱為「離花」來表達鳳凰花所表現出來的離情。研究者試著引導學生，當我們把「物象」和「心象」都準備好了之後，接下來就是童詩的調味料——修辭技巧要出場了，如果經過觀察圖像所獲得的靈感是食物的材料的話，那修辭技巧就像做菜時的調味料一樣的重要了，有了調味料可以讓食物變得更美味，而修辭技巧也能讓童詩變得「色香味」俱全。例如杜榮琛所寫的〈向日葵〉，不就是使用了擬人和譬喻的修辭技巧，而讓整首詩活了起來嗎？

　　向日葵
大家仔細看——
那一盞盞小太陽，
亮在大自然綠色的胸膛，
像一枚枚勳章！
（杜榮琛，1999：78）

五、流動式童詩圖像教學

　　在這一章裡將時間、聽覺等因素加入圖像中探討，而此種包含了時間的流動性以及聲音多媒體展現的四度空間圖像，在本研究中研究者稱它為「流動式圖像」。符合以上條件的圖像，包含有「影片」、「戲劇」、「舞蹈」等，本章也把流動式圖像分成「影片」、「戲劇」、「舞蹈」這三種形式來進行探討，透過這三種類型的圖像來指導學習者創作童詩。

（一）影片

　　如果要利用影片來進行童詩教學，題材當然以適合學生程度的為優先。以研究者任教的班級為例，學生是國小高年級的孩子，因此研究者挑選電影《鯨騎士》來作教學。這部影片也有出版原著小說《鯨騎士》（允晨文化出版），所以在教學時可以配合文字閱讀。

　　既然要透過欣賞影片來進行童詩教學，除了觀察影片中稍縱即逝的圖像之外，教師也要引導學生了解影片內容大意、主旨等，這樣對於影片的內容會有更深入的了解，對於寫作時的聯想也較有幫助。由於影片是透過播放器來呈現，所以對於影片中的經典畫面，教師可以透過暫停畫面來讓學生更為了解，並且教師也可以適時作出說明。在

觀賞完影片後,教師可以透過討論或提問策略來讓學生深入了解這部影片的意涵。例如以下這些問題:

1. 你認為毛利文化面臨的真正危機是什麼?(其實這也是當今所有弱勢文化面臨的問題)
2. 傳統文化(傳子不傳女、重男輕女、男女性別差異⋯⋯等)在現今社會面臨哪些困境?這些傳統的包袱曾在你身上產生過壓力嗎?
3. 你覺得鯨魚潛游於深海的畫面傳達了什麼訊息?
4. 你覺得影片中哪一幕最讓你動容?為什麼?
5. 你在小派的身上看到哪些特質是讓她可以活出自己?

從討論和提問中,教師逐步引導學生了解影片的大意和主旨。接著讓學生決定自己寫作的主題,例如海洋、女生、傳統等,在透過心智繪圖的方法來聯想。「心智繪圖」大多應用在記憶方面,應用在作文上,能幫助孩子透過分枝的連結整理紛亂的思緒,使主旨更加明確清晰。下圖是陳冠銘小朋友繪製的心智圖,他決定的主題是「海洋」,透過電腦軟體來呈現如下:

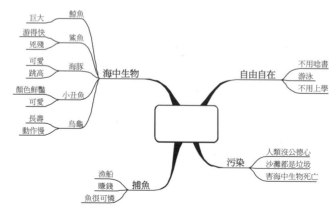

圖6　心智繪圖——海洋(陳冠銘小朋友製作)

陳冠銘小朋友以他所繪置的心智圖為藍圖，而創作了以下的童詩：

自由　陳冠銘

我想丟開課本

跳入大海

乘坐鯨魚到處遊玩

跟海豚比誰跳得高

跟鯊魚比誰游得快

跟小丑魚比誰更可愛

住在珊瑚森林裡

生活自由又自在

最後，研究者把整個影片教學的流程以下圖呈現，提供參考：

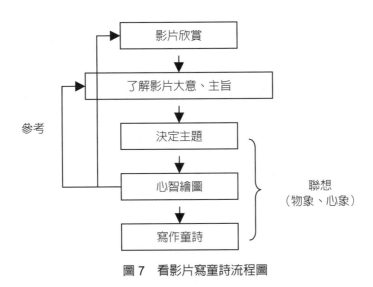

圖7　看影片寫童詩流程圖

（二）戲劇

　　與影片不同的是，影片可以在播放中隨著觀看者的需要而暫停、回復，甚至可以一看再看。但是戲劇一旦演出的話，是無法因應觀看者的需要而暫停演出的。因此觀看戲劇時的學習策略與欣賞影片勢必要有所不同，教學者無法像利用影片教學時，遇到重點畫面或是帶有強烈象徵意義的事物時還可以暫停畫面來解說。這時除了學習者欣賞戲劇時的專注度和記憶力顯得重要之外，事後的引導跟討論也是相當重要的。

　　由學生演出的戲劇大致可以分成兩種：一是配合教材內容而演出的戲劇；一是自行創作演出的戲劇。此處研究者以南一版國小國語課本中的〈彼得與狼〉來作為教學，在學生觀賞完戲劇後，對於戲劇的內容沒有辦法全數記住，所以教師一定要透過提問或討論的方式讓學生回憶故事情節。以〈彼得與狼〉為例，這個故事是配合音樂來呈現，故事中每個主要角色都對應著一種樂器，例如小鳥是音色清脆的長笛；鴨子是音色扁扁的雙簧管；小貓是音色帶有磁性的單簧管，又稱豎笛或黑管；爺爺是聲音低沉的低音管；野狼為喔喔作響的法國號；彼得是弦樂四重奏；獵人是代表槍聲的定音鼓和大鼓。「提問」也是讓學生回憶情節並且深入賞析的好方法。以下列舉一些問題提供參考：

1. 主角彼得住在哪裡？你可以描述彼得家的場景嗎？
2. 彼得和小鳥遇到什麼困難？
3. 他們如何解決問題？
4. 在故事中每個人都有其特殊的地方，例如彼得活潑聰明，遇到大野狼一點也不害怕，展現他的智慧捉到大野狼；小鳥則有點調皮，喜歡捉弄貓，你喜歡哪一種角色，為什麼？
5. 如果每一位人物各用一種樂器代表，你會用哪種樂器代表彼得？哪種樂器代表小鳥？哪一種樂器代表大野狼？哪一種樂器代表鴨子？哪一種樂器代表爺爺？哪一種樂器代表貓咪？哪一種樂器代表獵人？為什麼？

6. 如果彼得沒捉到狼，將會怎樣？

　　戲劇的演出大多會包含完整的故事性，方便觀賞者了解。一齣戲劇中通常可以從人、事、時、地、物來作初步的檢視，也可以從背景、問題、解決、結果四方面來了解戲劇故事的結構組成。倘若是從學生最感困擾的「問題→解決」來作分析的話，我們可以使用「5W1H 法」。「5W1H 法」指由六個角度切入，解析主題。此六角度分別是為什麼（Why）、做什麼（What）、何人（Who）、何時（When）、何地（Where）、如何（How）。使用時，以〈彼得與狼〉劇中主角「彼得」為例，進行 5W1H 主題切入，可提出如下六個相關問題：而此六個問題並非唯一問法，每位學童可依自己想法提出六個問題。下圖為〈彼得與狼〉的 5W1H 分析圖：

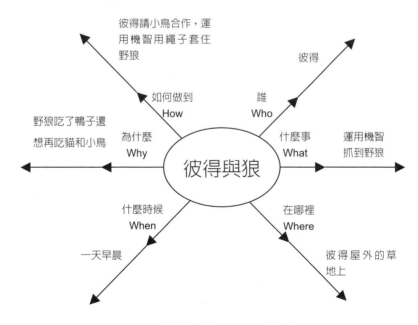

圖 8 〈彼得與狼〉5W1H 分析圖

　　從「5W1H 法」來引導學生分析戲劇內容，可以加強學生印象之外，對於理解戲劇的內容也比較有幫助。透過戲劇的內容呈現以及「5W1H 法」的分析，我們可以讓學生試著創作故事詩或童話詩。以下舉黃憶君小朋友所寫的〈彼得與狼〉為例：

　　　　　彼得與狼　　黃憶君
　　彼得一早打開門
　　小鳥飛來打招呼
　　小鴨趁機游游水

　　池塘邊
　　小鳥小鴨吵不停
　　小鳥說：「你這隻不會飛的鴨！」
　　小鴨說：「你這隻不會游泳的鳥！」

　　突然間
　　貓兒偷偷跑出來
　　想要吃掉小鳥兒
　　「小心！」彼得好心叫出聲
　　鳥兒飛上樹
　　貓兒乾瞪眼

　　爺爺拉著彼得手
　　回到家裡去
　　「萬一野狼跑出來，你的命失去！」

　　沒多久
　　大野狼，出現了

可憐的鴨子
變成野狼的食物
貓和小鳥躲在樹枝上
野狼樹下團團轉

勇敢的彼得
請鳥兒干擾大野狼
彼得爬上樹
趁機用繩子套住大野狼的尾巴
野狼跳啊跳
可是跑不掉

獵人趕上來
抓住大野狼
勝利隊伍裡
大家氣勢昂
可憐的鴨子
只能在野狼肚子裡呱呱叫

爺爺心裡想
野狼如果沒抓到
彼得怎麼辦

最後，把整個戲劇教學的流程以下圖呈現，提供參考：

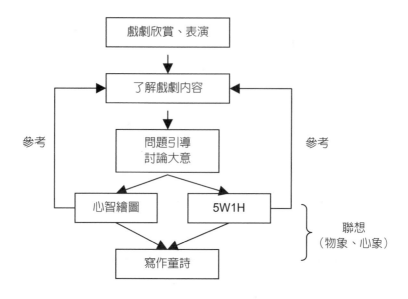

圖 9　看戲劇寫童詩流程圖

（三）舞蹈

　　與影片和戲劇不同的是，舞蹈強調在人物動作、配合音樂上，而不像影片和戲劇有強烈的故事情節。因此，在指導學生欣賞舞蹈時，故事性就顯得沒有動作性和音樂性來得重要了。

　　這裡用一個名為「動物園」的模仿舞蹈遊戲來作為教學。如果以有沒有去過動物園來作為引起動機，相信小朋友們一定熱烈發表去過動物園的經驗。接著在課堂上討論動物園裡動物的形狀、動態、特徵，鼓勵兒童自由發言，把名稱寫在黑板上。教師逐項引導、選擇不同類型模仿，並隨時提示動作特徵引導學生思考。

　　讓學生用自己選擇的主題來進行仿作分析表，結果如下表：

表3 〈袋鼠〉架構分析表

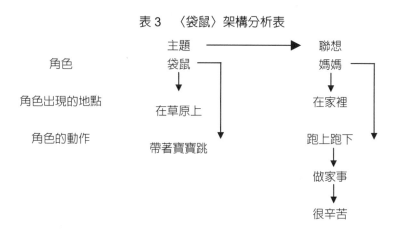

張博殷小朋友選了袋鼠當作主題,詩作如下:

袋鼠　張博殷

袋鼠媽媽

在草原上帶著小寶寶

跳來又跳去

一下跳到東

一下跳到西

就像媽媽在家裡

為了做家事

煮飯跑到東

洗衣跑到西

我想對媽媽說

媽媽我愛妳

六、異系統童詩圖像教學的模式

所謂的「異系統」，是指相異的「文化系統」而言（周慶華，2006：
46）。在進行異系統文化的童詩教學時，可以從兩方面來進行討論：

（一）欣賞異系統文化的童詩作品時

先來欣賞一首描寫蛇的外國童詩：

　　蛇　狄瑾生
一條細長的傢伙突然從草叢升起，
你以前一定碰見過──沒有嗎？
牠的出現總是突然的。
青草就像波浪樣的分開，
所能看見的只是像飛箭似的一點；
然後牠已來到你的腳前，
並且張開大嘴撲向前來。
……
我還認識另一些自然界的動物，
牠們都非常的誠實而且隨和；
但從未見過這種傢伙，
這樣的孤獨且小心眼兒，
毫無一點氣息，
且陰冷到肉骨裡的零度。
（蘇梗松編選，1979：32）

主角是一條蛇，而這條蛇被作者描寫成孤獨、陰冷且小心眼兒，這樣的負面感覺在童詩中甚少被當成寫作的題材。不過，孩子畢竟是個有童心的個體，黃憶君小朋友就寫出了下面這首童詩，把大家討厭蛇的情況，透過蛇的言語寫出來表達抗議，成了一首有趣的創作：

> 蛇　黃憶君
>
> 大家看見我
>
> 都要攻擊我頭
>
> 哼！
>
> 我要發起一個運動
>
> 在草叢裡玩
>
> 請戴
>
> 安──全──帽！

（二）閱讀異系統文化的圖像作品時

自古以來，東西方的文化發展大相逕庭，各自受到不同文化系統的影響而表現在各種文化層面上，不論是建築、繪畫、文學等方面，都存在著相當大的差異。

電影《哈利波特》中，主角哈利的死對頭跩哥·馬份（Draco Malfoy）的名字可是大有學問。馬份（Malfoy）起源於拉丁文「maleficus」，意為「作惡之人」。中世紀時，這個字用來指女巫，他們邪惡的行為稱為 maleficia。狹義來說，maleficia 指損害作勿或使牲畜生病、死亡；廣義來說，它泛指一切對人造成負面影響的事物，譬如風暴、瘋狂、疾病、厄運、失財、死亡等。英文裡的 maleficent 意為「意圖或結果有邪惡、有害的」。跩哥（Draco）在拉丁文有兩種解釋，既可以指龍，也可以指蛇。《哈利波特》中，跩哥·馬份正為史萊哲林學院（圖騰為蛇）的學生，生性喜裝腔作勢，仗勢欺人，仇視哈利波特等人，內心

充滿邪惡與害人的念頭（鍾友珊譯，2002：167～168）。妙麗讀音為「her－My－oh－nee」，為「赫密士」的女性型式。而赫密士為希臘的雄辯之神。《哈利波特》中，妙麗正被賦予為頭腦反應靈敏，口齒伶俐的角色（同上：70）。記得第一次看到哈利波特第一集中，哈利的好友榮恩一聽到馬份的名字後噗嗤一笑，不過我卻聽不出話中之意。直到了解羅琳取名的背後原因後，才對榮恩噗嗤一笑的原因有所了解，原來跩哥•馬份的名字指的是「蛇•作惡之人」啊！在創造觀型文化中，自從亞當和夏娃在伊甸園裡受蛇引誘而偷吃禁果後，蛇在西方人的眼裡可是奸詐狡點的代名詞！也難怪榮恩要笑天底下怎麼會有人取這樣的名字了。

再看看西方的教堂，不論是教堂本身的尖頂或是旁邊鐘樓的尖塔，總是那麼的高聳直入天際，彷彿可以經由這些尖塔縮短人們與上帝的距離。當講解過後，再與東方氣化觀型文化及緣起觀型文化系統下的寺廟建築比較，氣化觀和緣起觀分別崇尚自然氣化和因緣和合的觀念，認為萬物是氣化／緣起而成，其諧和自然及無欲解脫的觀念根本不用像西方人建立接近上帝的尖塔般找尋途徑與造物者相「會合」。

在了解不同文化產生的背景後，研究者讓學生去思考，東方的廟宇跟西方的教堂是不是因為文化系統不同的關係也產生了不同的建築風貌？西方教堂的尖塔甚少在東方廟宇中看到，西方教堂的華麗裝飾，與東方廟宇的樸實更是截然不同。因此學生在觀看不同系統的圖像時，配合教師講解異系統文化的觀念後，便容易產生更多元的思考。當然，學習者的資質殊異，每個人對於圖像的解讀程度有會有所不同，創作表現也會有所不同。以研究者親身教學為例，在欣賞完教堂的照片並進行講解後，並非所有學生都能體悟而寫作童詩。以下列出一首伍敏嘉小朋友的作品，她平常會跟家人一起上教堂禮拜，對於講解或許是較有感受，因此她寫出了下面這首童詩：

　　教堂和寺廟　伍敏嘉

　教堂一天天長大

　想要讓信徒

　回到上帝的懷抱

　寺廟是個安靜的老和尚

　鐘鼓聲中

　讓我們心靈沉靜

　　這樣的童詩風貌，是不是更為多元？

七、結論

　　目前的童詩教學幾乎都在學校教室內進行教學，成為現行小學教育的一部分，多數老師利用語文課程或作文教學的時數加入童詩教學。或是坊間的作文班會針對童詩來進行主題式的教學，雖然坊間作文班上課時數不多，但是補教老師礙於競爭的壓力會利用設計過的講義以及豐富的引導來作教學。也因為學校和補習班的人數相差懸殊，尤其學校老師不僅僅只是教授語文一科而已，除了少數對童詩相當有興趣且願意投注心力之外，多數老師在進行童詩教學時可說是「亂槍打鳥」，從學生眾多作品中選出創作能力較佳的學生作栽培。不過，卻有更多的老師從不進行童詩的教學。

　　其實，除了在學校教室裡的制式童詩教育外，童詩寫作可以存在於家庭中、作文班、幼稚園、社區讀書會等有別於學校的非制式場域。例如社區住戶可以在所成立的讀書會中進行童詩的寫作，家庭中也可以由父母親引導來進行寫作並且投稿到報章雜誌。

　　本研究利用平面式圖像、立體式圖像、流動式圖像來進行教學理論的建構可說是獨樹一幟，開拓了童詩教學新的理論面向。多數童詩

教學者在進行童詩寫作時，忽略了實際感官的體驗，也就是本研究中所指的圖像輸入。因此，學生在寫作時，常會出現苦尋不著靈感而無法下筆的情況。倘若僅是強調修辭的教學，但是學生沒有辦法提筆寫作的話，修辭可能會變成「無用武之地」的情形。所以本研究強調透過圖像輸入來形成心中意象，有了靈感後，再透過各種適合童詩寫作的技巧來呈現，研究者相信這樣的寫作流程較適合學習者創作童詩。

　　圖像化學習運用在語文領域的教學活動當中，很容易帶動班級的學習氣氛與動機，不但對學習成就高的學童抑或是學習成就低落的學童而言，都可因他們對視聽媒體的聲光特效的喜愛而捕捉學童的專注力，誘發喜愛閱讀、不愛閱讀的學童有機會透過圖像的學習以潛移默化的方式，提升孩子語文理解能力，擴充其生活經驗，激發學童多元思考方向；同時也強化了學童觀察的細微度且提升學童寫作表達的能力。

　　童詩教學者應該試著跨出童詩舊有的領域，增進與其他學科的交流機會，達成跨學科、跨學派、跨文化系統的發展。隨著時代的進步，語文教學的方法也應該與時俱進，發展出更有效率的教學。而這些提升語文教學效率的教學理念約略是指統整性／科技整合／多媒體運用等等；它們常為時下倡導教育改革的人所一再標榜的對象，童詩是不是也能適用於科際的整合？答案當然是肯定的。以本研究來說，透過跨文化系統的探討，讓學習者了解不同文化系統的圖像所傳達的訊息，其必要性是存在的。

　　詩這種抒情性、審美性相當豐富的文體隨著文學的發展也已出現數千年之久，也留下許多傳送千古、令人回味再三的經典詩作。可惜的是，寫詩、讀詩卻無法「堂而皇之」、「輕鬆愜意」的走入一般人的生活中。因此，研究者建議從學生時期就能進入詩的生活，從小培養寫詩、讀詩的興趣，讓詩陪著孩子一起長大，有著更多人的投入，詩的發展才能更加成長茁壯。適合孩子閱讀的且容易接受的詩體便是童詩了，透過詩中精練的文字，讓孩子從小培養詩味，提升運用文字的能力。

參考文獻

吳文祥等（1998），《基進兒童文學作品集：鬼叫》，臺東：作者自印。

吳翊銘（2009），〈鳳凰花〉，網址：http://tw.myblog.yahoo.com/jw! lRvppW.TH Q7TFKDmPRLJgf4-/article?mid=188，點閱日期：2009.07.10。

杜榮琛（1996），《拜訪童詩花園》，臺北：五洲。

杜榮琛（1999），《寫給兒童的好童詩》，臺北：小魯。

宋筱蕙（1994），《兒童詩歌的原理與教學》，臺北：五南。

林煥彰編著（1985），《兒童詩選讀》，臺北：爾雅。

林煥彰（2001），《童詩二十五講：和小朋友談寫詩》，宜蘭：宜蘭縣政府文化局。

周慶華（2004a），《文學理論》，臺北：五南。

周慶華（2004b），《創造性寫作教學》，臺北：萬卷樓。

周慶華（2005），《身體權力學》，臺北：弘智。

周慶華（2006），《語用符號學》，臺北：唐山。

周慶華（2007），《語文教學方法》，臺北：里仁。

邱雲忠（2002），《童言童語童詩創作園》，臺北：寶島社。

洪中周（1987），《兒童詩欣賞與創作》，臺北：益智。

洪志明主編（2000），《童詩萬花筒——兒童文學詩歌選集 1988~1998》，臺北：幼獅。

陳木城等編選（2002），《國語日報童詩選》，臺北：國語日報社。

張添洲（2000），《教材教法——發展與革新》，臺北：五南。

張清榮（1997），《兒童文學創作論》，臺北：富春。

詹冰（1993），《詹冰詩選集》，臺北：笠詩刊社。

溫文玲（2006），《透過圖像化學習提升國小學童語文閱讀理解能力之研究》，臺東：國立臺東大學教育所碩士論文，未出版。

溫維鈞（2004），《以圖片和文章表達空間訊息之差異探討》，臺北：私立輔仁
　　大學心理研究所碩士論文，未出版。

楊牧貞（1997），〈圖形表徵與文字表徵之腦側化〉，《應用心理學報》，6，119
　　～135。

劉佩佩（2008），《感官的獨白與合奏──視聽作文教學》，臺東：國立臺東大
　　學語文教育研究所碩士論文，未出版。

鍾友珊譯（2002），寇伯特著，《哈利波特的魔法世界：貓頭鷹、獨角獸與「那
　　個人」在西方世界的來歷》，臺北：貓頭鷹。

羅青（2002），《吃西瓜的方法》，臺北：麥田。

蘇梗松編選（1979），《外國名家童詩選》，臺北：將軍。

Paivio, A. (1971). Imagery and verbal processes. New York: Holt, Rinehart &
　　Winston.

Paivio, A. (1986). Mental representation: A dual coding approach. New York:
　　Oxford University Press.

從圖像閱讀到文字閱讀教學的新趨勢

——一個新橋樑書的觀念與願景

曾麗珍

臺北市延平國小

摘　要

　　臺灣推廣圖畫書閱讀，經過十幾年來的努力，已達到相當的成效。但關心教育的人士卻也憂心，極力推動繪本教學的結果，會導致孩子們的閱讀傾向停留於圖像世界，無法進入文字閱讀的階段。於是出版界推出由圖多文少、半圖半文、圖少文多的書籍，希望架接起圖像與文字閱讀的「橋樑書」，讓孩子們穩定而紮實的進入抽象文字閱讀的世界。但我們卻也聽到有關「橋樑書」的另一種聲音：繪本其實是一個新興的文類，讀文互相激盪的氛圍，形成的紙面舞臺，是孩子與成人共讀最好的文類；其實，所有的書籍都是橋樑。我對前一個聲音衷心攝受，也對後一個聲音極力認同。我以身邊所有的書籍、讀物都可作為橋樑書的編製媒介為架橋信念，發展新橋樑書的階段性閱讀教學設計，設計理念扣緊幾個參考點：一、字數；二、句型和字彙的難易；三、故事類型。發展出兒童文學饗宴四部曲——「美感的啟蒙」、「幸福的樂章」、「如錦的編織」、「生命的地圖」的教學設計。此四部曲與

「多圖像閱讀」、「半圖像半文字閱讀」、「全文字閱讀」銜接理念相扣
合，閱讀的層級是漸進的，第一層級閱讀並沒有在第二層級的閱讀中
消失，第二層級又包含在第三層級中。最高的閱讀層級，包括了所有
的閱讀層次，也超過了所有的層次。

關鍵詞：橋樑書、圖像閱讀、文字閱讀、橋樑書與閱讀教學

一、前言

（一）「橋樑書」概念的興起＆楊茂秀的觀點

2007 年春陽時節，參加陽明山研習中心「少年小說進校園」的研習。研習中，授課老師提及「橋樑書」的概念，以及為何舉辦此次研習的緣由。原來推廣圖畫書閱讀，經過數年的投入，已達到相當的成效。目前觀察到的問題是，孩子們的課外閱讀如果一直侷限於圖畫書，閱讀能力將會原地打轉；而倘若因此一下子就給予文字書，又會因為字數太多，讓他們感到畏懼怯步，這時橋樑書的出現就是要擔負起架接兩種讀本的功能。但規畫這項研習活動的楊茂秀，提出了他個人的觀點和見解跟大家分享：各家出版社推出的橋樑書，有其為孩子們階段性閱讀的貼心考量；但有時因必須考量出版銷售的現實面，名為橋樑書的出版品也可能成為另一種閱讀限定。

楊茂秀在 YLib Blog 發表〈黑貓白貓一文觀察篇〉中也提及：

> 繪本其實是一個新興的文類，綜合了言說的語言與書面的語言，從演奏的過程中，又產生圖文互相激盪的氛圍，它其實是一個小小的、連續的紙面舞臺，是孩子與成人共讀最好的文類，也是很容易轉化為家庭劇場與學校劇場的文類。它是溝通成人文化與兒童文化最好的橋樑。

> 最近臺北流行橋樑書，以為孩子閱讀繪本之後，在進入少年橋樑書之後有一種簡單、由孩子自己閱讀的書，在美國稱為章節書（chapter book）。其實，我認為，所有的書籍都是橋樑。它都預設著言說語言跟書面語言與人生活之間，需要接連，產生文化連續性的橋樑。（楊茂秀，2008）

（二）孩子的閱讀也要有階段性

在《誠品報告 2003》當中的「專題十三」〈在圖與字之間——孩子的閱讀也要有階段性〉該文清楚說明，西方國家為不同年齡層的孩童發展設計的童書，架構劃分得十分精緻：

> 當孩子開始接觸閱讀，他（她）先是聽故事、喜歡上聽故事、然後開始讀圖、開始一個字一個字地認字。這個閱讀的階段套用西方世界為童書建立的架構，約略可分為圖畫書（picture books）、故事書（story books）和青少年讀物（young adult novels）。

> 隨著大人對孩子的了解越多，童書又朝向更細緻的分類發展。圖畫書向下延伸至嬰幼兒的幼幼書（board books），故事書又依年齡層（大約 5 或 6 歲左右）分為「轉接讀本」（transitional readers 或 chapter books）和「簡易讀本」（easy readers）。後面兩種經常被稱為「橋樑書」（bridging books）。bridging 顧名思義就是架接，而兩種讀本的架接功能便設定在「由圖畫書的少字多圖」漸進至「純文字的青少年文學」、「中介的插圖書」或「篇章較短，故事結構較清晰簡易的兒童文學」，即透過圖文的比例、內容敘述的繁複性、生活性、趣味性，以漸進的方式，讓孩子建立自我閱讀的自信。（誠品報告編輯部，2004）

「透過圖文的比例、內容敘述的繁複性、生活性、趣味性，以漸進的方式，讓孩子建立自我閱讀的自信。」這段文字就是橋樑書貼心編寫出版的核心概念，但一套一套的橋樑書果真適用於每一個不同成長階段的孩子嗎？它會不會成為另一種教科書？同樣的橋樑書的出版，只有標明為橋樑書的書籍才是某一個階段的閱讀者最適恰的選擇

嗎？其實不然，一個小學教育工作者，他該有更為細膩的觀察、更為貼近孩童的遠見、擁有更精深的對兒童心理發展的了解及認知發展層次上的專業定見。在生活周遭的讀物、作品中取材，以橋樑書的階段性閱讀概念，進行多元文類的擇取，視教學對象和環境的需求，進行更別具特色及廣博性的閱讀教學教材編制設計。但在現有學校教學課程的時間安排下，要如何去發展這樣的階段性閱讀教學？老師要自編教材且要求取其多元化，又該如何運用時間才能普遍推展適用於其他教學者？這是一個考驗著「新橋樑書」創作者的善巧方便智慧的好問題。首先，可以利用什麼時間？可以考量學生的強項特質，倘若有重複學習而無益於學生的學校彈性學習時間，就可以安排規畫為橋樑書教學課程。彈性課程、閱讀課當然更是可以大為利用的時間，因為它們本身就是明定為提升學生國語文能力的課程。至於教材的編製，首先，你的心中要有一個自己想發展的教學藍圖及教學主題，隨時注意瀏覽、閱讀過的書報雜誌，甚至任何一場研習、一場演講。就像你要書寫一篇文章一樣，隨時留意身邊的寫作素材，情感醞釀夠了，架構想出來了，就可以完成一篇如預期中理想的作品了。而教材設計的教學主題明確了，資料齊全了，再審視一番學生目前的學習層次，就可以開始編製一份適恰而有創意的「新橋樑書」教材了。

（三）以橋樑書的類似概念選編教材

本研究藉橋樑書的類似概念，選編適合孩子需求的閱讀教材，在設計的時候有幾個參考點：1. 字數；2. 句型和字彙的難易；3. 故事類型。尤其是字數，通常是控制的一個重點。也就是說，為了建立孩子的自信，每一頁的字數和閱讀教材的頁數都需要考量，句子的長度、文法和字彙的難度也受到限制。在故事類型上要傾向多樣，除了故事之外，傳記、科學、人文等都要包含；即使是故事類，幽默、幻想、懸疑冒險、生活、歷史，各種故事類型也儘可能要考量進去。因為本

研究所設定的教學設計內容鎖定在兒童文學的品賞，所以選編素材以文學類為主。在取捨的考量上，以小朋友最感興趣的生活題材，多元的文體，增進孩子的閱讀能力。

　　本研究選編教材時要兼顧教學者本身的時間、能力負擔，因為在學校已安排的課程遷就於社會的高速多元化，各科教學時數已達到相當飽和的程度，再加上教育當局推動的各種主題活動，各學校推展的特色教學活動，實際上每一個老師在學校的實務工作狀況早已是被時間追著跑的狀態。所以要從事橋樑書自編教學的活動，就要彈性、細心的審視自己班級學生的學習狀況，抽取掉對孩子比較沒有助益的一些制式活動。才能讓別具新意、體貼孩子閱讀心理認知層次考量的橋樑書，在輕鬆自在的狀況下，在老師沒有負擔的前提下，自然的走進班級教學活動中。

二、相關文獻

（一）圖像閱讀

　　曹俊彥在〈圖畫‧故事‧書〉一文中也認為在文字符號產生之前，人類早就懂得閱讀圖像，除了經由聲音（語言和節奏）傳遞經驗與訊息外，還包含自然現象的閱讀和人為圖形的閱讀；從動物的外形、色彩、動作，辨識動物的種類。從果子的大小、色彩來評估果實的成熟度。甚至依據一個人的臉部表情，了解他的喜怒哀樂……等，都是自然圖形的閱讀。閱讀圖形和閱讀圖像，同樣是獲得間接經驗的方法，但圖像較能精確的表達空間關係和色彩的感覺。圖像的閱讀比較不需要經過學習，也比較接近直接接觸的感覺。而有些經驗像對動、植物的認識，也確實非經由圖像閱讀無法達成。（曹俊彥，1998：20～21）

（二）文字閱讀

　　侯明秀在《無字圖畫書的圖像表現力及其敘事藝術之研究》的碩士論文中提及：文字的陳述必須逐字的述說，文字是線性而有時序的規範，且按作者安排的順序透露訊息，讓讀者慢慢累積資訊，引發預測，而至全盤明瞭。純粹文字的文學作品有很強勢的節奏主控權，一定有一條明顯的主線為邏輯過程的主導。文字所描述的圖像有解讀的開放性，譬如你我之間所認定的「瓢蟲」象是有差距的，只是大原則上不至影響文字情節的閱讀，但提供讀者各自對圖像的「想像空間」。在圖文並置的圖畫書中，文字基於線性推移的性質，往往主導了故事敘事的主體，圖像的功能在於放大某個細節，或強調烘托某個情境。但主線是文字，每頁圖像之間是不接連的，其間的縫隙由文字串接。（侯明秀，2003：24～25）

（三）圖像閱讀與文字閱讀

　　趙雅麗在《言語世界中的流動光影──口述影像的理論建構》一書中闡述視覺符號與言辭符號的對應性差異時，有這樣的表述：視覺符號與言辭符號的差異，可以語義與語法間的差異來進一步劃分。「語意」的差異指的是「符號的表意特性」，而「語法」就是「符號的編碼機制」。視覺符號的語意特性是「較嚴格的肖似性意指」，而言辭符號是「較寬鬆的任意性意指」。在語法上，言辭符號具有較強的結構組織性，而視覺符號其結構組織性便較弱。（趙雅麗，2002：141～142）

　　言辭符號必須透過序列（一維）閱讀理解產生意義，但視覺符號的理解卻是直接以平面（二維）心像知覺產生意義的形式。當意旨不在清晰的數量，而在塑造大隊人馬遷移的動盪情境與壯觀氣勢時，視覺形式試圖透過三四輛馬車，利用視覺「瞬間」、「流動」、「混合」的

機制，營造出「大隊人馬」的氣氛，但卻被言辭符號以明確告知「數量」的手法來轉換時，便出現二者意義表現上的落差。（同上，157）

（四）橋樑書的閱讀教學

我依著從研習活動中對橋樑書的初步認識與概念，嘗試自己編製設計的教學教材，利用閱讀課時間、週三晨光時間、彈性時間進行我所粗略認識的架橋工程的教學。因為聽到字數少，所以先想到童詩，也因為一個環境教室布置的過程，童詩教學就成為銜接圖像和文字教學的第一個文類。雖然和我現在所了解的更為精緻的橋樑書分類，有一大段差距，但那是我「橋樑書」教學學步的開始。

1. 童詩教材設計編製及活動實施情形

當時我手邊收集了一些《國語日報》「為兒童寫詩」的詩作，因為要配合製作學生書籍文具收納櫃的遮蓋門，所以我把每一首童詩放大到 B4 大小，裁切後貼在圖畫紙上。每個學生拿到後先讀一讀，品賞一下那首童詩的趣味，接下來就他們所體會到的意象，及從文字閱讀中所捕捉到的人事物景象進行插圖繪畫工作。畫完的作品都貼在每個人的收納櫃前，全班都可一起分享欣賞。因為每個人負責一首詩，每首詩都別具特色，所以我讓小朋友稍微分享一下他手上那首詩的特色和有趣的地方。

巡視行間時，發現每一首詩每個人只讀一遍實在可惜，二十四首詩一個人只讀一首也可惜，所以我想了一個點子，設計了一張學習單，想請學生輪流拿著大家完成的不同的詩，去念給以前低年級的老師聽，教過他的或認識的老師、同學、大哥哥和大姐姐聽。但是第一個統統要先念給我聽，當然在這之前我得簡單一一介紹那二十四首詩，活動的名稱就定為「我來念首童詩給你聽」。本來是自由找聽眾的規畫，教務主任也在賓客名單上，為了顧及學生邀約老師時不要落空，

所以他建議由我統一邀約，我真的一個個去邀請同仁們，很令人感到欣慰的是沒有一位老師拒絕這個活動，包含學生聽完後要煩請他們寫下簡略的聽賞分享。學生四個人一組，外加一個人去幫忙拍照，我負責記錄行程，提醒他們哪個時間點該到何處去念詩。每個人要念十首詩給不同的人聽，整個活動跑完是一個月，很忙、很新鮮卻也很刺激。

活動結束後我讓他們寫了一篇日記，普遍的反應是他們的膽子變大了，再來是他們發現了各種不同風格的詩，擬人化很強的〈春天歪了〉，圖像式的〈蟬〉，充滿實際生活點滴趣味的〈同樂會〉，念到最後大家都可以一起暢所欲言的討論哪首詩怎樣怎樣了，甚至熱門排行榜也出來了。因為是我自己的實驗，到目前為止，沒有有關橋樑書教學的相關資料，我就依循著我捕捉到的概念去進行了。

2. 童話教材設計編製及活動實施情形

接續童詩活動後，我選了數字比較多的童話故事作橋樑教學導賞。首先，我先翻閱九歌出版的童話選，再對照班上留存的跟著我兩年多的《國語日報》資料，我從最短篇的〈飄飄傳的傳奇——死鬼〉這篇文章開始編起。它是 2005 年九歌童話選裡最短的一篇童話，約莫二百字左右，故事趣味感十足，那些死鬼是十分充滿童真稚趣的，讀來創意趣味感十足，課本裡大概不會放這樣的文章。

找出加了注音的故事，我要專注認真的先閱讀過文章，設計有關童話故事賞析的相關問題，包含時空背景、人物個性、情節發展、故事主旨等等。我還必須設計自己想讓學生去捕捉、感受到的文學意味與美感氛圍、甚至要藉著提問去串接他們的生活經驗、稍稍感悟一些生命哲理及心靈感受。設計童話的活動我比較費工費時，但也是我檢驗自己對文學的敏感度及性靈深度的探取，對學生和對我自己而言都可以大為提升繞在學校課本上的文字浮面淺層感受。

三年級下學期我一共設計了七篇，最長是到林世仁的〈流星沒有耳朵〉，篇幅是 B4 七頁，學生們讀得愛不釋手，因為林世仁運用了「同

音異字」及「諧音」創作元素，所以笑果十足、創意滿門，連家長讀
了都會在地板上「拍地叫絕」。先前的活動我都只設計提問書寫的題
目，但是這篇童話很適合學生仿作，所以帶領學生討論出林世仁創作
的兩大元素後，學生們便興致勃勃的開始寫起他們的「流星沒有耳朵
了」。我很粗糙的以字數和文類形式來提取我要編寫的橋樑書教材，雖
然很不細緻，但這樣初步的嘗試都得到不錯的效果。比起我每天講授
的課文，語文課顯得可愛有趣多了。

三、橋樑書的界定及其作用場域

（一）「新橋樑書」的界定

　　以下將就研究者所認定的「新橋樑書」作明確而清楚的界定：1.
新橋樑書不是一般出版社所指的整套整套的橋樑書，它不一定是一本
本的書，沒有書的形式的限定，不一定是平面媒體。2.它是根據橋樑
書的編輯概念、原理原則——階段性的閱讀功能，多種文類，圖像銜
接到文字的基本概念來編寫的教學教材。3.它是活動化的：不只是靜
態的閱讀一篇文章、一本書，它是以一篇篇的文學作品為主軸，旁伸
擴及到其他的教學活動。例如「童詩」教學活動，它延伸擴及的範圍
包括教室布置、朗誦、繪圖等；還有「幸福的樂章——精選童話賞析」，
在實施教學的過程中，包含了朗讀活動、情節發展和故事旨趣等的賞
析討論、小段童話創作、作品展覽等，以心智繪圖來呈現，它們有著
如是的延展特性，如圖 1、圖 2：

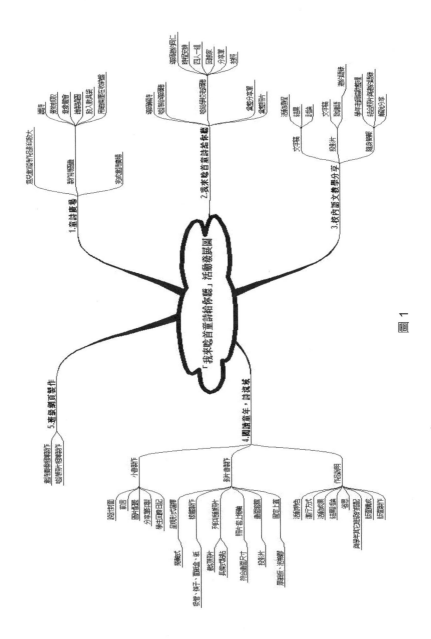

圖 1

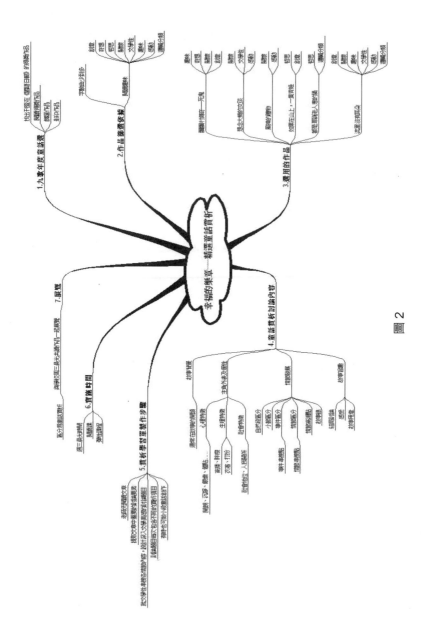

圖 2

4.它的辭彙難易、字數多寡，或許有階段性上的區分，但在內涵上它是大人、小孩都值得閱讀的篇章。5.它善用「圖像」與「文字」不同媒介的特質，給予不同階段的孩子適切的閱讀材料，不偏廢於任何一方，圖像與文字兼而用之，適恰的搭配，讓影像媒介與文字媒介能適時並存，相輔相成。重視文字是單位面積裡濃縮意象最高的媒體，也要好好迎接圖像、影像及聲音各種媒介，引導孩子藉由各種感官知能獲得全觀世界的能力。6.新橋樑書的編選原則是要和出版界翻譯的橋樑書相對應的：目前出版界出版的橋樑書大多是翻譯自國外的經典橋樑書，有它一定的品質，所以教學者本身要先去認識這些橋樑書的內涵，甚至是去善用搭配這些橋樑書，才能更佳豐富新橋樑書的內容及功能。一如本土橋樑書的作者要創作時，他也需要先有這方面的先備認知與掌握。

（二）橋樑書在閱讀教學上運用的可能性

橋樑書在閱讀教學上運用的可能性，那是肯定的。以下將就我已實施三年多的經驗，舉出已實施的實例，將其實施歷程及方法說明如下，期能提供給所有在教學現場辛苦耕耘的老師們一點參考的資源。

在這裡我要舉三個閱讀課教學的例子，第一個例子是：《隨身聽小孩》是小魯出版的兒童成長小說，二百四十頁，在我任教的學校它是共讀書籍之一，一個班級的學生可以人手一本。實施閱讀教學的對象是四年級的學生，當時我接手的學生當中有一位是中度聽障的孩子，有一邊耳朵幾乎聽不見，學習活動都要靠另一邊耳朵。他的座位必須固定在我的講桌前側邊四十五度角的地方，這樣他才能清楚聽到我的聲音。聽到聲音的前提是他必須戴助聽器，老師必須戴發射器，他才能接收到我上課時單純的教學聲或全班一起討論的聲音。以前我為教導過聽障生，這也是第一次的經驗，偶然有那樣的一次機會，我們全班一起閱讀《隨身聽小孩》，一堂課是看不完的，所以我讓孩子帶回家

閱讀,閱讀課時「接龍說故事」。這本書大部分的孩子都看完了,所以玩接龍時,隨時都有人舉手接棒,而且內容清楚明確,還沒看完故事的我都是聽他們說故事聽完的。有人情節接錯了,會有人舉手更正,學習非常主動、內化;班上的那位聽障學生是個很活潑樂觀的孩子,他自己也會舉手接棒個幾小段。一邊「接龍說故事」,當然我們也一邊討論人物情節等內容。這位聽障生媽媽是位樸實的工廠女工,但對孩子的照顧很積極,她也跟著把這本書看完,我記得還書時她告訴我:謝謝老師借這樣的一本書給孩子看,平常她自己無法接觸到,因為看了這本書,她的心中少了幾分擔憂。

這不是標示著橋樑書的兒童讀物,但它有橋樑書的功能,四下的學生可以把一本成長小說看完,並且人人都能琅琅上口的接龍說故事,可見他們已經把故事讀到心坎裡了。這本書已讓四下的孩子有完全閱讀純文字書籍的功能,所以教學者對於教學對象的了解、對於教學程度的適宜度,對於施教的情境如能有純熟的掌控,身邊的每種閱讀媒介都可以是橋樑書。這本書架起的橋樑不只是閱讀功能上的橋樑,它架起了全班學生對聽障孩子的體認與了解,架起了聽障者本身對自己進一步的認知與了解,它更意外的架起了一位聽障生媽媽所需要外界的了解與支援。

第二個例子是:先閱讀《巧克力工廠的秘密》,再欣賞《巧克力冒險工廠》DVD。這個教學活動先做文字閱讀再作影像閱讀,那是因為要誘導學生先閱讀文字文本,《巧克力冒險工廠》這部影片小朋友人人都知曉,也想看。所以我用一個月的時間,四次閱讀課帶領學生閱讀,包含回家閱讀。在一個月的零碎時間下,他們終於把這本書看完了,是這一屆的三年級的小朋友看的,很不簡單!看完了,大人當然要信守諾言,我帶著他們到視聽教室看了兩個鐘頭的電影,努力閱讀過後的悠閒觀賞讓他們終於心滿意足了。看完後再就文字文本與影像媒介所呈現出來的不同情節或感受,作些簡單的分享和討論。這大概是他們最期待也最輕鬆愉悅的一次,自願性完全獨立閱讀完整本文字書的經驗。

從以上二個閱讀教學的例子中，可以了解我每一次都運用不同的閱讀策略，搭配不同的延伸學習模式，還有它是很明顯的自然活動化，因為只有開展這樣的多元性閱讀方法，及連結延伸到不同的學習活動，才能增加閱讀教學的靈活性與活潑度。不斷地創新與變化閱讀活動進行的方式，閱讀興趣才能常保新鮮的樂趣。在教學過程中，我有時先用文字文本，有時先用影像媒介，那是因為文字與圖像之間各有自己的魅力與內涵，要由誰先來主導再召喚誰來壓軸，這都端看教學者的設計功力，有心人應該去衡量怎樣操作能產生最豐富、美好而成功的效果。

四、從圖像閱讀銜接到文字閱讀的文學饗宴四部曲

（一）首部曲：美感的啟蒙／兒歌與童詩精選

天下雜誌出版的「字的童話」系列書中的第一本書──《英雄小野狼》，第一篇文章就是利用同韻的方法寫出來的一篇內容活潑的童話，仔細拆解會發現，它就像由一小段一小段的兒歌組成的童話。林世仁很是用心的，別出心裁的創作了這題材新穎的〈英雄小野狼〉。

> 小野狼，少年郎，本領一等強。扛長槍，走四方，要把世界量一量。
> 大路邊，小池塘，一隻水鴨淚汪汪；「山大王，沒心腸，搶走我的花衣裳！」
> ⋯⋯
> 山坡上，風輕涼，野花香，綠草像海浪。
> 小野狼，⋯⋯

小魯出版社「我自己讀的故事書」系列的《小保學畫畫》，作者馮輝岳同樣也用兒歌押韻的韻律感和節奏性，來創作這一本橋樑書：

> 小保學畫畫，畫一間房屋，主人是蟾蜍。
> 蟾蜍的家小小小，
> 屋前有花屋後長青草，
> 它呀白天愛睡覺，
> 晚上才出來跳一跳，
> ……

在前面的章節我曾談及新橋樑書的教學取材以身邊的所有讀物為範疇，包括出版社設定為橋樑書的讀物也包含在內。這兩本書一個將兒歌變身為童話，一個變身為故事，當然不能錯過，且要善巧的運用教學方法介紹給孩子。

洪志明所編《童詩萬花筒》一書的兒歌：

> **花開的聲音　馮輝岳**
> 鳥兒唱歌真好聽，
> 樹葉說話細又輕，
> 蝴蝶姑娘請問您：
> 花開怎麼沒聲音？
> ……

另外因應學校鄉土語言教學的實施，我也選用某部分的臺語兒歌，像王金選的作品其實早已在臺語課程上和孩子們欣喜會面過，只是那時學生把它當琅琅上口的課文而已。顯見兒歌的韻律感和音樂性，是帶領孩子進入文字閱讀的一把開門鎖。兒歌教學和童詩教學的模式約略相同，只是在人和時間條件的異動上會作某些調整。《小保學畫畫》這

本書我則在朗讀介紹完之後讓學生傳閱，這本書有十三個故事，我讓學生一個一個閱讀過後是要利用，故事開頭的反覆性，讓學生熟稔兒歌的句法，以做下一個活動，兒歌小仿作的熱身操。陳正治在《兒歌理論與賞析》一書第九章〈兒歌的教學〉中也提到兒歌教學應配合其他活動。例如：跟畫圖配合，要他們把兒歌的內容畫出來；跟說話配合，要他們說出兒歌的內容。（陳正治，2007：201）有一些出版社的橋樑書設計特色是標榜畫上空白底圖，讓閱讀者自行著色，當我後來看到出版社的設計和自己因教學情境而衍生的教學方式竟然有異曲同工之妙時，也感到自己的教學信念和創意理念有種自我肯定的感覺。

首部曲的第二個教學文體是童詩，童詩的選材和教學實施的方法在本研究圖 1 的「我來念首童詩給你聽」的活動發展圖，有整個活動的進行流程和其他處理細節，活動發展圖中呈現的還有教學模式。有關教學活動進行過程的文字詳述則在「橋樑書的閱讀教學」有詳細的介紹。

（二）二部曲：幸福的樂章／童話與寓言故事精選

二部曲要作的架橋教學是童話與寓言故事精選，在兒歌與童詩教學之後，以字數量、詞彙的難易度及句子的類型來考量的話，接下來讓兒童接觸故事類的閱讀文本是個可以讓兒童漸次進入文字閱讀的好材料。

1.童話選材工作

童話故事的選材，一開始我先找的是九歌出版的童話選，從童話選中再依據篇幅的長短，由短篇到長篇取材，同時考量故事的趣味性、文學美感、創意、啟發性；同時兼顧原始發表園地的就近方便性，因為自編橋樑書的意義就在於可以從身邊的讀物中開始。《國語日報》的

兒童文藝版,是童話作家們發表作品的大苗圃,也是目前全國推廣讀報教育,很多學校的班級內幾乎都可見到《國語日報》的閱讀環境。所以我在取材上,會先選用童話選中在《國語日報》刊出的作品,找到刊載在《國語日報》上有注音、有插圖的發表原作。有注音是要方便低中年級孩童的閱讀,有插圖可以輔助孩童閱讀。好的作品就值得欣賞、教學,非《國語日報》出版的好童話就從書中原稿印出。後來,在九歌年度童話選之外,又發現《夢穀子,在天空之海》1988～1998兒童文學童話選集,在選集之中又可以發現各個作家出版的童話集,那選材範圍又更大了。所以童話作品的城堡就像天空那麼大,不怕找不到好作品來讓兒童閱讀。只怕沒有時間讓他們讀,二部曲的名稱「幸福的樂章」的定名,是因為這樣的感受而來的。

2. 童話教學實施的方法

在每一篇童話故事的文本開頭,我打上「二部曲——幸福的樂章,童話精選」小標題。引導文辭是「想念大樹的女孩、飄飄村傳奇——死鬼、流星沒有耳朵、打瞌睡的燈、風神的禮物、魔神樹與好運花……這些充滿奇幻想像、歡樂與幸福的童話,將陪伴你翱翔天際,享受快樂的童年時光。活動方法:先個別默讀整篇童話,再分段輪流朗讀,最後分組討論『主角外表及個性』、『故事背景』、『情節發展』、『故事旨趣』等。」

(1) 王宏珍的〈飄飄村傳奇——死鬼〉

王宏珍的〈飄飄村傳奇——死鬼〉,約五百五十字,在天下雜誌《教出寫作力》〈一百七十本橋樑書推薦與導讀〉一文中,第一級導讀的字數是五千字以下;所以,這五百多字的閱讀,在字數、詞彙和句子類型的考量上,應該算是夠根基的開始了。這篇文章沒有主要角色,因此討論的重點就放在「故事背景」、「情節發展」和「故事旨趣」上。故事背景直接引導學生們依著故事內容來尋找,情節發展在我仔細閱讀後發現第四、六、九段有著隱藏的關聯性,所以我設計了題目請學

生找出這三段之間有何關聯性？故事旨趣探討是「讀完這篇故事後，你覺得鬼可怕嗎？『快要死的鬼成天被其他羨慕的鬼追著……』，死亡可怕嗎？死後的世界又怎樣？」這樣的故事旨趣探討引導著學生發現這篇童話故事的趣味性，也一改兒童對鬼及死亡舊有既成的恐怖害怕觀念。是很有意義及創意的一篇故事，也難怪會入選九歌童話選。

(2) 王蔚的〈想念女孩的大樹〉

這篇童話也是五百多字，但是意境較深。這篇童話故事出現的角色較多，所以我讓學生找出每一個角色，及各個角色的任務，承擔任務的結果。最需要仔細玩味的是「故事旨趣」，所以我設計了這樣的一個題目：最後一段「現在，三片紅葉住在女孩的書裡，那是一本故事書；所以說，紅葉們幸福的住在一個故事裡。」暗示著這是一篇怎樣的故事？紅葉幸福的住在一個故事裡，那大樹？我覺得讓學生去探究文本背後隱藏的生命意涵，才是讓學生們閱讀了一篇故事之後，真正有意義和價值的地方。

雷度門的〈風神的禮物〉、山鷹的〈都是耶誕老人惹的禍〉等童話教學可詳見下一節的「教學設計」介紹。

寓言故事的字數不會比童話故事多，但是以古典寓言故事來說詞彙卻比童話艱難多了，所以文學饗宴二部曲在作為橋樑書的自編教材，且期望由圖像閱讀銜接到文字閱讀的架橋功能上，先帶領孩子閱讀童話，接續以寓言故事來切入，孩童較能領會寓言故事的寓意，在閱讀能力上也比較能適任。在我所實施的寓言故事自編橋樑書教材，取材來自於《甜雨・超人・丟丟銅》1988～1998 兒童文學故事選集和《一分鐘寓言》。在《甜雨・超人・丟丟銅》一書中選錄的八篇寓言，都拿來作為教材。其中有古典寓言，也有現代寓言。古典寓言是自《莊子》、《列子》、《晏子春秋》等古籍中取材的；或以古諷今，或旨在點出自古至今都必須面對的人性或值得思考的人生道理。現代寓言則是

當代的創作，相對於古典寓言是汲取古人的智慧，現代寓言則是自當代生活中尋找題材，並與時代、社會現狀相呼應。

　　有關寓言故事教學實施的方法簡單說明如下：洪志明的《一分鐘寓言》故事簡短、精闢、有趣，所以我把這本書中的故事影印給每一個學生，作寓言故事分組教學。這本書裡的寓言故事在每一篇故事的編寫設計上，除了寓言故事的內容之外，另有「一分鐘思考」、和「一分鐘智慧」的活動。《一分鐘寓言》所選錄下來的故事共有十五篇，班上學生分五組，一組約四到五個人，每組認領三篇，每一組共同分配負責的工作。寓言故事內容可能由兩位同學負責，大家先在臺下一起閱讀內容後，共同討論出故事的綱要和大意，同時充分熟悉故事。上了講臺後由某兩位同學合力將故事講完，其他同學這時會注意臺下同學的反應，聽得懂嗎？有沒有仔細在聽？因為老師會請全班同學共同獎評，給予獎勵卡，所以臺上臺下都很認真，因為大家都想爭取榮譽。臺下聽不懂的同學會主動提出要求，重講一遍或則該將聲音放大；臺上的同學人人都在準備接手麥克風，當同組同學需要幫助時，他們會適時幫忙補充，或者兩人共讀故事內容協助膽量較小的同學。主持活動時，臺上同學會針對故事和「一分鐘思考」的內容，對臺下同學提出問題，以「一分鐘智慧」的內容為主軸作總結。臺下的同學如果回應效果不佳，他們會主動將該組同學貼在講臺上的獎卡扣除。臺下同學也會針對主講者的看法提出評判，獨立學習、主動發表、相互提出辯證的效果很好。這時我的角色，只是坐在臺下聽著他們的故事是否說得順暢，觀察他們如何闡釋這個寓言故事比喻或影射的道裡，看他們如何抓出問題向同學提問，同學又如何回應。在這種寓言故事的學習、發表、討論模式中，每一個上臺的學生都能拿麥克風，其他的組員也隨時能接手麥克風，我很欣賞他們這麼有自信，靈活而有彈性的分配了每個人不同的工作，而又能互相支援，當時如果將過程錄影下來，一定是非常精采的教學觀摩。看孩子們如何自行規畫每個人的負責範圍，又如何自在從容的上臺報告，感到欣喜。我想過，可能是

寓言故事的活潑性牽動了他們的細胞也活起來了；可能是洪志明的《一分鐘寓言》故事內容簡短有趣，貼近孩子們的心靈，孩子們愛上這些機智有趣的故事，愛上那些讓人頭腦轉轉彎的思考活動，所以自然而然的就自己動起來了。不需要老師催促、帶領，它們自己就一組組、一個個的發展出自己的學習風格，這是給教學者最大的回饋。

（三）三部曲：如錦的編織／散文與生活故事精選

兒童散文是近十多年來才被定名的，是一個晚成的文類。我自己會把兒童散文歸入橋樑書銜接教學的教材，有一部分是因為本身很喜歡散文。從國中開始迷上了琦君的散文，常常到書局看看有沒有新的作品出現；張曉風、席慕蓉的散文也看，工作後有一段時間迷著張曼娟的文字魅力。最後是一頭熱在簡媜的散文作品中，簡媜的確是臺灣散文的翹楚。不論是描寫族史、災難還是個人，她的感情始終充沛，文字密度相當高，幾乎沒有未加思索隨手寫下的句子，也因此她筆下的歷史像史詩，文中的感情如情歌。因為對這些散文作品的感動與喜愛，所以我安排了「如錦的編織──兒童散文賞析」這樣的教學活動。

1. 兒童散文選材工作

兒童散文有別於成人散文，所以取材也要符合兒童的心理發展程度、成長經驗和語文能力。馮輝岳的《有情樹──兒童文學散文選集1988～1998》是主要參考和取材的來源。在《有情樹──兒童文學散文選集 1988～1998》中我選擇了陳木城的〈春之歌〉、洪志明的〈廚房裡的眼鏡蛇〉、潘人木的〈有情樹〉、林良的〈旗手〉和〈露天餐廳〉、林仙龍的〈超齡〉、桂文亞的〈菜市街〉、方素珍的〈那天下午‧今天晚上〉、林玫伶的〈戲院是我的大教室〉和〈從電視跑出來的人〉、林

芳萍的〈毛絨絨的冬天〉、林加春的〈阿爸的烏魚子〉、張嘉樺的〈由你決定的冒險記〉。

2. 兒童散文教學實施的方法

(1)〈春天的小雨滴滴滴〉

　　第一篇帶領孩子們閱讀的是陳木城的作品〈春天的小雨滴滴滴〉。這篇散文作品篇幅不長，閱讀時我先範念一次，其實是我自己很喜歡這篇文章的節奏感和音樂性，很想把這種很美麗的韻律感介紹給學生，自己很想再享受一次文章的美感，所以有了範讀的念頭。老師讀完了換學生讀，學生讀完之後我們一起討論讀完之後的感覺，這篇文章裡頭有很多的聽覺摹寫，請大家一起來找，並且把句子念出來。包括文句的安排，那也是另一種語言及情緒的形式。

> 雨，
>
> 已經，
>
> 下了很久了。
>
> ……
>
> ……
>
> ……
>
> 雨，
>
> 不大。

還有，都是形容雨聲，有時候是「叮叮咚咚」，有時候是「滴滴答答」，有時候是「叮叮噹噹」，雨打在不同的地方，就發出來不同的聲音。作者運用了敏銳的感覺，把這些不同的聲音聽出來了。接續在後面的還有「嘩啦嘩啦」、「淅瀝淅瀝」、「啪啦啪啦」、「嘩啦啦」，整座森林熱鬧的就像一座音樂廳一樣。最後是像打小鼓似的！

「啪」

「通通通！」

「咚——咚咚咚——」

如果要指導學生寫作，這是很好的範例，有很多的狀聲詞、有很多被雨滴打到的物體。作者在文句的描寫和鋪排又是如此的優美、活潑，學生看了文章會覺得除了美感的享受之外，還有著跳躍的快樂。以這樣的直覺感受來仿寫一篇散文，應該也是一種很快樂的嘗試。

(2)〈由你決定的冒險記〉

〈由你決定的冒險記〉是學生們最喜歡的一篇散文，因為冒險的樂趣，作者創作了一個宛如迷宮一樣的散文組曲，不管做了「Yes」或「No」的選擇，都是要接受挑戰的心跳一百的決定。因為學生的熱烈回應，我根據文本拆解文章結構，將整篇散文設計成一本八頁小書的格式，分組仿作「由你決定的冒險記」。第一頁是封面，標題設計要有冒險的風格及氣氛，要寫上組別及成員。第二頁貼上本文的第一段「冒險記」的簡介，第三頁進入冒險記的開始，開始抉擇了。第四、五、六頁是三個抉擇的事件，不管是「Yes」或「No」都要有驚爆的冒險元素形構而成的內容，第七頁是總結。第八頁是封底，有同學的話、家長的話、老師的話，故事要與人分享，要有回饋。有一組仿作的非常精采，插圖令人讚賞有加，我把他們的作品一頁一頁拍下來，放在班級網頁上，讓大家去瀏覽。

從〈春天的小雨滴滴滴〉到〈從電視跑出來的人〉，甚至到後面的〈由你決定的冒險記〉，散文的教學不外乎閱讀、朗誦、佳句賞析、討論，頂多來個散文仿作其實就足夠了。散文的文學美感是需要時間來享受、品味的，不需要無謂的辯論、批判。這幾篇散文是老師先看過整本書收錄的作品，看主題的特色再閱讀文章內容，依學生的語文能力、生活經驗和多元性而挑選出來的，這麼做其實只有一個目標，希

望學生喜歡散文、愛上散文;喜歡閱讀,愛上閱讀;想閱讀,進而能
獨立閱讀;最後是能沉浸於文字閱讀的無限想像世界之中。

(四)四部曲:生命的地圖／兒童戲劇與少年小說精選

　　表演藝術戲劇教學打破我國教育史紀錄,首次納入九年一貫課程
中一般藝術課程教學的範圍之內。曾西霸主編的《粉墨人生──兒童
文學戲劇選集 1988～1998》戲劇選集,是初次設定的文類。在教學上,
我採用了本書中的一部超短的童劇作品,謝瑞蘭的《四隻大神龜》。以
中年級學生的程度來說,是很適合初次嘗試的劇本。在教學的過程中,
我很希望班上的學生每個人都有演出的機會,所以我將此劇本分成四
個場次,學生也分成四組,由大家合力演出。以接力的方式演出《四
隻大神龜》,在準備的過程中,我觀察到學生人手一支螢光筆,把屬於
自己部分的對白標記起來,和同組的人一起對戲。角色的決定是由他
們各組討論商議決定的,我沒有介入他們的團體運作,這是我很喜歡
的一種讓孩子獨立討論決定的帶領模式,而我的學生也都具備這種自
主性和特質,我不需要擔心他們運作不起來。從這樣的過程我深深體
會到干涉愈多,孩子潛藏的自我潛能與創意愈不敢發揮,因為擔心不
是老師要的。我不希望我的學生這樣,其實孩子天生充滿「戲」胞,
有很多肢體表達其實是要他們來帶動我這個老骨頭的知覺的。四組一
起排演過三次後,我發現銜接性是個問題,整齣戲的戲感無法流暢串
接,所以我改為兩場,最後歸為一幕到底,就由七個同學負責把這齣
戲完整流暢演出。

　　《不只是兒戲》是徐琬瑩為兒童量身打造的故事劇場,我挑選了
〈金鵝〉,〈金鵝〉是大家耳熟能詳的童話,作者徐琬瑩改編過後的劇
本,適合中低年級演出,可以無限制的增加角色人數,長長的一個隊
伍,演出時非常有「笑」果。

　　少年小說的閱讀已是目前在圖畫書閱讀熱潮後推動的另一波閱讀風潮，在班上鼓勵學生閱讀文字書，約從三年級就一點一滴的開始做，直到四年級下學期，也就是這學期，在文學饗宴前三部曲的重點閱讀都體驗過之後，我大量的借閱了小說給學生閱讀，不管是成長小說、兒童小說、系列書都有。我在學校圖書館隨機的抽取我較了解內容的一些小說或系列書（神奇樹屋、波特萊爾大遇險），共借二十二本讓學生一週輪一次的閱讀，每週每人手上會有兩本小說，厚、薄、繁、簡都有。這二十二本書分別是《阿凡提的大智慧》、《鋼琴小精靈戀愛了》、《四個孩子和一個護身符》、《五個孩子和鳳凰與魔毯》、《小班頭的心情故事》、《佐賀的超級阿嬤》、《挨鞭僮》、《大腳李柔》、《小魷魚》、《五年五班三劍客》、《罐頭裡的小孩》、《小天才與傻大個兒》、《雨果的秘密》、《戰地裡的天使》、《尋找尼可西》、《鯨眼》、《恐龍谷大冒險》、《非洲草原逃生記》、《雨林大驚奇》、《漫遊到月球》、《衝出龍捲風》、《糟糕的工廠》。另外還有學校共讀書車的五本小說，分別是《一碗湯麵》、《代做功課股份有限公司》、《超時空友誼》、《第一百面金牌》。這樣看來學生手邊可以隨時閱讀的文字書已很足夠，但這麼多書也要有時間閱讀，所以在閱讀課和週五晨光時間的時候，我會讓學生安靜的閱讀，真正的獨立閱讀，再利用增強語文能力的彈性課程時間討論小說內容。

　　少年小說教學實施的方法，詳見下一節的「教學設計」介紹。

五、圖像閱讀銜接到文字閱讀的教學設計及其施行途徑

（一）第一級：多圖像閱讀的教學設計及其施行途徑

多圖像閱讀教學設計（一）

單元名稱	我來念首童詩給你聽	教學對象	三年級上學期
設計者	曾麗珍	時間	120 分鐘
教學目標			

教學目標	1. 為達到由圖像閱讀銜接到文字閱讀教學的目的。 2. 由「圖圖文」的多圖像閱讀比例選材進行教學。 3. 由身邊所及兒童讀物，包含圖畫書、橋樑書等讀物進行選材。 4. 培養學生喜歡閱讀、養成閱讀習慣，進而能獨立閱讀的能力。

教學活動名稱	教學活動內容	時間

	一、準備活動
	  (一) 教師
	    準備八開圖畫紙、影印放大的童詩、
	    教具袋、磁條、膠水、裁紙刀。
	  (二) 學生
	    繪圖用具。
	二、教學活動
	  (一) 引起動機
	    1、老師拿出《國語日報》，展示兒童文藝版「為兒童寫詩」的版面，念一念〈春天歪了〉、〈春天偷偷咬我的腳趾頭〉這兩首童詩，再請學生看看繪圖的設計，是不是和圖畫一樣生動活潑、幽默風趣啊！
	    2、請學生說一說聽完這兩首童詩有什麼特別的感覺？
	    S1：春天光溜溜、軟趴趴、胖嘟嘟、皺巴巴、叮叮噹、哇哇叫、羞羞臉、好好笑，讓人感覺春天就像小孩一樣可愛，春天的舉止體態很討喜，念起來很有節奏感，自然又順口，調皮、可愛、有趣。
	    S2：春天跳起來、彎下腰、抓抓癢、扭扭腰、摳鼻子、摔一跤、不洗澡、抓跳蚤，好像在描寫班上哪個天天搞笑出紕漏的同學，好生動，我很
		10

	喜歡。	30
	S3：春天用頭走路、用腳寫字、用耳朵唱歌、用舌 頭跳舞、數它的腳趾頭、數不清它的腳趾頭、 不會數它的腳趾頭，真是不可思議，看來春天 真是武功高強。	
	(二) 發展活動	
活動一： 童詩廣場	1、童詩廣場	
	(1) 分給學生一人一張裁切好的圖畫紙，老師念出 一首首在《國語日報》「為兒童寫詩」專欄蒐 集來的童詩。喜歡的學生就舉手，請學生將影 印放大的童詩貼在圖畫紙正中央。	
	(2) 每一個人將自己拿到的童詩，靜靜的默讀一 遍，朗誦一遍。	
	(3) 共同討論詞意。	
	(4) 討論詩句的涵意。	
	(5) 反覆指導兒童朗誦。（師生對念、分組念、男 女對念、指名念）	80
	(6) 先圈出童詩中代表物、景的詞語，再根據童詩 的意象感受進行繪圖工作。	
	(7) 將繪製好的童詩圖畫，放入教具袋中，一人取 用兩根磁條，將圖畫黏貼在收納櫃的鐵盤內， 作成收納櫃的門，完成「童詩廣場」環境布置。	
	(8) 一一欣賞同學的畫作，再閱讀圖中的童詩，尋 找圖文合奏的趣味處。	
活動二： 我來念首童 詩給你聽	2、我來念首童詩給你聽	
	(1) 老師先製作好活動分享單。	
	(2) 老師先邀約聽詩同仁和班級學生，並安排好各 個時程。	
	(3) 老師再次詳細解詩，學生念詩給老師聽。	
	(4) 學生四人一組，一人負責拍照，依安排的老師、 班級和時間，念詩給學校老師聽。	
	(5) 彙整分享單、照片，書寫活動心得日記。	

（二）第二級：半圖像半文字閱讀的教學設計及其施行途徑

半圖像半文字閱讀教學設計（一）

單元名稱	幸福的樂章——童話賞析	教學對象	三年級下學期
設計者	曾麗珍	時間	240 分鐘
教學目標	1. 達到由圖像閱讀銜接到文字閱讀教學的目的。 2. 由「圖文文」的半圖像半文字閱讀比例選材進行教學。 3. 由身邊所及兒童讀物，包含圖畫書、橋樑書等讀物進行選材。 4. 培養學生喜歡閱讀、養成閱讀習慣，進而能獨立閱讀的能力。		

教學活動 名稱	教學活動內容	時間
活動一： 小小創意家	一、準備活動 　（一）教師 　　　◎準備製作好的童話閱讀教學教材及討論單。閱讀 　　　　教學教材取材自《國語日報》兒童文藝版。 　　　◎準備影片《天花板上的馬克》。 二、教學活動 　（一）引起動機 　　　影片欣賞——《天花板上的馬克》 　（二）學生 　　　螢光筆。 　（三）發展活動 　　　1、〈飄飄村傳奇——死鬼〉 　　　（1）學生先個別默讀整篇童話，再分段輪流朗讀。 　　　（2）請學生拿出螢光筆，將好詞佳句標記出來。 　　　（3）最後分組或共同討論「主角外表及個」、「故 　　　　　事背景」、「情節發展」、「故事旨趣」等。 　　　（4）完成討論單內容： 　　　　　◎請說一說，並寫出「死鬼」這篇童話的故事 　　　　　　背景。 　　　　　S1：在天空、大海、在山上。 　　　　　S2：在世界上的每一個角落。 　　　　　S3：發生在飄飄村得慶祝會。 　　　　　◎情節發展討論： 　　　　　　自然段第四、六、九段之間有何關聯性？	15 35

活動二： 幸福的樂章 ，童話精選	S1：第四段「死鬼」他們在許願。 S2：第六段在描述願望如何實現。 S3：第九段在敘述「死鬼」們實現了願望，而 　　且相遇了，有一步一步承接的關係。 ◎故事旨趣探討： 　讀完這篇故事後，你覺得鬼可怕嗎？「快要 　死的鬼成天被其他鬼羨慕的追……」，死亡 　可怕嗎？死後的世界又怎樣？ S1：不可怕。 S2：他們充滿了快樂！ S3：因為他們便成了彩虹、流水、雲物和山泉。 2、〈想念女孩的大樹〉 (1)學生先個別默讀整篇童話，再分段輪流朗讀。 (2)請學生拿出螢光筆，將好詞佳句標記出來。 (3)最後分組或共同討論「主角外表及個」、「故 　　事背景」、「情節發展」、「故事旨趣」等。 (4)完成討論單內容： ◎「女孩走了，大樹很傷心，他傷心的樹葉全 　掉光了。」這個句子用的是哪一種修辭法？ S1：擬人法。 S2：轉化法。 S3：轉化法中的擬人法。 ◎大樹請了哪些朋友去看望女孩？結果如何？ S1：冬天來了，他請老朋友風幫忙，帶著雪花 　　去看望女孩，結果雪花飛著飛著就化了。 S2：春天來了，大樹發芽了，他請風戴上一片 　　嫩黃的葉子，去看望女孩。但是嫩葉飛著 　　飛著，跟著溪水跑遠了。 S3：夏天來了，兩片綠葉太調皮了，打打鬧鬧， 　　掉在汽車上，跟著汽車跑遠了。 S4：三片成熟的紅葉，她們專心的飛行，終於 　　飛到了女孩的新家。女孩託麻雀帶著一條 　　綢帶去看望大樹，並在枝椏上繫成了一個 　　想念大樹的蝴蝶結。 ◎在〈想念女孩的大樹〉這篇童話故事中曾經 　出現的角色有哪些？先說一說，再寫出來。 S1：女孩、大樹。	40

S2：風、雪花。

S3：嫩葉、綠葉。

S4：紅葉、麻雀。

◎請寫出〈想念女孩的大樹〉這篇童話的故事背景。

S1：女孩和大樹是好朋友。

S2：女孩爬上大樹，抱著大樹時大樹會很開心。

S3：但是女孩一家人要搬家了。

S4：女孩爬上大樹，藏在濃密的枝葉裡，她不想走。

◎情節發展討論：請簡單將情節發展整理出來。
（女孩搬家了，大樹很想念女孩）→（大樹請風帶著雪花去看望女孩）→（大樹請風帶著嫩葉去看望女孩）→（大樹讓三片綠葉去看望女孩）→（大樹讓三片紅葉去看望女孩）→（女孩託麻雀帶著緞帶去看望大樹）→（三片紅葉住在女孩的書裡）→（大樹和女孩又碰面了）

◎故事旨趣探討：
最後一段「現在，三片紅葉住在女孩的書裡，那是一本故事書；所以說，紅葉幸福的住在一個故事裡。」暗示著這是一篇怎樣的故事？
紅葉幸福的住在一個故事裡，那大樹？

S1：幸福的故事。

S2：紅葉是大樹的一部分，紅葉就代表大樹，所以大樹現在也住在這個幸福的故事裡。

◎「大樹默默的想念女孩」在這個故事中，連續出現了三次，作者為何安排出現三次？

S1：三代表多，表示大樹真的非常想念女孩。

S2：連著三段的開頭都出現「大樹默默的想念女孩」，這是排比修辭的技法。是要凸顯出大樹有多麼想念女孩。

S3：因為很想念，很想念，就一直說。

3、〈風神的禮物〉（略）	40
4、〈都是耶誕老人惹的禍〉（略）	40
5、〈如果在山上，一隻青蛙〉（略）	40
6、〈流星沒有耳朵〉（略）	40

（三）第三級：全文字閱讀的教學設計及其施行途徑

全文字閱讀教學設計（一）

單元名稱	如錦的編織——散文精選	教學對象	四年級上學期
設計者	曾麗珍	時間	360 分鐘
教學目標			

教學目標	1. 為達到由圖像閱讀銜接到文字閱讀教學的目的。 2. 由「文文文」的全文字閱讀比例選材進行教學。 3. 由身邊所及兒童讀物，包含圖畫書、橋樑書等讀物進行選材。 4. 培養學生喜歡閱讀、養成閱讀習慣，進而能獨立閱讀的能力。

教學活動名稱	教學活動內容	時間
	一、準備活動 （一）教師 　　準備製作好的兒童散文閱讀教學教材。 （二）學生 　1、請事先將教材概覽過。 　2、準備螢光筆。 二、教學活動 （一）引起動機 　1、老師念作家許地山的散文作品〈落花生〉。 　2、請學生說一說聽完這篇散文有什麼特別的感覺？ 　S1：很像寓言故事，也很像童話。 　S2：作者把人比喻為落花生，希望他的子女長大後做人要像落花生的特質一樣踏踏實實的。 　S3：很溫馨的小故事。 （二）發展活動 　1、〈春之歌〉 　（1）學生先各自安靜閱讀〈春之歌〉中的〈春天的小雨滴滴滴〉。 　（2）老師範念一次。請學生仔細聆聽，專注在文章的節奏感和音樂性。 　（3）換學生共同朗讀，注意段句、狀聲詞的聲音表情。	5 35
活動一：落花生		

活動二： 如錦的編織 ──散文精 選		（4）師生共同討論詞意、文句的意涵、整篇文章的意境。 （5）這篇文章裡頭有很多的聽覺摹寫，請大家一起來找，用螢光筆畫出來，並且把句子念出來。 S1：都是形容雨聲。 S2：有時候是「叮叮咚咚」，有時候是「滴滴答答」，有時候是「叮叮噹噹」，雨打在不同的地方，就發出來不同的聲音。 S3：接續在後面的還有「嘩啦嘩啦」、「淅瀝淅瀝」、「啪啦啪啦」、「嘩啦啦」，整座森林熱鬧的就像一座音樂廳一樣。最後是像打小鼓似的！ 「啪」 「通通通！」 「咚──咚咚咚──」 （1）接下來請專注在文句的安排，想一想作者如此安排的用意。那也是另一種語言及情緒的表達形式。 雨， 已經， 下了很久了。 …… …… …… 雨， 不大。 （2）「雨，已經，下了很久了。」如果改成「雨已經下了很久了。」有什麼不同的感覺？ S1：原來的比較有節奏感。 S2：原來得比較有感情，情感比較深刻。 S3：原來的節奏比較慢，有細細品味的感覺。 2、〈有情樹〉 （1）學生先個別默讀。 （2）這篇散文極有深度，四年級的學生可能還看不太懂。例如文章中的某些古典詩句：「窗寒西	40

嶺千秋雪」、「日出東南隅,照我鼠氏樓……」某些詞句:「氤氤氳氳的綠黃」、「內在生命的放射」、「紅堂堂」。老師要先加以解釋。

(3) 當作者描寫 V 形樹椏上日出的景象時,用了譬喻修辭的描寫技巧,你發現了了嗎?

S1:一個紅堂堂的原點,像沉落在藍色大酒杯中的一粒櫻桃。

S2:紅櫻桃輕輕一跳,變成一個光華閃閃的橘子冰淇淋甜筒。

S3:不一會兒又變成透著紅光的扇形脆餅。

S4:突然一個難以察覺的震動,樹椏裡跳出一個……的金色太陽。

T:作者善用譬喻修辭拉近了讀者和作者之間的距離,像「紅櫻桃、橘子冰淇淋甜筒、扇形脆餅」這三個東西,讓小孩子們看懂了,而且看得喜孜孜、樂陶陶的。

(1) 這篇文章最重要的生命意涵「有情樹」是指什麼?

S1:描寫松鼠在 V 形樹椏築巢,擋住作者欣賞日出的事情,作者由不高興轉而體諒一個當媽媽的為新生兒的出生,準備一個溫暖舒適的家的用心。

S2:松鼠媽媽千挑萬選想給新生兒的幸福,作者感受到了,所以後來很高興和一窩松鼠共享日出。

3、〈廚房裡的眼鏡蛇〉(略)		20
4、〈旗手〉(略)		20
5、〈超齡〉(略)		30
6、〈菜市街〉(略)		20
7、〈戲院是我的大教室〉(略)		40
8、〈阿爸的烏魚子〉(略)		40
9、〈毛絨絨的冬天〉(略)		20
10、〈那天下午‧今天晚上〉(略)		40
11、〈由你決定的冒險記〉(略)		40

全文字閱讀的教學設計（二）

單元名稱	生命的地圖——少年小說	教學對象	四年級下學期
設計者	曾麗珍	時間	120 分鐘
教學目標	1. 為達到由圖像閱讀銜接到文字閱讀教學的目的。 2. 由「文文文」的全文字圖像閱讀比例選材進行教學。 3. 由身邊所及兒童讀物，包含圖畫書、橋樑書等讀物進行選材。 4. 培養學生喜歡閱讀、養成閱讀習慣，進而能獨立閱讀的能力。		

教學活動名稱	教學活動內容	時間
活動一： 生命的地圖	一、準備活動 　(一) 教師 　　1、準備小說讀本《雨果的秘密》、《代做功課股份 　　　有限公司》、《超時空友誼》。 　　2、準備閱讀單，八開圖畫紙。 二、教學活動 　(一) 引起動機 　　1、介紹《雨果的秘密》這本書——這本重量級的書， 　　　把圖畫書和文字書合為一體，讓文和圖輪流說故 　　　事，帶領讀者進入書中世界，人物表情、場景關 　　　係一目了然；這些圖畫翻頁時，更能身歷其境的 　　　感受到神秘、懸疑和緊張的情緒。 　　2、請已經閱讀過的學生和大家分享。 　　　S1：這本書雖然又厚又重，但都是用簡短的句子寫 　　　　　的，讀起來很容易！ 　　　S2：這本書的厚度雖然驚人，但是書裡的精緻插圖 　　　　　會帶領你一直往下讀。 　　　S3：然後，你會突然發現，自己怎麼一下子就讀了 　　　　　一半！ 　　　T：其他的小說就像這本書一樣，不要被它的文字 　　　　　量嚇到了，讀看看，你會被故事迷住了，會一 　　　　　頁接著一頁看下去的。 　(二) 發展活動 　　1、《代做功課股份有限公司》（略） 　　2、《超時空友誼》 　　　(1) 給學生三個星期的時間，利用課餘及週末假日 　　　　　的時間閱讀完畢。 　　　(2) 共同討論，並發下閱讀單並請學生寫出書中主	40 40 40

角宜舟超越時空所遇見的古人是哪五位？

S1：岳飛、朱元璋。

S2：陶淵明。

S3：譚嗣同與鄭板橋。

(1) 這五位古人誰讓你印象最深刻？原因是什麼？

S1：朱元璋，因為很有名。

S2：鄭板橋，因為他誠實又大膽的照顧自己過日子，拚命讀書，盡情玩樂。

S3：岳飛，因為他的兒子很孝順。

S4：岳飛，因為我覺得他很勇敢，雖然他被秦檜害死，但是他的勇氣還是令人佩服。

S5：岳飛，因為他是我第一個認識的名人。

S6：朱元璋，因為他的臉長得很奇怪。

(2) 如果有一天你遇見故事中的五位古人，你會想對他們說什麼？

S1：朱元璋，你是真的會魔法嗎？

S2：鄭板橋，我也想吃吃那燒餅。

S3：岳飛，你的武功好棒！

S4：陶淵明，你的膽子好大。

S5：譚嗣同，可不可以跟你去騎馬？

S6：岳飛，打仗時要努力奮鬥到底，不要放棄。

S7：陶淵明，你人雖好，但酒不要喝太多。

S8：譚嗣同，遇到困難的事，你一定很難過。

S9：朱元璋，你很想救國，但全身又長痘痘，真可憐。

S10：鄭板橋，你愛創字，要多努力喔！

S11：朱元璋，你的臉已經都好啦！恭喜你！

S12：鄭板橋，你好強哦！詩書畫都會。

S13：岳飛，最後被騙了，好冤枉。

S14：譚嗣同，你好厲害哦！都不會痛嗎？

S15：陶淵明，你的詩應該很美！

S16：朱元璋，還好我不是以前的人。

S17：鄭板橋，你怎麼可以懷疑自己的老婆？說不定她沒有啊！

S18：岳飛，你好可怕喔！要好好的保護兒子。

S19：譚嗣同，你也很有勇氣。

S20：陶淵明，你真是一個很厲害的文學家。

六、結語與提醒

（一）文學饗宴四部曲實施的原則與理念

　　我的自編教材看似從文類來分四部曲，但仔細再看清楚，它其實是從字數少到多，文句從簡易到難，文體類型也從簡易而至繁複。這四個部曲你不必限定某一個時間一定要實施哪一個部曲，你要用漸次的順序來安排你的教學內容，這四部曲彷若是個兒童文學菁華倉庫，你要用「多圖少文→半圖半文→全文字」的原則與理念來提取，就像我在本論述第二章提及的閱讀的層級是漸進的，第一層級閱讀並沒有在第二層級的閱讀中消失，第二層級又包含在第三層級中。最高的閱讀層級，包括了所有的閱讀層次，也超過了所有的層次。以下面圖表來表示實施的漸次的順序：

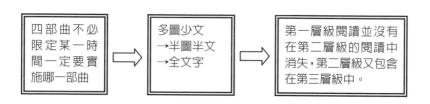

　　所有的銜接教學工作，操作在老師的智慧之眼中，只要你了解學生現在需要什麼讀物，那本書就是橋樑書，你就是在幫他作架橋工作了，漸漸地他也會憑著自己的感覺去尋找自己要的橋樑書。從簡單的開始，從身邊的材料著手，從認識所謂的橋樑書開始，理念很簡單就是幫助學生「從圖像閱讀漸漸走入全文字閱讀」，最後並不拋棄圖像閱讀，而是統統都閱讀。最後，希望我的經驗能帶給有志一同者一點參考和幫助。

（二）給新手的一些建議

做任何一件事一定有甘有苦，文學饗宴四部曲的教學過程也一樣會碰到困難。在此將我所碰到的問題與困難列舉出來，希望能給有志一同者一些協助，讓大家能更順利的進行此教學。

1. 在選材方面：要花費許多時間，而且要親自閱讀過，所以養成平時看到就蒐集起來的習慣，可以節省許多時間，也避免選到難易度不適合學生程度的文章。

2. 在教學活動設計方面：教學活動除了口頭討論、文字的書寫之外，可能還有朗讀、繪畫、表演等不同的形式，不要把活動規畫得太複雜，避免安排像是成果發表的形式，因為我們的重點在閱讀後內在的學識涵養的提昇，如果流於表面的華麗熱鬧，就會降底閱讀層次的深度。

3. 在時間規畫方面：教學活動不要貪多，要從最簡單的開始，降底期望值，才不會導致活動有頭無尾。

參考文獻

布萊恩‧賽茲尼克著，宋珮譯（2007），《雨果的祕密》，臺北：遠流。

古德曼著，洪月女譯（1998），《談閱讀》，臺北：心理。

林文寶、徐守濤、陳正治、蔡尚志合著（1996），《兒童文學》，臺北：五南。

林世仁、哲也（2006），《字的童話》，臺北：天下雜誌。

林滿秋（2006），《隨身聽小孩》，臺北：小魯。

周惠玲（2000），《夢穀子，在天空之海──兒童文學詩歌選集幼獅文化 1988
～1998》，臺北：幼獅。

洪志明（2000），《童詩萬花筒──兒童文學詩歌選集 1988～1998》，臺北：幼獅。

洪志明（2008），《一分鐘寓言》，臺北：小魯。

侯明秀（2003），《無字圖畫書的圖像表現力及其敘事藝術之研究》，臺東大學
兒童文學研究所碩士論文，未出版，臺東。

徐錦成編（2006），《九十四年童話選》，臺北：九歌。

張子樟（2000），《沖天炮 VS.彈子王──兒童文學小說選集 1988～1998》，臺
北：幼獅。

張淑瓊、劉清彥（2007），〈170 本橋樑書推薦與導讀〉，《教出寫作力》，274
～295，臺北：天下。

曹俊彥（1998），〈圖畫‧故事‧書〉，《美育月刊》第 91 期，20，臺北：國立
臺灣藝術教育館。

陳玉金（2007），〈童書出版現象觀察──銜接圖像，進入文字閱讀的橋梁書〉，
《全國新書資訊月刊》第 100 期，32～35。

陳正治（2007），《兒歌理論與賞析》，臺北：五南。

馮季眉（2000），《甜雨‧超人‧丟丟銅──兒童文學故事選集 1988～1998》，
臺北：幼獅。

馮輝岳（2000），《有情樹──兒童文學散文選集 1988～1998》，臺北：幼獅。

馮輝岳（2003），《小保學畫畫》，臺北：小魯。

曾西霸（2000），《粉墨人生——兒童文學戲劇選集 1988～1998》，臺北：幼獅。

黃秋芳編（2007），《九十五年童話選》，臺北：九歌。

黃秋芳編（2008），《九十六年童話選》，臺北：九歌。

楊茂秀（2008），〈黑貓白貓一文觀察篇〉，網址：http://blog.ylib.com/maoshow/ Archives/2008/06/30/6568，點閱日期：2008.08.22。

誠品報告編輯部（2004），〈專題十三：在圖與字之間——孩子的閱讀也要有 階段性〉，《誠品報告 2003》，網址：http://city.udn.com/54948/2043522， 點閱日期：2008.08.5。

新浪新聞中心（2008），〈親子橋樑書：要有進階的特質〉，網址：http://news. sina.com.tw/article/20080523/376958.html，點閱日期：2008.07.28。

限制式寫作在國小作文教學之應用

鍾屏蘭
屏東教育大學中國語文學系

摘　要

　　限制式寫作在國小作文教學之應用可謂十分廣泛，不但能突破傳統命題的刻板方式，很容易設計出活潑有趣的面貌，可以有效的吸引同學寫作；還能針對學童某種能力做直接的增強，針對所欲訓練的能力做出清楚的規範，進行明確的引導，使同學不至於漫無目標，無從措手。更可以讓國語課說讀寫作混合教學做最好的結合與發揮，所以限制式寫作應用於國小的作文教學是非常適當的，只要老師有心了解，於備課時間先行設計，再搭配傳統的命題作文，相信可以循序漸進讓小學生的寫作，由認字、遣詞、命句、分段以至於成篇，完成寫作綜合能力之培養，而且能有很好的成效。

關鍵詞：限制式寫作、國小作文教學、說讀寫作混合教學

一、前言

　　《國民中小學九年一貫課程綱要》在基本理念中即揭示：本國語文教學期使學生具備良好的聽、說、讀、寫、作等基本能力，其中「作」就是指「寫作能力」。寫作能力是國語文領域培養的重點，也是各學科領域學習的基本能力，可見寫作能力的重要性。

　　根據國語日報「國語文教育扎根情況大調查」指出，有高達八成教師認為九年一貫課程實施以來，學生的語文程度有普遍退步的現象。這其中又以語文表達能力的寫作能力，退步的幅度最大，也最為明顯。[1]除了沒有標點，錯字連篇，誤用成語外；內容空洞貧乏，毫無思路可言，都是時下一般學生常見的情形。[2]可見臺灣國中小學生文字表達能力不佳，是長久以來存在的現象。除了考試領導教學，中小學月考不考作文，老師與家長都不重視有關外，九年一貫課程實施後，國語文的教學時數，從原先的一週十節，作文課每次兩節，可以隔週上，到如今的國語課降到一週只有五到六節，[3]往往作文課能省就省，學生缺少練習寫作的機會，自然作文能力低落。

　　其實在九年一貫的課程改革中，教學者本身應該扮演一個關鍵的角色，也就是在國語文的教學時數減少下，唯有運用有效的教學策略，才能一方面累積學童的語文能力，一方面同時提升學生的寫作能力。

　　本文的寫作就是基於這個觀點，擬以現今流行的限制式寫作，應用於國小閱讀及寫作教學上，期能提升國小學生的寫作能力。

---

[1]　《國語日報》，2003 年 10 月 14 日。
[2]　吳錦勳，《商業週刊》第 1012 期，2007 年 4 月 16 日，頁 84～94。
[3]　英語課鄉土語言課程排擠了原來國語課的時間

二、寫作的意義與重要性

寫作是字、詞、句、章、篇的組合，由認字、遣詞、命句、分段以至於成篇的認知過程，可喻之為點（字）、線（句）、面（章）、體（篇）的進階有機結構（杜淑貞，1986）。[4] 而認字是遣詞命句的基礎；遣詞命句是段落的基礎；段落的承轉連接，講求巧妙經營，方能成篇。所以由認字到成篇的過程，是以「能力培養能力」的文字技術工程，亦即循序漸進的寫作綜合能力之培養。[5] 語言是實用性的工具，語文更是傳情達意的基礎。所以寫作能力不但是國語文領域培養的重點，也是各學科領域學習的基本能力，若要透過文字達到語言的學習，寫作是不可輕忽的。它是一種「活化」的知識應用，是內心思維感知的轉化顯影，更是個人經驗反思的意義書寫。所以寫作能力是一種高層次思考的認知運作能力，學童須以有意義的陳述方式與邏輯組織，透過文字將腦海中的知識與想法有系統的表達出來。在寫作歷程中，學童必須運用抽象的思維能力與自我組織能力，才能熟練的進行寫作活動。

反觀現今國小語文教學活動，多著重在學習生字、造句遣詞，語詞替換等模仿式練習，換句話說，學生多在改錯、填充、短語替換等枝微末節上做反覆訓練，然而對需要動腦筋思考答案的問題，則普遍感到困難，[6] 所以多運用有效的教學策略，才能扭轉此一嚴重問題。

4　杜淑貞，《國小作文教學深究》，臺北：學生，1986 年。
5　此即前言中所言的《國民中小學九年一貫課程綱要》在基本理念中即揭示：本國語文教學期使學生具備良好的聽、說、讀、寫、作等基本能力，其中「作」就是指「寫作能力」。寫作能力是國語文領域培養的重點，列在基本能力的最後一項，即有以聽說讀寫等能力培養寫作能力之寓意。
6　王瑞芸《國小六年級國語科習做引導與學習之評估研究：以花蓮縣為例》指出，針對國小高年級國小國語文習作內容發現，凡須思考、組織、創造性的作業，學生多缺乏興趣，也感覺困難，例如回答問題、課文主旨、課

三、限制式寫作的定義與題型

　　「限制式寫作」的名稱，是由陳滿銘教授擔任「國家考試國文科專案小組」的召集人時所提出，並出現於民國九十一年由考選部編印的《國家考試國文科專案研究報告》中。[7]所謂限制式寫作就是由教師或是命題者，在寫作命題上設定一些條件來指引、限制學童寫作方向，並針對所欲訓練的能力做出清楚的規範。這些命題方式很容易設計出活潑有趣的題型，可以有效地吸引學童進行寫作。[8]另外，仇小屏也認為限制式寫作的命題方式，可以針對所欲訓練的能力，將遊戲規則訂得非常清楚，因此「限制」其實就是「引導」，因為針對所欲訓練的能力做出清楚的規範，就是一種明確的引導，可以使同學寫作時不至於漫無目標，無從措手；所以著眼於積極的一面，也可以稱為「引導式寫作」，在對學生說明時，「引導式寫作」的名稱可能是更適合的。[9]

　　限制式寫作的題型，在《國家考試國文科專案研究報告》中將其分為十四項題型，分別為：翻譯、修飾、組合、改寫、縮寫、擴寫、情境寫作、引導式寫作、文章賞析、文章評論、文章整理、仿寫、看圖寫作、應用寫作等。研究者依《國家考試國文科專案研究報告》說明，針對此十四項題型之意義及目的的分別引述如下。[10]

文大意以及段落大意等。1995 年國立花蓮師範學院國民教育研究所碩士論文。

[7]　國家考試國文科專案小組，《國家考試國文科專案研究報告》，臺北：考選部，2002 年。

[8]　陳滿銘，《新式寫作教學導論》，臺北：萬卷樓，2007 年。

[9]　仇小屏，《「限制式寫作」的理論與應用》，臺北：萬卷樓，2005 年，頁 6。

[10]　參見國家考試國文科專案小組，《國家考試國文科專案研究報告》。

（一）翻譯

「翻譯」即是把古文或古典詩、詞、曲翻成白話文。藉著翻譯，不僅可以測度應考人對原文理解或感受的程度，也可以檢驗應考人處理及運用白話文的能力。

（二）修飾

「修飾」是提供一段不通順的文章，這段文章或許原為古文、外文的譯文不佳者，或許是取自某一形式的創作，而其中用字或有錯誤，遣詞或有不當，造句或有不通，前後文句或有銜接不上，整體而言，顯得粗糙而不夠精美者，都可以要求應考人把它修改、潤飾得順暢而精鍊。「修飾」的題型可以評量應考人閱讀、判斷與語文表達的能力，初步測驗其語文表達是否正確，進一步則審查其語文表達是否精美。

（三）組合

「組合」是提供若干詞語、拆散的詩（文）句或文章段落，讓應考人依據這些材料，重新組織成文的作文方式。藉此可以測驗應考人運用詞語、組織、推理的能力，及相關的語文知識。文章之組合自然有種種可能性，故命題時可要求應考人在完成組合之後說明組合的原因。

（四）改寫

「改寫」是提供一篇或一段詩文，讓應考人改變其形式或內容的作文方式。藉此可以測驗應考人的閱讀、想像及寫作能力。

改寫包括：

1. 改變文體：如將詩歌改寫為散文。
2. 改變敘述人稱：如將第一人稱改為第三人稱。
3. 改變作法結構：如將分述法改為起承轉合四段論法。
4. 改變敘述方式：如將順序法改為倒敘法。

（五）縮寫

「縮寫」是根據提供的材料，在不改變基本內容和中心思想的條件下，按照一定要求，將文章縮短的一種寫作方式，與「擴寫」正好相反。擴寫添枝加葉，縮寫突顯主幹；擴寫鋪陳情節，縮寫摘出要點；擴寫刻畫細部，縮寫著眼大處。「縮寫」是測驗應考人分辨主要材料和次要材料的能力。例如：把具體敘述改成概括敘述；把細微的描摹改成簡單的勾勒；把論說文的論證改成扼要說明；把例子改成一語帶過。把握關鍵，去掉沒必要的形容和鋪陳，濃縮出來的文字要自然順暢，盡量去除拼貼的痕跡，可酌量使用原句，也可另造新語，但以不偏離原文風格、文意為原則。

（六）擴寫

「擴寫」是以一段話或一則短文為基礎，將文旨擴大而鋪排成長篇或完整文章。「擴寫」並不是單純的添加字詞、拉長篇幅而已，而是要先歸結出基本材料的旨意，再就旨意想像、引申、化簡單為豐繁，化籠統說明為精細描述，因此可以測驗出應考人理解理解、分析、想像、表達能力。

（七）設定情境作文

「設定情境作文」是就我們所見所聞的某一現況或虛擬的事件，設定一些情境，讓應考人發表議論、感想的命題方式。藉此可以測驗

應考人針對實際問題或某種事件，提出觀點加以申論，或提出解決方案加以闡述等能力。

（八）引導式作文

「引導式作文」是在作文之前先提供材料，有的很簡短，只有一、二句話或格言，有的是一首新詩，有的是一段短文或一段寓言，有的則是一段新聞或一種現象、流行的描述，或只是一小段說明文句，也有的是二段短文或更多到七、八段的……不一而足。而引言之後的題目或採閉鎖式……題目已經固定；或採開放式——自訂題目；或採半開放式——如：請以「○○的啟示」、「我對○○的看法」或「○○是什麼？」……為題；有的甚至除題目以外，還列出題綱式的指引，讓應考人根據指引寫作。藉此可以測驗應考人在受到指定寫作方向限制之下，類推、聯想、表達的能力。

（九）文章賞析

「文章賞析」是根據題目所提供的一篇或一段文章，要求應考人從遣詞造句、氣氛營造、布局結構、風格特色等方面加以鑑賞分析，藉此可以測驗應考人理解、欣賞、分析、表達等能力。

（十）文章評論

「文章評論」是在題目中提供一篇或一組文章、報導、故事等，讓應考人就其中的思想、觀點、寓意加以分析評論。藉此可以測驗應考人思辨、比較、演繹等能力。

文章賞析側重對文章寫作藝術、風格特色等的鑑賞分析，文章評論則側重對文章的思想內涵的批評討論。

（十一）文章整理

「文章整理」是在題目中提供一段或數段具有相關性的資料，要求應考人將這些資料加以整理、組織成一篇條理清楚、主題明確的文章。藉此可測驗應考人歸納、整理、排序及掌握要點、剪裁繁蕪的能力。

（十二）仿寫

「仿寫」是提供一段或一篇範文，要求應考人運用自己所掌握的材料，寫成類型相似的文章。仿寫的項目，可以仿思想內容、組織結構、表現手法或句式、段落、修辭等。這種題型可以測驗應考人閱讀、依文章類型寫作（如公文寫作）之能力。

（十三）看圖作文

「看圖作文」是提供一幅或一組圖畫，讓應考人據此來寫作。應考人必須先仔細觀察圖畫內容，然後展開合理的想像、聯想，再清晰完整地將自己得感受表達出來。藉此可以測驗應考人觀察、聯想、表達等能力。

提供的圖畫，可單格、二格、三格、四格甚至五格以上；內容可以是詳細的全圖，或只強調重點而捨棄細節的示意圖。

（十四）應用寫作

「應用寫作」亦稱實用文學，是指將文學應用於日常實用性事物的寫作，例如：新聞、廣告、柬帖、書信、啟事、楹聯、公告等。它

是文學的生活化,也是生活的文學化。藉此可以測驗應考人語文綜合運用的能力。

四、限制式寫作在國小作文教學之應用

(一)國小國語文寫作教學能力指標

要提升學童的寫作能力,不能不先了解《國民中小學九年一貫課程綱要語文學習領域》本國語文的分段能力指標。所以以下茲引第一、二階段的寫作分段能力指標如下:

F-1-1　能經由觀摩分享與欣賞,培養良好的寫作態度與興趣。

　　1-1-1-1　能學習觀察簡單的圖畫和事物,並練習寫成一段文字。

　　1-1-2-2　能在口述作文和筆述作文中,培養豐富的想像力。

　　1-1-4-3　能相互觀摩作品,分享寫作的樂趣。

　　1-1-9-4　能經由作品欣賞朗讀美讀等方式,培養寫作的興趣。

F-1-2　能擴充詞彙,正確遣詞造句,並練習常用的基本句型。

　　1-2-1-1　能運用學過的字詞,造出通順的句子。

　　1-2-1-2　能仿寫簡單句型。

F-1-3　能認識各種文體的寫作要點,並練習寫作。

　　1-3-3-1　能認識並欣賞童詩。

　　1-3-4-2　能認識並練習寫作簡單的記敘文和說明文。

　　1-3-4-3　能配合日常生活練習寫簡單的應用文。如賀卡、便條、書信和日記等。

F-1-4　能練習運用各種表達方式習寫作文。

1-4-5-1　能利用卡片寫作表達對他人的關心。

1-4-6-2　能寫出自己身邊或與鄉土有關的人、事、物。

1-4-10-3　能運用文字來表達自己對日常生活的想法。

F-1-5　能概略分辨出作品中文句的錯誤。

1-5-1-1　能指出作品中有明顯錯誤的句子。

F-1-6　能概略知道寫作之步驟（從收集材料到審題立意選材及
　　　　安排段落，組織成篇），逐步豐富作品的內容。

1-6-3-1　能概略知道寫作的步驟。

1-6-7-2　能練習利用不同的途徑和方式，收集各類寫作的
　　　　材料。

F-1-7　能認識並練習使用標點符號。

1-7-1-1　能認識並練習使用標點符號。

F-1-8　能分辨並欣賞作品中的修辭技巧。

1-8-2-1　能分辨並欣賞文章中的修辭技巧。

F-2-1　能培養觀察與思考的寫作習慣。

2-1-1-1　能養成觀察周圍事物，並寫下重點的習慣。

F-2-2　能正確流暢的遣詞造句、安排段落、組織成篇。

2-2-1-1　能掌握詞語的相關知識，寫出語意完整的句子。

2-2-1-2　能應用各種句型，安排段落、組織成篇。

F-2-3　能認識各種文體，並練習不同類型的寫作。

2-3-3-1　能收集自己喜好的作品，並加以分類。

2-3-4-2　能掌握記敘文、說明文和議論文的特性，練習寫作。

2-3-4-3　能配合學校活動，練習寫作應用文（如：通知、公
　　　　告、讀書心得、參觀報告、會議記錄、生活公約、
　　　　短篇演講稿等）。

F-2-4　能應用各種表達方式練習寫作。

2-4-3-1　能應用改寫、續寫、擴寫、縮寫等方式寫作。

2-4-4-2　能配合閱讀教學，練習撰寫摘要、札記及讀書卡片等。

2-4-5-3　能寫作慰問書信、簡單的道歉啟事，表達對他人的關懷和誠意。

2-4-6-4　能寫遊記，記錄旅遊的所見所聞，增進認識各地風土民情的情趣。

F-2-5　能具備自己修改作文的能力，並主動和他人交換寫作心得。

2-5-1-1　能從內容、詞句、標點方面，修改自己的作品。

2-5-9-2　能經由共同討論作品的優缺點，以及刊物編輯等方式，主動交換寫作的經驗。

F-2-6　能依收集材料到審題、立意、選材、安排段落、組織成篇的寫作步驟進行寫作。

2-6-7-1　練習利用不同的途徑和方式，收集各類可供寫作的材料，並練習選擇材料，進行寫作。

2-6-10-2　練習從審題、立意、選材、安排段落及組織等步驟，習寫作文。

F-2-7　能了解標點符號的功能，並在寫作時恰當的使用。

2-7-1-1　能了解標點符號的功能，並能恰當的使用。

F-2-8　能把握修辭的特性，並加以練習及運用。

2-8-2-1　能理解簡單的修辭技巧，並練習應用在實際寫作。

F-2-9　能練習使用電腦編輯作品，分享寫作經驗和樂趣。

2-9-8-1　能利用電腦編輯班刊或自己的作品集。

2-9-8-2　能透過網路，與他人分享寫作經驗和樂趣。

F-2-10　能發揮想像力，嘗試創作，並欣賞自己的作品。

2-10-2-1　能在寫作中，發揮豐富的想像力。

2-10-3-2　能嘗試創作（如童詩、童話等），並欣賞自己的作品。

　　由上述能力指標來看，作文能力主要是在第二階段培養，而且是接續第一階段的基礎作更深入的教學與要求。寫作能力有明顯的綜合性，這一過程的綜合性，一是指材料的綜合；二是指作者的寫作心理素質、寫作修養與寫作能力的綜合。它是作者生活、思想、知識、語言、技巧的綜合體現，與作者的思維、心理、審美活動等密切相關，因此研究者將寫字需建構之能力分述如下：

　　1.認知：認識標點符號的功能，學習各類句型，辨識各種不同的文體，了解各式修辭技巧；明瞭寫作步驟。

　　2.技能：能造出通順的句子；能恰當使用標點符號；能運用基本修辭技巧；能收集各類寫作材料；能修改自己作品；能收集、分類作品；能寫作各式文體及應用文，並運用於日常生活中；能利用電腦編輯班刊或自己的作品集。

　　3.情意：有良好的寫作態度與興趣，能欣賞自己的作品；有觀察並寫下點的習慣；能主動交換寫作的經驗；透過網路與他人分享寫作經驗和樂趣。

　　4.具體寫作：

　　(1) 能觀察事物，寫下重點。

　　(2) 能造出各種類型的句子。

　　(3) 能應用改寫、續寫、擴寫、縮寫等方式寫作。

　　(4) 從審題、立意、選材、安排段落及組織等步驟，學習寫作。

　　(5) 掌握各類文體特性，寫作記敘文（含遊記）、說明文和議論文。

　　(6) 配合學校活動，寫作應用文（如：慰問書信、道歉啟事、通知、公告、讀書心得、參觀報告、會議記錄、生活公約、短篇演講稿等）。

　　(7) 撰寫閱讀摘要、札記及讀書卡片。

　　(8) 利用電腦編輯班刊或自己的作品集。

　　(9) 創作童詩、童話。

我們從以上的分析，可進一步看出從第一到第二階段作文能力指標的特色：

1.第二階段作文能力指標的要求，不僅較第一階段加深加廣，而且加廣的範圍非常廣泛且多樣性：有新題型材料寫作：改寫、續寫、擴寫、縮寫；還有議論文、童詩、童話。

2.創作童詩方面：範文中各版本都選有童詩，可作為童詩寫作的引導。

3.創作童話方面：創作童話要有充分的想像能力，與故事的組織安排能力。

4.與閱讀、學習、生活有關的應用文須達到的目標非常多，如：慰問書信、道歉啟事、通知、公告、讀書心得、參觀報告、會議記錄、生活公約、短篇演講稿等，目的是將語文能力與生活深度結合。這能夠充分運用語文，展現語文的實用性，對目前的生活、未來的生活幫助很大。

5.要求撰寫閱讀摘要、札記及讀書卡片。培養探索語文的興趣，拓展閱讀範圍與學習領域。

6.要利用電腦編輯班刊或自己的作品集，這是結合語文與科技，非常符合時代精神，且能紀錄階段學習成果，成為永遠的紀錄，這樣能夠引起學生的學習興趣與成就感。

從以上的分析可知，課程標準的訂定，鉅細靡遺，且由淺入深，由簡而繁，循序漸進。然而傳統作文命題方式，卻是要求兒童一開始即完成整篇文章的寫作，因此學生不是無話可說，便是不知所云，不會描寫，不合邏輯，種種缺失，不一而足。因此以下筆者介紹限制式寫作的幾種方法，設計一套適用的教學方法，期盼培養出「提筆能文、開口能說」的優質學子。

（二）限制式寫作與國小寫作教學能力指標之對應

　　限制式寫作的題型與國小作文能力指標對照來看，可以發現其中的「修飾」即為能力指標的 F-1-5-1-1 的「能指出作品中有明顯錯誤的句子」，及 F-2-5-1-1 的「能從內容、詞句、標點方面，修改自己的作品」。「改寫」、「擴寫」、「縮寫」，與能力指標標的 F-2-4-3-1 的「能應用改寫、續寫、擴寫、縮寫等方式寫作」內涵完全一致。「應用寫作」方面，也與與能力指標的 F-1-3-4-3「能配合日常生活練習寫簡單的應用文。如賀卡、便條、書信和日記等。」及 F-2-3-4-3 的「能配合學校活動，練習寫作應用文如：通知、公告、讀書心得、參觀報告、會議記錄、生活公約、短篇演講稿等」內涵相同。另外，「組合」與「文章整理」也與能力指標標的 F-2-2-1-2 的「能應用各種句型，安排段落、組織成篇」內涵相近。此外，「文章賞析」與「文章評論」也與能力指標標的 F-2-4-4-2 的「能配合閱讀教學，練習撰寫摘要、札記及讀書卡片等」精神相同。還有設定情境作文與引導式作文，也與能力指標標的 F-2-6-7-1 的「練習利用不同的途徑和方式，收集各類可供寫作的材料，並練習選擇材料，進行寫作。」及 F-2-6-10-2 的「練習從審題、立意、選材、安排段落及組織等步驟，習寫作文。」立意相同。至於「看圖作文」、「仿寫」、更是非常適合低年級作文開始的練習，「翻譯」雖能力指標無特別相應的對應項目，但運用於高年級將文言詩歌或短文加以白話文的翻譯，也是頗為適合的方式。

　　因此，總合來看，如能將限制式寫作的方式，應用於國小由低年級到高年級的作文上，不但能有多樣的命題方式，也有針對達成某種能力所設計的引導方法，對學童循序漸進達成其應有的作文能力，實有一定的依據與功效。

（三）限制式寫作在國小作文教學之應用

限制式寫作的方式，根據前面所述，有十二種之多，且每一種都與國小作文指標相對應亦已闡明，接下來本文要就各種限制式寫作如何在國小的作文教學上確實應用，及適合應用之年級，作一說明論述。

1.看圖作文的應用

在採取限制式寫作教學之初，最好能採循序漸進的方式進行。比如低年級可以從「看圖作文」開始練習。舉例來說，可以在現有的課文中，選擇一課故事體的課文，先不要讓小朋友看課文內容，而是先用該課的掛圖來引導。[11]當然引導時要有技巧，如先看主體，再依順序，或由上而下，或由左而右，順序引導。引導時老師配合問答方式進行。讓小朋友能順序回答，連接起來便是一個完整的故事，然後可以讓小朋友打開課本讀該課課文，了解圖文結合的方式，最後再讓小朋友不看課文將故事寫在作文簿上。如此一來，小朋友通常都能寫出有時間順序或空間順序的文章，也能言之有物；程度較佳的兒童，甚至能學習課本修辭，有讓人驚艷的表現。以這種方式練習寫作，也可以運用在高年級的補救教學，對一些時間、空間邏輯不佳，或無話可說、無事可寫的高年級生，都是很好的引導方法，對加強其基本寫作能力，能有相當效果。[12]

2.擴寫的應用

低年級的兒童，也很適合配合課文內容先從「擴寫」這種限制式寫作方式開始練習作文能力。「擴寫」與國語習作原有的「短句伸長」

---

[11] 現在各出版社無不隨教材附贈許多教具，課文掛圖是基本教具，幾乎每課都有。

[12] 研究者曾於國立屏師附屬小學臨床教學，以此方法應用於國小六年級作文程度低下學生，有相當不錯的效果。

相同，是讓小朋友學習應用各種附加語（形容詞、副詞），使文句紮實完美。擴寫可結合運用比喻及排比等修辭技巧，引導學童練習寫作，以短文擴寫方式，增進學童造句到寫成文章的能力，對訓練兒童作文的描寫修辭技巧非常重要。

同時，老師若能配合摹寫技巧，並設計五味摹寫學習單，包括聽、嗅、味、視、觸覺，由短而長的做句型綜合練習，則程度好的學生應該可以學得又快又好，程度較差的學生也不會有無從下手之感。如下面這個例子：

這是國小課文「從山上看風景」的課文句子：

- 學校——那一座紅磚的樓房是我們的學校
- 醫院——白色的房子是我去看過病的醫院
- 郵局——綠色小樓是我常去寄信的郵局

像這樣的句子，老師最好能以幾個條件引導小朋友練習，一是要運用視覺練習用顏色描寫，二是要練習寫出自己和景物的親蜜關係，三是要運用排比的修辭技巧，這樣一來，老師配合課文的內容深究及形式深究來進行寫作教學，既可深化兒童對課文的體認，又可使閱讀與作文做最佳結合，題型也自課本取得，根本不假外求，可以省時省力，這也是混合教學絕佳範例。

當然，老師也可以運用類似方法，自行出題讓兒童練習描寫，如下面的問答：

- 我們班上有位同學，他長得很帥，（有多帥？）
- 但更令人羨慕的是他很聰明。（有多聰明？）
- 我的爸爸很能幹（多能幹？）
- 我的弟弟很調皮（多調皮？）
- 我的媽媽很愛我（怎麼愛你？）

　　這種擴寫訓練從小朋友低年級開始，基本的觀察、描寫技巧養成了，到了高年級寫起整篇文章，才不致於寥寥數語，草草結束。符合循序漸進培養作文能力的原則，同時比起一般命題作文有變化，較易引起學生寫作興趣；更由於只做片段的練習，時間可以節省，只要一節課的工夫，便可以練習完成，對現在國語課上課時間不足的情形，有很大的幫助。

　　3. 縮寫的應用

　　「縮寫」這種限制式寫作正好與擴寫訓練相反，老師可以配合國語習作的「長句縮短」的練習，以及課文摘取大意及段意的訓練，使學童同時具備摘要及縮寫的能力[13]，可一舉兩得。因為「長句縮短」的方法就是保留主要成分，去掉附加成分。什麼是保留主要成分呢？主要成分就是句子中的主詞、動詞、受詞，其他的形容詞、副詞，都是附加上去的，便是附加成分，[14]把附加成分去掉，保留主要成分，就是縮句的方法。我們如果從一個段落當中，用縮句的方式找關鍵字，然後把它組織起來，就是段意。若再把各段的段意加起來，內容大意便完成了。我們以康軒三下第六課「想個好點子」為例，說明如何搭配摘取段意同時進行縮寫的訓練。

　　第一段：
　　人類的頭腦很聰明，<u>會想出各種好點子</u>，不但解決了我們遇到的困難，又滿足了我們生活的需要。

---

[13] 以縮寫方式摘取大意及段意，詳見研究者，〈聽說讀寫的多元統整教學——課文深究教學析探〉，《2007 第二屆語文與語文教育研究學術討論會論文集》，臺東：臺東大學語文教育研究所，2007 年，頁 84～102。

[14] 陳弘昌，《國小語文科教學研究》第六章〈讀書教學研究〉，臺北：五南，1999 年。

第一段的課文，應用縮句找關鍵字的方法，保留主要成分（主詞、動詞、受詞），去掉附加成分，就可以得出「人類的頭腦，會想出好點子。」這個段意。這就是一種縮寫的訓練。

我們再以同課第二段為例：

> 例如有一位名叫海曼的畫家，在用鉛筆畫素描的時候，經常找不到橡皮擦，覺得很苦惱，他告訴自己：「我一定要想個好辦法。」有一次他靈機一動，腦海閃過一個好點子──把橡皮擦綁在鉛筆上。沒想到這個點子，使他成為「橡皮擦鉛筆」的發明人。」

因為這段是舉例說明，這時可以運用簡單的「問答法」……「什麼人？在什麼時候？發生了什麼事？」進行摘取大意及縮寫的練習。[15] 如：「誰想的好點子？」「什麼狀況下想的好點子？」「他想了什麼好點子？」，再應用縮句找關鍵字的方法，保留主要成分去掉附加成分，便可得出「海曼在用鉛筆的時候，找不到橡皮擦，他閃過一個好點子──把橡皮擦綁在鉛筆上，使他成為「橡皮擦鉛筆」的發明人。」當然，如果再運用句子的基本結構，主詞加動詞加受詞的方法，[16]更可得出「海曼發明橡皮擦鉛筆」的精簡段意。

經過上面的舉例分析，「縮寫」的寫作，在國小中年級開始，便可以配合課文摘取大意及段意的訓練，一學期選擇幾課進行寫作練習，同樣符合循序漸進培養作文能力的原則。由於只做片段的練習，時間可以節省，對現在國語課上課時間不足的情形，同樣有很大的幫助。

---

[15] 王瓊珠，《故事結構教學與分享閱讀》第二章〈文章結構與閱讀理解〉，臺北：心理，2004 年，頁 18。

[16] 陳弘昌，《國小語文科教學研究》第六章〈讀書教學研究〉頁 274：「一個句子須有主語和述語，但也有的有賓語和附加語等」，這即是一般漢語語法所謂的主述賓結構。

到高年級，學生若在中年級有過課文縮寫的練習，老師也可選取課外文章，來進行縮寫方式的寫作練習，同樣的只要一節課的工夫，便可以練習完成，時間可以相當具有彈性；早自修、彈性時間皆可運用，甚至做成學習單，當成回家作業，也是理想作法。

4. 仿寫寫作的應用

在「仿寫寫作」這種限制式寫作部分，其實更是國語科混合教學法的最佳運用。老師可以透過教科書範文教學，讓學童由淺入深，讓學童能模仿課文架構，認識優秀文章架構，並進而學習寫作。有些教師認為仿寫會限制學童想像力與創造力，然而筆者卻不認同此一觀點，為了不讓學童難以下筆、徒費時間，或是天馬行空、文不對題，因此運用仿寫引導學童練習寫作，透過對課本課文的深刻認知，建構起優良文章的結構鷹架，並進而內化成自己的認知架構，可以幫助學童針對主題進行思考，開發學童的潛能。同樣的，不但課文的組織結構可以仿寫，思想內容、表現手法都可以一并運用。

當然「仿寫寫作」不限於全篇文章的仿寫，句式、段落、修辭等也適合在較短時間運用，老師可適教學時間彈性調配。

5. 改寫寫作的應用

「改寫」是提供一篇或一段詩文，讓應考人改變其形式或內容的作文方式，可增進學生閱讀、想像及寫作能力。在這種限制式寫作方面，為了訓練學童對文章的想像力、創造力，筆者認為可以從教科書中的寓言故事或詩歌為基礎進行改寫寫作，亦即進行文章內容改寫。老師可設計改寫學習單，引導學童透過賞析與比較，改寫成白話文，激發學童的想像力與創造力，期盼學童能從中想出與眾不同的短文內容。當然進行之前，老師可以先行示範，如先選一課詩歌改寫成散文，讓小朋友了解詩句與散文句式的不同。

以下茲以「我扶起了一棵小樹」這課詩歌體文章的第一段為例說明。

　　・小樹，頑抗一夜的狂風。
　　・枝幹斷裂在路旁；
　　・殘葉抖動在風中。

　　像這幾句，老師可以引導小朋友改寫成：「經過一夜的狂風吹襲，小樹雖堅強的抵抗著，但是他的枝幹還是斷了、裂開了，無助的倒在路旁；枝幹上只剩下幾片可憐的葉子在風中不停的顫抖著。」

　　經過老師引導，同時配合課文多口述幾次，到高年級便可選擇一至二課進行改寫寫作。這種改寫方式，可以讓學童深刻體會各種文體的敘寫方式，也深刻了解課文文體特色，達成課程標準「掌握各類文體特性，寫作記敘文（含遊記）、說明文和議論文」的規定。

6.修飾的應用

　　「修飾」這種限制式寫作方式也是老師非常方便應用的方式，尤其現在拜電腦科技之賜，老師可先將一段文字以電腦打字，再放映於銀幕上，運用電腦追蹤校訂的功能，在教學現場即可輕鬆帶領全班進行修改，修改完畢還可以讓全班小朋友及時繕寫於作文簿上，相信對提升學童自我修改能力的提升會很有幫助，甚至於錯別字、錯用成語等問題，皆可迎刃而解。不但如此，到高年級還可以進一步進行文詞修飾，一小段文章即可進行譬喻的練習、摹寫的練習，非常方便。

7.「文章賞析」與「文章評論」的應用

　　「文章賞析」與「文章評論」的限制式寫作，可說最能刺激老師在課文深究時，多帶領兒童就文章的思想情感、文章主旨、文章結構、文章遣詞造句做深入賞析，而且課堂多用問答討論的方式，才能節省

時間多次進行。[17]深究課文內容最重要的方法，是要以問答法進行討論。用問答法進行討論的好處是讓小朋友同時能練習聽和說，以及培養動腦筋思考判斷的思維能力。還有在問答的時候，要盡量去配合學生的生活經驗，並兼顧情意陶冶跟價值澄清。在此筆者主張用四大類的問題來進行問答討論：第一類是知識記憶性問題，第二類是推理性問題，第三類是批判性問題，還有一類是創造思考性問題。[18]

所謂「知識記憶性問題」，就是問一些課文的重點，這些問題是可以直接在課文中找到答案的。因為閱讀不是只有識字，還要靠上下文推測，「知識記憶性問題」可以看出小朋友是否具有從字詞連結到課文的基本閱讀能力。[19]第二類「推理性問題」，是有關「為什麼」的問題，比如課文中的人，他為什麼會這樣做？為什麼會發生這件事？主要是看看小朋友是否理解內容的來龍去脈，是否具有推測判斷的閱讀能力。[20]「批判性問題」就是有關於價值澄清的問題，比如，你覺得這樣的行為、態度或方法好不好？應不應該？對不對？可以幫助兒童經由思考判斷，建立良好的人生觀、價值觀。另外「創造思考的問題」，就是問小朋友如果是書中人物，會怎麼做？讓他去想想看，有沒有更好的方法？自己或週遭的人有沒有碰到過類似的問題或遭遇？怎麼解決的？這是將閱讀內容與實際生活做經驗連結，不但可以促進兒童閱讀興趣，也可以增進兒童解決問題的能力。這四大類問題中，推理性問題、批判性問題、創造思考的問題都是訓練兒童「文章賞析」與「文章評論」的最佳方法。

四大類問題我們可以從下面的例子來看：

---

[17] 這部分可詳見研究者：〈聽說讀寫的多元統整教學——課文深究教學析探〉，《2007 第二屆語文與語文教育研究學術討論會論文集》，頁 84～102。

[18] 這四大類的問題可參考張玉成，《教師發問技巧》，臺北：心理，1995 年。

[19] 閱讀成分一般學者分成識字與理解兩大部分，其中的理解又分為字義理解、推論理解及理解監控等。參見岳修平譯，《教學心理學——學習的認知基礎》，臺北：遠流，1998 年。

[20] 同註 13。

(1) 這課主角是誰？

(2) 課文中岳納珊一直在做什麼？

(3) 岳納珊練習飛行的時候，其他海鷗在做什麼？

(4) 岳納珊被其他海鷗嘲笑，有沒有改變作法？最後怎麼樣了？

(5) 岳納珊為什麼要練習飛行？其他海鷗為什麼會嘲笑他？

(6) 岳納珊被其他海鷗嘲笑，為什麼沒有改變作法？

(7) 你覺得岳納珊的作法好不好？其他海鷗的想法，你覺得怎樣？

(8) 如果你是海鷗，你會選擇哪一種生活方式？

(9) 如果你是岳納珊，被其他海鷗嘲笑以後，你會改變作法嗎？

(10) 你喜歡這課嗎？讀了這課，你有什麼想法？

(11) 你平常生活中有過類似的經驗嗎？請說給大家聽聽看。

　　第一到第四題，是歸納文章大意時問的問題，這些問題歸納起來就是大意。這四個問題都屬於知識記憶性問題。問小朋友這些知識記憶性問題，一方面讓他歸納大意，一方面可以看他們讀懂意思了沒有。第五、六題是「岳納珊為什麼要練習飛行？其他海鷗為什麼會嘲笑他？」、「岳納珊被其他海鷗嘲笑，為什麼沒有改變作法？」問到為什麼？就是推理性問題。至於第七、八題「你覺得岳納珊的作法好不好？」、「其他海鷗的想法，你覺得怎樣？」這是批判性的問題。問這類問題，可以刺激兒童去想想看，那如果你是岳納珊，人家嘲笑你，你會不會改變作法？最後問題是「你喜不喜歡這課？讀了這一課你有什麼想法？你有什麼感受？」還有「你平常生活中有過類似的經驗嗎？請說給大家聽聽看。」這就是創造思考性的問題，是經驗的分享，這是屬於閱讀分享的一環。由於同一本書或同一篇文章，不同的讀者閱讀後觀點也不盡相同，透過問答發表，其他人可以聽到不同的切入點，對事物的理解將更多元，也更深入。[21]所以說老師在課文深究時，多

---

[21] 參見王瓊珠，《故事結構教學與分享閱讀》第五章〈分享閱讀〉，頁62。

帶領兒童就文章的思想情感、文章主旨、文章結構、文章遣詞造句做深入賞析，然後結合「文章賞析」與「文章評論」的限制式作文來寫作，不但題型可以多樣化引發學生寫作興趣，又是閱讀與寫作結合的最佳方式。

8. 應用寫作的應用

「應用寫作」這種限制式寫作方面，從低年級到高年級，老師皆可配合學校中重要的活動，例如：語文競賽、母親節、校慶週、教師節、過年……等等，考量學童的這些學校生活經驗加以設計，期能訓練學童實際應用的能力。這樣一來不但能使學童能深刻感受語文在實際生活中的用處，發揮語文工具性的角色，也可以使學童的作文題型豐富多變，不至於過分單調枯讓學童望而生厭。重點只在老師應於學期開始前完成備課，安排配合節慶或學校活動時間進行，便可順利學習，同時學生佳作用來布置教室，供學生觀摩學習，也是相當理想的作法。

9. 設定情境作文的應用

「設定情境作文」是就我們所見所聞的某一現況或虛擬的事件，設定一些情境，讓應考人發表議論、感想的命題方式。這種命題方式也非常適合國語科混合教學法在高年級學童的作文教學上應用。比如我們在課文深究時，我們可以根據課文提供的情境，以創造思考性問題問學生，如果他們是課文中的某一個人，他會怎樣做？他是否有其他解決辦法？或有其他選擇方式？經過老師的引導討論後，或許就能發展出一種或數種解決問題的方法，這時配合此課的作文教學，便可採用設定情境作文的方式進行。不但能培養學生創造思考的能力、獨立解決問題的能力，也可以使作文時不致於無話可說、無事可寫，是一舉數得的好方法。

10.引導式作文的應用

「引導式作文」是在作文之前先提供材料，有的很簡短，只有一、二句話或格言，有的是一首新詩，有的是一段短文或一段寓言，有的則是一段新聞或一種現象、流行的描述……。而引言之後的題目或採閉鎖式……題目已經固定；或採開放式——自訂題目；或採半開放式——如：請以「〇〇的啟示」、「我對〇〇的看法」或「〇〇是什麼？」……為題；有的甚至除題目以外，還列出題綱式的指引，讓應考人根據指引寫作。這種寫作方式，在國小作文教學中也必須配合國語科混合教學法來應用。如高年級課文深究時，就某一段短文或一段寓言，一段新聞或一種現象，以批判思考性的問題提出來供學生進行問答討論，老師可事先設計層層深入的問題供學生討論，討論的問題也可以成為寫作的題綱，隨著討論的層層深入，既培養學生邏輯思考的能力，討論問題即寫作題綱的搭配，更使學生有全套深入的學習，老師也能方便備課，同樣是一舉數得的理想方法。

五、結語

限制式寫作在國小作文教學之應用可謂十分廣泛，不但能突破傳統命題的刻板方式，很容易設計出活潑有趣的面貌，可以有效的吸引同學寫作；還能針對學童某種能力做直接的增強，針對所欲訓練的能力做出清楚的規範，進行明確的引導，使同學不至於漫無目標，無從措手。更可以讓國語課說讀寫作混合教學做最好的結合與發揮，所以限制式寫作應用於國小的作文教學是非常適當的，只要老師有心了解，於備課時間先行設計，再搭配傳統的命題作文，相信可以循序漸進讓小學生的寫作，由認字、遣詞、命句、分段以至於成篇，完成寫作綜合能力之培養，而且能有很好的成效。

參考文獻

仇小屏，《「限制式寫作」的理論與應用》，臺北：萬卷樓，2005年。

王瑞芸，《國小六年級國語科習做引導與學習之評估研究：以花蓮縣為例》，國立花蓮師範學院國民教育研究所碩士論文，1995年。

王瓊珠，《故事結構教學與分享閱讀》，臺北：心理，2004年。

吳英長，〈國民小學國語故事體課文摘寫大意的教學過程之分析〉，《臺東師院學報》第9期，1998年。

吳錦勳，《商業週刊》第1012期，2007年4月16日。

杜淑貞，《國小作文教學深究》，臺北：學生，1986年。

岳修平譯，《教學心理學——學習的認知基礎》，臺北：遠流，1998年。

國家考試國文科專案小組，《國家考試國文科專案研究報告》，臺北：考選部，2002年。

張玉成，《教師發問技巧》，臺北：心理，1995年。

張春榮，《作文新饗宴》，臺北：萬卷樓，2002年。

教育部，《國民中小學九年一貫課程綱要——語文學習領域》，臺北：教育部，2003年。

陳弘昌，《國小語文科教學研究》，臺北：五南，1999年。

陳滿銘，《新式寫作教學導論》，臺北：萬卷樓，2007年。

歐陽教、陳滿銘、李琪明，《我國中小學國語文基本學力指標系統規畫研究》，臺北：教育部教育研究委員會，2000年。

鍾屏蘭，〈聽說讀寫的多元統整教學——課文深究教學析探〉，《2007第二屆語文與語文教育研究學術討論會論文集》，臺東：臺東大學語文教育研究所，2007年。

羅秋昭，《國小語文科教材教法》，臺北：五南，1996年。

文學經典與電影的對讀
——以「文學與電影」課程為例

簡光明
屏東教育大學中國語文學系

摘　要

　　當代大學生語文能力低落，已經是討論多時的課題，而語文能力低落的原因主要在於缺乏閱讀，尤其是閱讀經典，提倡「經典閱讀」於是成為近年來語文教育的新趨勢。當代大學生習慣從視覺的影像去吸收新知，對於閱讀經典卻往往顯得不耐煩，因此，讓學生先行閱讀經典，再來閱讀影像，而後討論經典及其在當代的意義，應該是可行的方式。「文學與電影」的課程即針對學生喜歡閱讀影音而不喜歡閱讀文字的毛病，嘗試透過影音與文字的對讀，以「閱讀經典」豐富其人文素養，以「影評寫作」提升其寫作能力。本論文以屏東教育大學「文學與電影」課程為例，說明課程設計的理念與目標，單元內容的規畫，提供探討當代閱讀與寫作教學趨勢的參考。

關鍵詞：經典、閱讀、文學、電影

一、前言

　　當代大學生語文能力低落，已經是討論多時的課題，而語文能力低落的原因主要在於缺乏閱讀，尤其是閱讀經典，提倡「經典閱讀」於是成為近年來語文教育的新趨勢。當代人文教育相當強調經典閱讀，所謂「經典」，卡爾維諾說得好：「經典作品是那些你經常聽人家說：『我正在重讀……』而不是『我正在讀……』的書。」又說：「經典作品是這樣一些書，它們對讀過並喜愛它們的人構成一種寶貴的經驗；但是對那些保留這個機會，等到享受它們的最佳狀態來臨時才閱讀它們的人，它們也仍然是一種豐富的經驗。」經典既然有這麼豐富的意涵與影響，強調精典閱讀也就成為順理成章的事。[1]

　　閱讀經典雖然重要，現在的大學生卻習慣閱聽影像作品而不常讀經典。因此，讓學生先行閱讀經典，再來閱讀影像，而後討論經典及其在當代的意義，應該是可行的方式。

　　「文學與電影」的課程即針對學生喜歡閱讀影音而不喜歡閱讀文字的毛病，嘗試透過影音與文字的對讀，以「閱讀經典」豐富其人文素養，以「影評寫作」提升其寫作能力，整體而言，以增進學生以下四種能力為目標：1.理解能力：能了解文學與電影的基本知識、表達方式及改編的相關理論。2.表達能力：能以語言文字清楚說明文學與電影的風格意涵及自己的想法。3.分析能力：能對文學與電影的主題、結構、意象、風格等進行賞析與比較。4.思考能力：能透過文學與電影中人生議題的探究，思考人生的意義與方向。

---

[1] 伊塔羅‧卡爾維諾著，李桂蜜譯，《為什麼讀經典》（臺北：時報出版社，2005 年 8 月），頁 1～9。

電影正如文學形式[2]，必須有各種不同的人生題材作為內容。因此，若能使學生能了解「電影」的表現方式，培養欣賞能力，進而在日常生活中，經常接觸電影，豐富精神生活。

二、賞析文學／電影的一種方式

簡政珍在《電影閱讀美學》一書中指出：

> 觀眾看電影，若是想要得到像文學一樣的纖細感覺，那他就要明瞭電影藉映象「顯示」一些事件而非「明言」告訴你一些道德教訓。由於是顯示，它賦予觀者想像空間。他要概略了解電影的語言，也熟悉電影的一些基本技巧，但是在實際觀賞中不會只注意技巧而忘掉電影的文學性。對於觀眾最大的考驗是，如何把影幕中的映象當作繁複的書寫文字，這是電影文學最重要的課題。[3]

的確，觀眾是應該了解電影的基本手法，「文學與電影」課程的重點在經典閱讀，故僅電影技巧做簡要的介紹，一般而言，主要還是內容的分析與探討。

曾昭旭教授在〈電影的隱喻藝術〉一文中，提出電影是「隱喻藝術的典型」的觀點，認為觀眾在欣賞活動中是落在主題意念的尋找、體會、領悟之上。他說：

---

[2] 　王文興主張：電影就是文學，甚至將小說分為三種：長篇小說、短篇小說、電影，詳見王文興，〈電影就是文學〉，收入其《書和影》一書（臺北：聯合文學出版社，1988 年 4 月），頁 209。

[3] 　見簡政珍，《電影閱讀美學》（臺北：書林出版公司，1998 年 5 月），頁 8。

　　「隱喻的藝術」就是意旨隱藏在聲音、線條、光色、動作、
表情、結構、情節等語言之上，不直接告訴你，而要你自己去
揣摩、體悟的。「顯喻的藝術」是意旨浮於這些形色語言之上，
由作者或作品中人直接告訴欣賞者，而更不勞欣賞者去猜疑忖
度的。電影是隱喻藝術的典型，乃因電影蘊涵最豐富的形色內
容，可以提供最多量的暗示；其畫面又最接近真實的生活，可以
使所有暗示都無跡地渾融其中，不顯得是作者有意的安排。[4]

　　不論文學還是電影，了解「隱喻的藝術」與「顯喻的藝術」都是
欣賞作品的基本素養，「隱喻的藝術」尤其有賴教師的解說。
　　本課程提供分析電影的方法，使學生具備賞析的基本能力。討論
項目有：篇名、人物刻畫、伏筆與呼應、意象、典故、故事、結局等，
僅舉其重要的項目，詳細的分析則見於每一文本的分析。

（一）篇名的訂定

　　電影的片名一如文章的篇名，如何訂得讓人感覺適切，是一門學
問。以威廉‧赫特主演的「再生之旅」（The Doctor）為例，外科醫生
傑克是一位著名卻無法真正地關心病人的外科醫師，在他事業的巔峰
之際，卻發現自己患了喉癌，使他成為一名病患，被迫去感受病人不
舒服的待遇：依賴出錯的醫療制度、徬徨無助。之後，他才真正趣了
解病人所需，指導實習醫師時，要求他們裝做病患住進醫院三天，去
體會病人的感受。就片名而言，中文譯名顯然比英文片名適切，所謂
「再生」顯然要有大破壞，癌症即是對生命大破壞，經歷過生死交關，
而後獲得再生，顯然比單純指醫生（The Doctor）的原片名來得適切[5]。

4　詳見曾昭旭，《從電影看人生》（臺北：漢光出版社，1986 年 5 月），頁 12～
　13。
5　原著作者為愛德華‧羅邦森醫師，原書名是《親嘗我自己的藥方》（A Tastes

（二）人物性格的刻畫

人物性格刻畫是文學及電影重要的一環，當然人物的刻畫可以從外貌、衣著、神情、旁觀的角度來描寫，但最重要的還是性格的深度呈現。以雨果小說《悲慘世界》改編成電影《孤星淚》中，賈維警長（Inspector Javert）一絲不苟的個性彰顯無遺，對於他心目中的壞人窮追不捨，最後卻發現尚萬強（Jean Valjean）不是壞人，即便要投河自盡，他仍忠於職守交代處理方式。人物性格刻畫極為突出。

1. 扁平人物——有時被稱為「類型人物」或「漫畫人物」，他們依循一個單純的單念或性質而被創造出來，如：哈姆雷特依尋復仇的理念而行。賈維警長亦屬此一類型。
2. 圓形人物——人物所展現出的理念和性質若超過一種因素，其弧線即趨向圓形，其特色是能使讀者驚奇，具有複雜的人性特質，尚萬強即屬此一類型。

（三）伏筆與呼應

所謂「伏筆」是指小說創作中結構布局、安排情節的描敘手法之一。指對作品中將要出現的人物或事件，預先作出提示或暗示，以求前後呼應。它能使人物性格或事件發生或發展不致於令人感到突然，有助於情節發展合理，結構周密謹嚴的藝術[6]。以羅賓・威廉斯主演的《春風化雨》（Dead Poets Society）為例，結局的安排即與前面許多伏筆作呼應，片尾校長教英文，與之前校長告訴凱汀（Mr. Keating）他教過英文呼應；校長一開始即教序論〈了解詩〉，觀眾馬上想起序論已

---

of my own Medicine），易之新醫師翻譯，書名為《當醫生變成病人》（臺北：天下文化出版公司，1990 年 6 月）。

[6]　秦亢宗編，《中國小說詞典》（北京：北京出版社，1990 年 4 月），頁 18。

遭凱汀要求學生撕掉了；當凱汀要離開時，安德森站在椅子上說「O! Captain! My Captain」，觀眾之所以懂得這是學生支持凱汀的方式，也是因為之前有凱汀站到桌上要學換個角度看事情的伏筆。

（四）意象

　　意就是情，象就是景。或寓情於景，或觸景生情，或情景交融。詩人對客觀印象的事物，透過主觀的美感經驗，予以剪裁、融合，去蕪存精的創造後，成為可感的的具象，就是「意象」。例如〈梁山伯與祝英臺〉中的「蝴蝶」，正如歌詞中所言「彩虹萬里百花開，蝴蝶雙雙對對來，地老天荒心不變，梁山伯與祝英臺。」則梁祝化為蝴蝶雙飛，蝴蝶是我國傳統的吉祥物，象徵著和平、自由、愛情和幸福，正突破限實世界的限制而獲得自由。[7]從莊子〈齊物論〉說：「昔者莊周夢為胡蝶，栩栩然胡蝶也。自喻適志與！不知周也。俄然覺，則蘧蘧然周也。不知周之夢為胡蝶與？胡蝶之夢為周與？周與胡蝶，則必有分矣。此之謂物化。」莊周化為蝴蝶而能自喻適志，可見蝴蝶也是逍遙的象徵。

（五）典故

　　以羅賓・威廉斯主演的《春風化雨》（Dead Poets Society）為例，上第一節課，凱汀即開宗明義暗示自己即「隊長」，故說：「你們可以稱我為凱汀先生，或者稍為大膽一點，稱我為隊長。」有一次，尼爾拿畢業紀念冊在凱汀後面叫「老師」、「凱汀先生」，凱汀皆未回應，但

---

[7]　羅賓・威廉斯主演的《心靈點滴》（Patch Adams）中，蝴蝶的意象可與次相印證。費雪提及羨慕毛毛蟲可以變為蝴蝶。後來費雪遇難，化為蝴蝶，從公事包先飛至派奇手上，而後飛向心上（精神永遠陪伴在身邊），再飛向天空（當時的健康醫院正如毛毛蟲，不應解散，而應待其苗壯後能飛翔）。

叫「O! Captain! My Captain」即回應，而片中學生多稱凱汀為「Captain」。〈O! Captain! My Captain〉一詩是華特・惠特曼紀念林肯而作，稱林肯為 Captain。林肯為美國第十六任總統，主張解放黑奴，帶給他們自由，卻亦因此被槍殺而身亡；凱汀為教師，主張解放學生心靈，帶給他們自由，卻因尼爾的死亡而遭解職，顯然呼應典故的意涵。[8]

（六）故事

在《心靈病房》中，貝寧教授得到癌症，相當孤獨，除了醫護人員的陪伴之外，沒有親友的探視，必須獨力面對死亡，在臨終之前，指導教授愛絲佛教授的出現，為她帶來轉機。愛絲佛教授是約翰道恩詩學專家，所以探視貝寧時，原擬念約翰道恩的詩給貝寧聽，但是貝寧卻不想要聽，愛絲佛於是拿出要給孫女看的童話故事《逃家的白兔》，念給貝寧聽：

> 從前有一隻小白兔想要逃家，它告訴兔媽媽：「我要逃家」。「如果你逃家，我就會去找你」，兔媽媽說：「因為，你是我的小寶貝」。「如果妳來找我，我就變成河裡的一隻魚，游泳來躲避妳」，小兔子說。「如果你變成一隻魚」，兔媽媽說，「我就變成漁夫等著抓你。」「如果妳變成漁夫」，小兔子說：「那我就變成鳥兒飛離妳」。「如果你變成鳥兒」，兔媽媽說：「我就變成你歇腳的那棵樹」。小兔子於是說：「我還是待在這兒，做妳的小寶貝好了」。兔媽媽對她的小寶貝說：「來根紅蘿蔔吧！」

8　片中惠特曼則為安德生，例如安德生在追尼爾以索回詩稿時，尼爾說：「我被惠特曼追」。而安德生被凱汀請到講桌前，形容華特・惠特曼的形象。在最後一幕，即由安德生發動，站在桌子上說：「O! Captain! My Captain」，可見其呼應的關係。

　　愛絲佛教授說：「這是一個關於靈魂的小寓言，無論靈魂如何的躲藏，上帝都會找到它的。」若從內容脈絡來說，小兔子可以是一般人逃避死亡的態度，當然也是貝寧的處境，但是人的生命一出生便注定要走向死亡，因此死亡是無法逃避的，惟有信仰上帝，回到上帝的恩寵，得到永生，不再躲避，才能永遠的解脫。故事想要表達的意思是：宗教探討死後世界，對於面對死亡的人而言，死後世界正是他們恐懼的來源，若有宗教信仰，可以讓他們在面對死亡的時候，得到支持的力量，坦然面對死亡。

（七）結局

　　在情節的高潮過後，出現的故事所選取段落的最後階段，主要的矛盾衝突已經結束，人物性格的發展已經完成，事件的變化有了結果，主題得到了完整的體現。結局可分為兩种類型：一是「轉化型」，即作品最初提出的矛盾衝突並沒有完全解決，只是向新的方向轉化，例如《莎翁情史》中，薇歐拉必須與莎士比亞分道揚鑣，張藝謀《大紅燈籠高高掛》中，四姨太瘋了以後，老爺又娶新的姨太太，故事還要再來一次循環。二是「解決型」，即作品最初提出的矛盾衝突終於解決，例如《孤星淚》中，賈維警長與與尚萬強都獲得解脫，而《心靈點滴》中，派奇・亞當斯突破萬難終於畢業，得以實踐理想。

三、「文學經典」與電影的對讀

　　文學與電影的對讀，一般而言有三種方式：一是文學改編為電影，透過對讀去了解電影與小說的異同，例如張愛玲的小說被改編為電影，閱聽人通常比較在乎電影能否呈現張愛玲文字的魅力；而張藝謀改編當代作家的作品，閱聽人傾向接受導演的風格。二是文學作品的

各式改編，例如莎士比亞《羅密歐與茱莉葉》，不同的時代就有不同的改編，有從作者進行詮釋的《莎翁情史》，也有片名與人物姓名不變，卻以美國文化進行新詮釋的電影。三是不同文化對於某一主題的詮釋，透過文學與電影的對讀，可以發現異文化處理同一題材時，在人物結構與情節結構有其共通之處，在文化上卻呈現截然不同的風貌，提供相映成趣的對照。

本課程期望能夠透過多面向的單元安排，讓學生對於文學與電影的關係、功能有深刻的理解。

（一）真實與虛構的辯證
——錢鍾書〈靈感〉與電影「口白人生」的對讀

錢鍾書為中國近代著名作家、文學研究家，其〈靈感〉寫一知名作家死後，筆下的角色在閻王面前向作家索命，作家卻不認得他所創造的角色。於是每一個角色自我介紹：「我是你傑作《相思》的女主角！」「我是你名著《綠寶石屑》裡的鄉下人！」「我是你大作《夏夜夢》裡的少奶奶！」「我是你奇書《落水》裡的老婆婆！」「我是你劇本《強盜》裡的大家閨秀！」「我是你小說《左擁右抱》裡的知識份子！」「我是你中篇《紅樓夢魘》裡鄉紳家的大少爺！」作家恍然大悟說：「那麼咱們是自己人呀，你們今天是認親人來了！」角色接著點出作家創作的問題所在：「我們向你來要命。你在書裡寫得我們又呆又死，生氣全無；一言一動，都象傀儡，算不得活潑潑的人物。你寫了我們，沒給我們生命，所以你該償命。」

電影《口白人生》的主角是國稅局的查帳員哈洛，有一天，他耳邊聽見有人在說話，話的內容竟然描述他的人生，而且只有他自己聽得見。現實生活中的人物竟然成為作家筆下的角色，女作家擅長寫悲劇小說，每部小說的主角都要死亡，於是哈洛只得尋找作家，希望能

改變結局。作家之所以讓書中的主叫死亡，那是因為主角只是虛構世界的一員，當她發現筆下角色活生生出現在眼前，她只得改變結局。

　　角色生活於虛構世界，作家則活在現實生活。作家要賦予筆下的角色真實生命，那是在小說中的生命，錢鍾書〈靈感〉讓角色在作家死後在閻王面前索命，電影《口白人生》中，作家筆下的角色，根本就是一個真實人物，文學作品中關於真實與虛構的，於是有了深刻的內涵。

（二）人生的困頓與調適
——李復言〈枕中記〉與電影「命運好好玩」的對讀

　　人生所面對的問題是文學與電影常見的題材，因而透過文學與電影的比較，可以發現，一篇唐代中國的小說〈枕中記〉與一部當代美國的電影「命運好好玩」，時間相去千年，空間相距萬里，卻有著相似的情節結構，當然，也各自體現所處時代的宗教與文化社會特質。小說與電影的核心人物都是追求理想而尚未實現的男子，自認為遭遇困頓，而未能過著適意的生活，透過具有超能力的長者，讓他們在夢境中實現理想，他們卻都發現原來所謂適意的生活並不是他們想要的人生，於是領悟生命的意義，調適方向，過著新的生活。就文化差異而言，唐代佛道思想興盛，佛家的出世、頓悟成佛思想與道家的無為、不執著於有無的思想影響極深，〈枕中記〉揭示的「人生如夢」意境即受此影響；西方文化重視自我實現與家庭，因此電影「命運好好玩」主角麥可‧紐曼追尋的人生理想即為自我實現與與家人更多相處時光。[9]

　　唐傳奇〈枕中記〉與美國電影《命運好好玩》呈現接近的情節結構。如果我們進一步對比，可以發現，主角期望飛黃騰達的願望相同，

9　可參考李淑齡，〈人生的困頓與調適——〈枕中記〉與電影「命運好好玩」之比較〉，《2009 文學與電影學術研討會論文集》（屏東：國立屏東教育大學，2009 年 3 月），頁 35～41。

未能達成願望的處境類似，兩者同樣有法力的長者（「呂翁」與「莫提」），提供虛擬的人生經歷，用以啟發男主角，而用以印證時間的物品（「黍」與「床」），功能亦無不同，連最後領悟生命的意義，改變人生觀，不再以追求功名，而過著新的生活，也如出一轍。

（三）族群的自省與批判
——王家祥〈山與海〉與電影「與狼共舞」的對讀

〈山與海〉是王家祥的中篇小說，描寫漢人漁民阿尾為逃避海盜而受傷，被馬卡道女孩救起，進而了解馬卡道族人的特質。馬卡道族的命運宛如他們追捕的鹿群一般，「漢人如潮水般湧來，我們注定是遷逃的鹿群」。電影《與狼共舞》則描寫南北戰爭的英雄鄧巴中尉被派到最偏僻的哨所席格威治堡，和印第安蘇族人漸漸有了接觸。鄧巴後來成了蘇族人的朋友，並有一個印第安名字——「與狼共舞」，他深刻地了解印第安人的樸實善良。後來，蘇族人被迫與政府簽訂了協議，放棄他們世代相傳的土地。臺灣開發的過程，漢人要面對原住民的反抗；美國西部的開發，白人一樣要面對印地安人的反抗，一般的歷史往往呈現開發過程的艱辛與困難，小說與電影則可以提供歷史的多元詮釋，呈現「族群的自我反省與批判」，這便是小說〈山與海〉與電影《與狼共舞》共同的主題。

文明與自然的衝突是常見的文學與電影的主題，文明的發展一向以犧牲自然為代價，不論東方還是西方，文明開發的歷史自然會入侵原住民的生活空間。閱讀臺灣開發史，可以了解漢人開發臺灣的辛酸血淚；閱讀美國拓荒史，可以了解美國白人的氣魄與成就。然而，臺灣開發史，換一個角度去看，便是臺灣原住民被迫遷徙的歷史；美國西部拓荒史，換個角度觀察，就是印第安人的災難史。站在原住民的觀點去詮釋開發史，會對歷史有不一樣的體察。

〈山與海〉是王家祥的創作的臺灣歷史小說[10]，曾獲得賴和文學獎[11]。〈山與海〉的情節為：漢人阿尾是一位為逃避海盜的善良漁民，因為受傷被馬卡道女孩救起，而後逐漸了解馬卡道族人的純樸，並批判漢人的貪婪。阿尾終於成為一位馬卡道人的獵人，明朝時流寇頻傳，在海上搶奪漁民的貨物，偶爾會侵略到馬卡道族，但往往鎩羽而歸，直到一次明朝大規模圍剿流寇巢穴，迫使流寇遷移老巢到打狗山來。多次的小衝突都沒有引起強烈的戰爭。在一次的狩獵季節中，流寇大舉入侵，在村中無壯男的情況下，民社被破壞、婦女被奪走。戰士們很憤怒，將悲憤化為力量，衝入流寇的聚集地解救族人。但終寡不敵眾，雖然救出了不少人，但相對的也犧牲不少壯年。最後，馬卡道族的命運宛如他們追捕的鹿群一般，漢人如潮水般湧來，馬卡道人注定是遷逃的鹿群。

---

[10] 王家祥，1966 年生，高雄縣岡山人。國立中興大學森林系肄業。業餘從事臺灣鄉野生態保育工作，曾任柴山自然公園促進會會長、《臺灣時報》副刊主編。可參考周佩蓉，〈臺灣織寫傳說的青年──專訪王家祥〉，《文訊月刊》第 163 期，1999 年 5 月，頁 86～88。郭玉敏，〈訪王家祥〉，收入康原編，《尋找臺灣精神：賴和獎得講人訪問錄》（彰化：賴和文教基金會，1997 年 4 月），頁 45～55。〈山與海〉收入王家祥，《山與海》（臺北：玉山社出版公司，1996 年 9 月），本論文引文時，僅在引文後加頁碼，不在加註徵引出處。

[11] 陳萬益〈土地與人民，自然與歷史──王家祥的文學與志業〉說：「在親炙土地、追尋土地的脈動和生息的過程中，自然接觸到先民歷經劫難、僥倖殘存的零碎遺跡，土地與人民成為他魂牽夢縈、模糊不清而魅力十足的追尋工作，於是他投注大量時間在龐雜無序的史籍中去勾勒點點滴滴的先民歷史……他們在這塊土地上的故事、真切的生活、愛恨情仇等等，便成為他傾注想像力、用歷史小說形式還原的題材。」（收入王家祥，《山與海》，頁 6～8）這是王家祥得獎的重要因素。王家祥，一方面積極蒐集臺灣歷史著作，一方面卻又想要重構歷史的場景，這樣的努力使得臺灣歷史小說〈山與海〉更具有可讀性，讀者也可以從臺灣歷史小說中了解臺灣鄉土的人文傳統與自然資源。關於臺灣歷史小說，另可參考陳萬益，〈臺灣歷史小說的新階段〉，《文學臺灣》第 25 期，1998 年 1 月，頁 6～7。

「與狼共舞」（Dance With Wolves）由麥可・布雷克（Michael Blake）同名小說改編[12]，是凱文・科斯納（Kevin Costner）自製自導自演的電影[13]，榮獲第 63 屆奧斯卡金像獎最佳影片、最佳導演、最佳改編劇本等七個獎項。「與狼共舞」描寫南北戰爭的英雄鄧巴中尉自願被派到最偏僻的席格威治哨所，因其他士兵均已徹走，鄧巴於是和印第安蘇族人漸漸有了接觸。鄧巴後來成了蘇族人的朋友，並有一個印第安名字——「與狼共舞」，他深刻地了解印第安人的樸實善良，但是卻被白人視為叛徒。蘇族人後來被迫與政府簽訂了協議，放棄他們世代相傳的土地。

歷史的詮釋關涉到權力，成王敗寇的結果，官方歷史常是定於一尊的論點，歷史詮釋則成為少數歷史學家的專利。歷史強調真實，小說與電影則強調想像與虛構。小說與電影中的歷史，透過人物與情節的發展，提供異於正史的敘述，顛覆傳統的觀點，形成多元的詮釋，使歷史擁有更為豐富的生命。本論文透過王家祥小說〈山與海〉與電影「與狼共舞」的對讀，說明兩者在族群的自我省思與批判的類同之處。

不同的族群生存在同一塊土地上，難免會有矛盾與衝突，如何透過溝通，了解不同的文化，甚至欣賞相異的文化，是生活在這一塊土地上的人應該共同面對的課題。原住民是弱勢族群，因而，強勢族群的自我省思與自我批判，可以創造族群融合的契機。

王家祥的小說〈山與海〉與凱文・科斯納的電影「與狼共舞」不約而同地選擇強勢族群的邊緣人，當他們來到原住民生活的地方，開始與原住民接觸，他們發現原住民與他們以往所接觸的傳說不同，原住民的開朗，面對大自然而不貪取的態度，令他們認同原住民的生活態度，進而開始自我省思與自我批判。小說與電影對於馬卡道族與

---

[12] Michael Blake 著，江慧君、吳安蘭譯，《與狼共舞》（臺北：皇冠出版社，1991 年 3 月）。

[13] 《與狼共舞》（DVD），日本東北新社發行，1990 年。

蘇族生活的刻畫，細膩而生動，壯闊的場景，史詩的敘事，觀眾與讀者對於原住民的認識愈多，了解愈深刻，省思也就愈深刻。

母系社會的馬卡道族已經被漢人所同化，而印第安人蘇族也歸順白人的統治，而當今文明的衝突方興未艾，強勢文明如何尊重弱勢文明，並進行自我省思與批判，以避免文明的衝突，讓多元的文明在地球上和諧地共存，〈山與海〉與《與狼共舞》的論述，實有值得參考之處。

（四）道家對於環境的思考
——莊子寓言與電影「夢」（水車村）的對讀

莊子繼承老子「人法自然」的思想，更進一步提出外「道通為一」的說法，〈齊物論〉所謂「天地與我並生，萬物與我為一」，就肯定萬物雖紛紜雜沓，卻因著道的貫通而成為一個整體[14]。〈馬蹄〉所描寫的即為理想的生存環境：

> 故至德之世，其行填填，其視顛顛。當是時也，山無蹊隧，澤無舟梁；萬物群生，連屬其鄉；禽獸成群，草木遂長。是故禽獸可係羈而游，鳥鵲之巢可攀援而闚。夫至德之世，同與禽獸居，族與萬物並。

這樣的世界並不以人類為中心，人與其他萬物都聽任自然，遵守自然的規律，平等而和諧地生存於天地之間。這樣的環境是不需要科技機械，機械會破壞人與天地的和諧關係，莊子〈天地〉即透過子貢與漢陰丈人的對話，呈現此一觀念：

---

14 沈清松，〈中西自然觀的哲學省思〉，「環保與發展研討會」論文（利氏學社、四川社會科學院合辦，青城，2000 年 7 月 2～6 日）。

> 子貢南游於楚，反於晉，過漢陰，見一丈人方將為圃畦，
> 鑿隧而入井，抱甕而出灌，搰搰然用力甚多而見功寡。子貢曰：
> 「有械於此，一日浸百畦，用力甚寡而見功多，夫子不欲乎？」
> 為圃者卬而視之曰：「奈何？」曰：「鑿木為機，後重前輕，挈
> 水若抽，數如泆湯，其名為槔。」為圃者忿然作色而笑曰：「吾
> 聞之吾師，有機械者必有機事，有機事者必有機心。機心存於
> 胸中，則純白不備；純白不備，則神生不定，神生不定者，道
> 之所不載也。吾非不知，羞而不為也。」子貢瞞然慚，俯而
> 不對。

莊子強調「道通為一」，機械的運用與發展必然走向機巧之心，心中不
純淨、心神不安寧則無法體驗道，因此莊子反對機械，當然也反對科
技發展導致自然的破壞與人心的機巧。[15]

莊子〈天道〉說：「與天地和者，謂之天樂。」所謂「天樂」就是
與天地萬物融合為一體，這就是莊子所認定人與自然關係的理想狀
態。當前地球的環境生態嚴重受到破壞，日趨惡化，人類生存的空間
受到威脅，環境問題已成為各學術領域的熱門課題[16]，人類對於生存
的問題愈加重視，自然會關注到人與自然的關係。其實，早在先秦時
代，老子就曾提出警訊，〈32 章〉說：「始制有名，名亦既有，夫亦將
知止，知止所以不殆。」文明的發展是命定的悲劇，人文教化、分官

---

[15] 萬榮晉，〈老子的道論與 21 世紀〉(《中國人民大學學報》第 3 期，1999 年，
頁 45～49) 一文提到，日本科學家湯川秀樹在從事基本粒子研究時，從莊
子〈應帝王〉「混沌」中吸取哲學智慧，而思考著現代物理學的新課題，尋
求新答案，受到的啟發，以「介子理論」得到諾貝爾物理獎。弔詭的是，
莊子本身雖反對科技發展，後人卻從他的思想得到啟發，使科技得到發展。
[16] 莊慶信，〈莊子生態哲學初探〉，《東吳文史學報》第 12 期，1994 年 3 月，
頁 125～143。相關探討可參考魏元珪，〈老莊哲學的自然觀與環保心靈〉，
《哲學雜誌》第 13 期，1995 年，頁 36～55。莊慶信，〈道家自然觀中的環
保哲學〉，《哲學雜誌》第 13 期，1995 年，頁 56～74。

立職等是人文教化的發端，也是自然失守的開始，既然已經發展到這一地步，反對文明沒有意義，唯一能做的事，就是減緩文明發展的速度，必要的時候，應該停止開發自然的腳步[17]。

日本導演黑澤明的電影《夢》，其中「水車村」的故事近乎老子的理想國，也可與莊子的環境思想相印證。水車村裡沒有電力，用蠟燭及亞麻籽油什麼來照明，以牛馬耕田，用自然死去的樹木和牛糞做燃料，外來的年輕人覺得好奇，老年人的解釋是：「現代的人已遺忘，自己其實也是自然的一部分，有大自然才有我們，人類卻任意糟蹋大自然，以為自己能創造更美好的世界，特別是科學家，他們可能學識廣博，但卻不明白大自然的奧秘。他們只發明一些製造悲劇的東西，卻引以為傲，更糟的是大部分人想法都一致，認為那些發明是奇蹟，奉之為寶，完全沒有留意這些發明破壞自然，到最後，人類也會毀滅。人類最需要的，是清新的空氣、乾淨的水源，花草樹木提供空氣和水源，但人類任意污染，令受污染的空氣和水，甚至荼毒人的思想。」因此住在水車村的人不需要電力與機器，不想砍伐樹木，只想過著簡樸的生活方式。當年輕人看到慶典一樣的禮俗，一問之下竟然是喪禮，更覺得不可思議，老年人的解釋是：「人活在世上，好盡自己的本分，然後問心無愧地老死是可喜的。」因此，活到九十九歲的老婆婆，安享天年後自然死去，舉行喪禮成為一件可喜的事。黑澤明在電影中所呈現的景物意象與理念，正與莊子的自然觀及生死觀相契合。[18]

莊子「無以人滅天」的思想，在人類面對自然生態環境的嚴重破壞的二十一世紀，提供建構生態文明提供新的思維方式，有助於人類保護自然生態環境。[19]

---

[17] 見王淮，《老子探義》（臺北：臺灣商務印書館，1985），頁 128～131。

[18] 黑澤明的電影「夢」，是由八個夢境組成，分別為：雨中陽光、桃樹園、暴風雪、隧道、鴉、赤富士、鬼精靈、水車村。

[19] 道家思想對於當代文化影響的層面相當廣泛，包括中醫、養生、氣功、文學、書畫、企業管理、用兵之道、自然農法、環境保護意識、建築、科學等方面，見葛榮晉主編，《道家文化與現代文明》（北京：中國人民大學出

（五）電影中的文學

1.「小人物大英雄」中的《灰姑娘》

電影「小人物大英雄」中，達斯汀‧霍夫曼飾演的潘柏尼是一位自私自利的小人物，在探視與前妻同住的兒子時，車子拋錨，湊巧有一架飛機失事墜毀，他因緣際會地救了許多人，空難由於現場一團亂，乘客被救出後，大家才想起這位無名英雄時，已不見他的蹤影，只留下一隻鞋子。電視臺為了製造收視率，企圖找出英雄，於是提供一百萬美元的高額獎金，給能夠穿得上這隻鞋的人士。透過新聞節目播送，全國為之瘋狂，來試穿鞋子的人擠爆了會場。現實世界裡，沒有那一隻鞋子是只有某個人才能穿的，大家都可以看得出來，這是戲仿童話故事《灰姑娘》的情節，於是電影的嘲諷效果就出來。

2.「春風化雨」中的《仲夏夜之夢》

電影「春風化雨」中，主角尼爾參加戲劇演出，扮演撲克的角色，撲克是一種小鬼的類名，又稱羅賓好人 Robin Goodfellow，此類小鬼常見於北方民間傳說，波西古詩拾零（Percy：Reliques）載歌謠一首專紀其事，據一般傳說，此鬼並不加害於人，且常於夜間為人服務，藉博牛奶。

版社，1991）。葛榮晉等學者的論述，多採正面陳述，對於不足之處的探討相對缺乏，高柏園則認為道家對環境倫理的論述有其精到之處，但在道家主要在於消極地去執，對於自然知識較少給予關注，使得道家環境倫理的建構有所欠缺，因此建議適當地引進經驗知識才能找到真實的著力點，見高柏園，〈道家思想對環境倫理的回應態度〉，《鵝湖學誌》第 25 期，2000年 12 月，頁 41～60。

夢與現實往往是相反的，迫克為捉弄人的精靈，尼爾雖在劇中扮演迫克，但那是戲，也是夢，現實生活中，尼爾反而變成了被命運捉弄者，夢中皆大歡喜的結局到現實中來，亦只有徒留悲歡。

3.「悲情城市」中「蘿雷萊」神話

在侯孝賢電影《悲情城市》中，一群知識份子在談論國民黨政府到臺灣的種種現象，這時寬美放了「羅雷萊」的德國音樂，文清因為耳聾，所以寬美必須與他用文字筆談，透過字幕，將羅雷萊的故事做了簡要的說明：「蘿蕾萊，德國名曲，一個古老的傳說。萊茵河畔的美麗女妖，坐在岩石上唱歌。梳著她的金髮。船夫們，迷醉在她的歌聲中，而撞上岩礁，舟覆人亡……」

臺灣被清朝政府割讓給日本。經過八年中日戰爭，日本戰敗，臺灣人民滿心歡喜地迎接國民政府，沒想到，但是接管臺灣的官員如陳儀等人，不管臺灣人民的感受，物資管制，接收以後，許多臺灣人原來的工作都沒有了，造成嚴重的失業問題，後來甚至受到鎮壓，家破人亡。其實，電影所要傳達的是：當時臺灣的民眾不乏將國民政府當作美麗的羅雷萊，受了迷惑，到頭來卻引來殺身之禍。故事與電影情境相配合，於是故事幫電影說了更多的意涵。

4.「大紅燈籠高高掛」中的〈畫眉鳥〉

電影「大紅燈籠高高掛」中，頌蓮嫁到陳府，當四姨太，雖然生活不虞匱乏，精神生活卻相當沉悶，還必須面對爭寵的鬥爭。電影安排小朋友背唐詩，背的是歐陽修〈畫眉鳥〉：「百轉千聲隨意移，山花紅紫樹高低。始知鎖向金籠聽，不及林間自在啼。」以前聽到那鎖在金籠內的畫眉叫聲，遠比不上悠遊林中時的自在啼唱，其實正是頌蓮生活的寫照。

（六）文學在電影中的多元呈現

文天祥〈電影中的 Romeo and Juliet〉認為「文學與電影」的關係還可以有一欣賞方式，就是同一個文學的文本，經由不同年代的改編，會有多元的面貌。

1. 沿革與版本

(1) 最早的一部──1900 年版（法國／默片）
　　導演：克萊蒙墨利斯（Clément Maurice）
(2) 好萊塢黃金時代──1936 年版（美國／黑白／125 分鐘）
　　導演：喬治庫克（George Cukor）
(3) 揚威國際影展──1954 年版（英義合拍／彩色／138 分鐘）
　　導演：雷納多卡斯特拉尼（Renato Castellani）
(4) 影史最轟動──1968 年版（英義合拍彩色／138 分鐘）
　　導演：法蘭哥柴菲萊利（Franco Zeffirelli）
(5) 現代青春──1996 年版（美國彩色／120 分鐘）
　　導演：巴茲魯曼（Baz Luhrmann）

2. 另一種詮釋

(1) 西城故事 West Side Story（歌舞片／1961 年／美國）
　　導演：勞勃懷斯（Robert Wise）、傑若米羅賓斯（Jerome Robbins）
(2) 羅蜜歐與茱麗葉 Romeo and Juliet（芭蕾舞／1966 年／英國）
　　導演：保羅克茲納（Paul Czinner）
(3) 新羅蜜歐與茱麗葉 Romuald et Juliette（喜劇／1989 年／法國）
　　導演：古琳舒浩（Coline Serreau）

3. 結合作者與作品的新詮釋

莎翁情史 Shakespeare in Love

導演：約翰麥登（John Madden）

劇本的化粧舞會，在每一版本電影中，男女主角的面具與情感表達各有勝場，舞會氣氛因而呈現不同的面貌。其實，經典的改編從來沒有停止過，法國雨果《悲慘世界》也有多個版本的電影改編，選擇經典橋段進行比較，可以讓學生了解文學改編有進一步的了解。

四、結語

「文學與電影」課程的安排，從教材的選擇、影像的詮釋、文學與電影的比較上，在在都須花費心思；而影片的收集，花費較一般課程為多；再加上許多電影放映時間超過兩小時，時間安排也得費心。為能即時了解學生的觀點，隔週就必須大量閱讀學生的心得……其實，開設這門課程付出的心血比一般專業課程為多。

雖然「文學與電影」課程相當吸引學生，選修學生近百人，但學生選修的心態難免先入為主認為是看電影而已，此種逸樂取向的修課方式，難免會影響教學品質。為了避免討論流於浮泛膚淺，宜加強「文學經典」討論的深度及閱讀的廣度，使課程兼具學術性與趣味性。

選課人數多，可以挑選的精采心得不少，每次選擇不同觀點的心得，再點出心得的優缺點，幾次下來，學生撰寫心得報告逐漸進入狀況，更多精采的心得出現。學生不但報告越寫越精采，語文能力表達漸入佳境，閱讀文學經典、閱讀電影、分享與討論，使「文學與電影」成為學生日後賞析電影以及思考人生的參考資源。

教授生態小文本初機：
試擬一個人類學教程

——尋求一個生活世界的文類的基本概念

陳界華
中興大學外國語文學系

摘　要

「讀寫初機」的課題，通常涵涉事主、關係與材料。這就是啟蒙的課題。這個啟蒙的課題，首先存在於蒙童，然後存在於一般未入行的「一般人」。生態小文本，首先與「一般未入行的『一般人』」發生關係，然後才轉進於蒙童，而為「人」之「一類」之初機課題。這「一類」的「人」，在面對啟蒙活動的時候，會顯現出有區別性的事主的身分，回映出同樣有區別性的「文本」、「小文本」、「生態小文本」之「類」。對這個課題的處置之一，是回到問題本身：梳理啟蒙活動的事主與材料之間的關係，梳理人類學教程教授生態小文本的初始之機。

關鍵詞：讀寫、事主、材料、啓蒙、生態小文本、人類學教程

一、引言

「讀寫初機」（ABC in literacy）的課題，通常涵涉事主（agent/patient）、關係（relation）與材料（material）。這就是啟蒙（un-veiling/re-vealing）的課題。這個啟蒙的課題，首先存在於蒙童（the veiled under-agers），然後存在於一般未入行的「一般人」。生態小文本，首先與「一般未入行的『一般人』」發生關係，然後才轉進於蒙童，而為「人」之「一類」之初機課題。

這「一類」的「人」，在面對啟蒙活動的時候，會顯現出有區別性的（distinctive）事主的身分，因此而回映出同樣有區別性的「文本」、「小文本」、「生態小文本」之「類」。對這個課題的處置之一，是回到問題本身，即：梳理啟蒙活動的事主與材料之間的關係，這也就是梳理人類學的教程的教授（生態）小文本的初始之機。

二、建立小文本

「建立小文本」，先於「建立生態小文本」。這個時候，「文本」則似乎又是更優先的概念。

我們暫且從「小文本」的概念談起。

在這篇文章裡面，「小文本」的概念，首先是部分來自哈樂岱（M. A. K. Halliday）[1]的功能語言學的講法，指的是「短小的文本」（"little texts"），例如頭條（headlines）、電文（telegrams）、標題（titles）、產品標貼（product labels）、說明書（instructions）、看板或牌告

---

[1] 或稱韓禮德。此為翻譯與傳釋，不必從。

（signboards）、講演筆記（lecture notes）；這些文本，「……它們大致上都有短篇文本的特徵，因為它們都是高度精煉的。」（"… they tend to have the properties of short texts because they are highly condensed."）[2] 而且，小文本是有「語法」（grammar）的。哈樂岱認為，「對小文本的語法，最初步的把握可以說是，小文本留存詞彙詞（lexical words），捨去語法詞」：

> A first approximation to the grammar of little texts might be to say that they retain all the lexical words and leave out all the grammatical ones; this is the standard description of 'telegraphese', including the so-called 'telegraphic speech' of young children's speech in the transition from protolanguage to mother tongue, like more meat, light green, man clean car.

這樣的觀念，也就同時把「小文本」當做是童蒙的語言的表現，是童蒙語言轉進母語之前的「原型話語」。

　　這樣的觀念，我認為是不夠的——在知識範疇（categorization of knowledge）上是不夠的（inadequate），在教學傳承上（pedagogically），恐怕也不堪應用。

　　讀者或受教、受啟蒙者與上述列舉的頭條、電文、標題、產品標貼、說明書、看板或牌告、講演筆記之類的小文本的接觸，其活動，基本上完成於單一場合的當下時刻，是生活世界「單一場合的當下時刻」的「關係的活動」（activity of relating）。這種活動具有明確而可區別（clear and distinct）的物理學上的排除性（physical exclusiveness），

---

[2]　M. A. K. Halliday, An Introduction to Functional Grammar, second ed. (London: Edward Arnold, 1994), Appendix 2, "A Note on the Grammar of Little Texts," pp. 392-397, esp. p. 392.

而且在「單一場合的當下時刻」，依準於時間、空間與材料[3]。所以，我試著這樣重新定義「小文本」：

> 「小文本」（little text）是一種語類（discourse genre）活動，它要求關係者（relationis）在單一場合的當下時刻，完成受教啟蒙。

這樣的小文本的定義，直接指出小文本／文本的生產或活動或寫作環境的三個關係項：寫作者（the writer）、題材（the subject）、閱聽者（the audience）[4]。這個小文本的定義，也就是認定：小文本以一種話語語類的身分，與關係者或讀者或受教、受啟蒙者，構成一個「世界（的關係）」（Welt），而：「所謂世界，就是被給予之物；形式結合了客體，並將客體呈送給我們。」[5]在這裡，「形式」（form）就是閱聽者與小文本／文本的接觸，是一種啟蒙活動。

　　經過這樣的重新定義以後，我們可以得到：1.一個知識範疇的概念；以及 2.一個教學傳承的概念。

　　在這樣的小文本的定義上講，我們可以得到的「知識範疇的概念」是：

> 1.小文本涵涉事主（agent/patient）、關係（relation）與材料（material）；
> 2.小文本是教學啟蒙（un-veiling/re-vealing）的；
> 3.小文本是場合的，當下時刻的。

---

[3]　這個物理學的概念，大略依 Bertrand Russell, Our Knowledge of the External World As a Field of Scientific Method in Philosophy (London: The Open Court Publishing Company, 1915), passim.

[4]　此當為通說。另，參 David Rosenwasser and Jill Stephen, Writing Analytically, fifth ed. (London and New York: Wadsworth and Cengage Learning, 2008), pp. 11-12.

[5]　列維那斯（Emmanuel Levinas）著，吳會儀譯，《從存在到存在者》（南京：江蘇教育出版社，2006），頁 45。引句已重新標點以合概念。

　　意思是：小文本以其形式，訴諸場合的、當下時刻的新受教、受啟蒙者，並與之共構出一個場合的、當下時刻的「世界」而「被給予」；這個「形式」，也就是啟蒙的形式。這其中，最顯著的例子，就是景點牌告的生態說明小文本，或入口網站（flash）的複合看版，或教師配發的或自製的教學掛圖，或任何形式的 PPT's；這些類例充滿於我們的生活世界。

　　在「教學傳承的概念」上講，上面這樣的小文本的定義，致令我們在教學活動中──在「世界（的關係）」中的學習者──作為閱聽者或受教、受啟蒙者的學習者，可以在「單一場合的當下時刻」，二度區分（second-order division）我們的材料或活動為：

1. 寫作者或生產者導向（writer-oriented）的材料或活動；
2. 閱聽者導向（audience-oriented）的材料或活動；以及，
3. 「世界（的關係）」作為材料或活動。[6]

而 1、2 項，涵蘊於第 3 項。所以，在這裡，我們有進一步的了解：

1. 「『世界（的關係）』作為材料或活動」的概念，是「新的」概念；
2. 根據這個「新的」概念，我們認定：
2.1. 我們的生活世界（Lebenswelt），就是啟蒙活動的總和；
2.2. 任何「單一場合的當下時刻」的文本實踐，就是「文本」與「人」／「我們」共構的啟蒙的「物質（化）的活動」（materialization）；
3. 所以，文本或小文本，就是啟蒙活動，就是生活實踐。

---

[6] 上引 Rosenwasser and Stephen，有「寫作者－題材－讀者」溝通三角形（communication triangle）的概念，當不可取。另下詳。

三、建立生態小文本

前面,我們得到一個理解:文本或小文本,就是啟蒙活動,就是生活實踐。

這樣的理解,讓我們教、學者,有理由構造「語言併合非語言」的文本或小文本的概念,而得到「物件文本」(object as text)、「語言文本」(linguistic/verbal text),以及「生活文本」(life as text)或「世界文本」(the W/world as text),併可安排為教室教材(the text in the class)的特權。

這個特權首先帶領我們教、學者到達一個日常生活的「空間」,如下列二例:

F0A:空間╱物件文本[7]　F0B:空間╱物件文本[8]

這二個「空間文本」,作為生活世界的文本的一例(instance),在生活實踐中,當致令教、學者熟悉於在學學生的日常生活並得其利用,然而,生活的活動之物質化的返復,仍然可認定這「空間」為「危險

---

[7] 小兒子柏云攝影,2009.9.10,原為暑假作業「危險空間」之用。「空間╱物件文本」F0A,為臺北市某國中校門外的空間╱物件,F0B 為校園內空間╱物件。

[8] 同註7。

空間」。這「危險空間」的「危險」，就這「類」在學學生的「人」來講，是「人」的生態的「危險」之人為置入，或對生活自然之破壞。於此，這「危險空間」，為一（類）「生態（小）文本」，此「生態（小）文本」，又致令前稱「教室教材」的概念，轉而為以「生活世界」為「教室」、以「生活世界」為「教材」的概念與教、學活動之特權之取得；而，此生活／生態之「危險空間」之「危險」之解除，為以「人」為準之「生態危險」之解除，其執行僅得出於生活／生態世界中非競爭之實體，稱「政府」，此為「生態文本」之政治管理（political economy）。

到這裡，我們得到「生態小文本」的第一個概念：「人」及其「類」。這是一個併生的複合的概念。

所以，在這個以日常生活為文本的概念裡，「人」的活動，就是教、學的啟蒙的活動。這種活動，是「物質化」的活動，而且出之以「類」。日常生活的常例，就是蒙書的安排或閱聽：

F0C：蒙書一頁之一[9]　F0D：蒙書一頁之二[10]

例 F0C，是「大人」的「人（類）」對「蒙童」的「人（類）」的啟蒙活動：英文字母「E」的教、學。在這個啟蒙活動當中，英文字母「E」是：

---

[9]　Jane Miller, Farm Alphabet Book (New York: Scholastic Inc., 1981), np.
[10]　同註9。

> Birds lay
> eggs.
> These eggs
> were laid
> by a hen.

而在 F0D 裡，英文字母「F」是：

> A foal is a young horse.
> Its mother is a mare.
> Its father is a stallion.

這兩個啟蒙活動，分別內含一個生態的活動（eco-act）：其一為「蛋」，以及「蛋在安全空間裡」；另一為「小牡馬」，以及「小牡馬在母馬的安全呵護下」。

這就是「人（類）」的教、學啟蒙活動：出之以「生態小文本」。

到這裡，我們得到「生態小文本」的第二個概念：「人」及其「類」的「物質化」的活動；這個「物質化」的活動，必然切分為（divided into）「生態小文本」以為教、學案例。這也是一個併生的複合的概念。

四、小結

「生態小文本」的基本概念有二：

1. 「人」及其「類」；這是一個併生的複合的概念。

2. 「人」及其「類」的「物質化」的活動；這個「物質化」的
   活動，必然切分為「生態小文本」以為教、學案例；這也是
   一個併生的複合的概念。

基於這樣的概念，教授「生態小文本」，當依準於生活世界、依準
於日常生活，同時，即：亦當依準於人類學之教程。

琅琅兮年華

——單子群聚與遊牧式傳習

蔡瑞霖

義守大學大眾傳播學系暨通識教育中心

摘　要

　　寫作以及閱讀的社會學視野，可以歸結為一個看法：閱讀人不斷找尋的，正是那恆定不變的歲月年華。在詩一般之琅琅語聲中，閱讀者本真地書寫著自身的文本，成為一種自我創生（autopoiesis）的過程。就遊牧單子的存在特徵來看，當代人類由於棲息於不斷流動的生活現實中，往往無法擁有完全統整的世界，造成碎片化情節和拼湊的液體價值觀。依此視野，單子聚集必然跨越現有體制，形成遊牧式的教學方式，年齡成長只是一種橫向擴散的現象，將終身學習壓縮為當下飄浪的自身文本之閱讀。簡言之，年齡緩緩變化的人，在現實流動中閱讀了無數多的象徵意義，每一個固定的意義都被閱讀者經歷為不變的年華。所以，書寫既是為了閱讀而呈現，也為流動的閱讀者之自我創生過程而被重新朗讀，朝向各種恆定的年華而發聲。本文，據此探討群聚的遊牧單子之書寫、閱讀與自我創生的教學意義。

關鍵詞：寫作、閱讀、文本、自我創生、遊牧、單子、傳習

漩渦裡，抓緊著妳，我倆吸足一口氣！順激流沉下，沒頂後三
個世紀光影掠過，再浮出水面。我彷彿前世，妳依然今生。

——遊牧詩拾遺

一、零度閱讀中遭遇各種年齡

年華是年齡之雅稱，衰老是它的真實內容。單子作為活的靈魂是
通過對比者角色而擁有和操演自己的，他的細膩描述詞即年華，如斯
而得能「遊牧」。遊牧單子（nomadic monad）之專名化，即具有特定
的年齡，在年齡歷程中生成變化的意義，此即居身於年華裡。此者，
人之為單子莫不依「盆棺罤角」[1]而存在之謂也。年華對應的內容若降
到零度，還原到素樸起點才能讓閱讀從容發生，這是因為它會以最小
的內容來遭遇和客觀呈現的方式，來面對文本在社會場域中的各種年齡。

年齡、時光、歲月、年華、風霜，這些詞有共通性，是描述時間
和生命歷程之詞彙，有家族類似性。一般說來，我們都視其為同樣的
意思。但是，為了凸出閱讀的特殊性，我必須對這些詞彙做一點點區
別。若說，依主觀的時間歷程，「書寫」總是伴隨了歲月推移，則寫作
便要將此個人的主體歲月轉化到社會年齡之客觀呈現上。依此，相對
地，「閱讀」反而從社會年齡的客觀呈現逆溯回去，來揭露意義——既
要返回到作者的生命歷程這主觀歲月上，也要藉此賦活讀者自己的「反
向書寫」（counter-writing）以掌握本真歲月。閱讀者的這個逆向歷程，
說起來是形式上遵從了作者，呼應寫作之初衷，但其實是藉此另種書

---

[1]　請閱拙文，〈盆棺罤角——儒佛倫理學的實踐方法與形上學解釋之比較研
究〉（The Clinamen Corner between Basin and Coffin: A Comparative Study of
Metaphysical Interpretations and Practical Methods of Confucian and Buddhist
Ethics），發表於「中國倫理思想的當代研究」國際學術研討會（臺灣大學
哲學系，2008）。

寫以扮演「另一作者」(the alter, the other author)來符合自身當下經歷的歲月。簡言之,閱讀是採取另一作者角色來操作的反向書寫。這反向的趣味是遺棄原作者,逆轉主體歲月的過度主觀性及社會年齡的過度客觀性。閱讀的結果是,透過歲月、年齡及其附屬的昔時光采與風範等意義,裹緊成為一整體之再書寫,從而匯聚為更豐富的概念,即:「年華」(aging, ageing)。素樸地說,年華就是歲月、年齡、光采、風範之總體概念,但它必須通過閱讀來獲得。

讀者應該想像嗎?為什麼作者即使不寫作(被書寫成為作品),也總要書寫?隨意寫點甚麼,這玩興也會比起特定目的地寫出個什麼作品來,更顯得自然真切。前者是書寫,後者為寫作,都是寫著(writing),但兩者對照起來歷程頗不相同。當然,書寫比起寫作一事來得純粹些,帶有回歸自身到手寫行為的簡單狀態之意思,較滿足於自身存有之現象演練,融在無所為的氛圍中。書寫必得做為向自身收斂的存有,方被如實掌握。說得明確些,「書寫如其所是;而寫作如其所為」。用存有與意識(being and consciousness)來對照兩者之差異,饒有趣味,而沙特亦會默許。意思是說:書寫自在(an soi),而寫作自為(pour soi)。與書寫相比,寫作確實複雜多了;有意識地寫,為題籤、作品或讀者而寫,非僅僅就人之存有而自在地寫。寫作是向外擴散的、嘎嘎作響的,立意要向世界播放去交際一下,也藉此弄出東西以構築一番。然而,書寫僅落在羞澀和含蓄的存有裡。讀者不難想像,閱讀便是要從寫作的結果回溯到「書寫之初」──像鮭魚回溯溪流,回返於文本或生命的子宮。閱讀是文本回溯的歷程,係以外在動力去追迫內在速度之體驗。

就單子群聚與遊牧傳習的內容來說,此際所能獲得的只是單純外在顯現的各種年齡之現象。年華,起初僅是看向外面世界才有意義。人自身之年華成長,是印象方生,是一團渾沌。此際,他人以各種年齡以及無窮無盡的神情面貌,向「此」迎來,而我們沒有閃避之處。

世界是異鄉,是陌路,是深淵,茫荒矇昧,無底無邊。請允許我們舉詩為例:

> 我來自不知處
> 碰撞世界的皮膜而誕生
> 如果妳認得甚麼路
> 就帶我走

我與世界,相互形成以皮膜為中介之兩邊。在此不知處,皮膜是我所碰觸之世界邊界,而它已從母親身體轉移為我的身體。此後,與他人遭遇就是各種年齡之不同單子朝向我這獨有的歧異單子,進而碰撞、推擠和閃過之風光映現的過程而已。這一切現實都無非現象。單子就是現象的觀察者,是暫時遺忘自身年華而正在素樸觸及文本的成長個體,從而是落在任何閱讀之初之感覺狀態的衰老個體。單子以最少的內容充實這種遭遇,甚或降到零度狀態之素樸的閱讀。面對著靜默的、如實映照的場景,年華確實僅僅只是各種年齡之現象描述。

　　出自社會存有論的旨趣,寫作以及閱讀的社會視野可以歸結出第一輪意義:閱讀人不斷找尋的是恆定不變的歲月年華。街道上不認識的人群,不論年輕人、帶著小孩的夫妻或老人,上班族、路人、陌生人和遊客都是永恆的,即使是人口外移的偏遠鄉村裡的獨居老人也是永恆的,它們是恆久歲月的取樣對象。街上總是有年輕人走過,恆久歲月穿梭在各處。譬如,更確實地說,學校和軍隊的年輕人常常是恆久的。說這不僅是「恆定現象」,也是「恆定結構」並不為過,於是,所謂閱讀指的是:人是文本,閱讀即遭遇年華。

　　在社會場域中,遊牧單子之隨機而無預設地,與各種年齡的其他單子之遭遇之內容是偶然的、最低解釋需求的。各種年齡是社會之恆定長久的現象和結構,素樸狀態的社會場域是一切年華變化及互動發生的基準點。素樸的社會場域中的年華現象和結構之所以是恆長久

的，是因為一切年華之內容和意義被自動地降至最低，降到零度。閱讀與書寫的文本是素樸的、渾然的、自然而然的、無目的的，甚至是憑諸直覺而呈現的閱讀對象，偶然遭遇的直接文本。零度是一切無所謂起始與終結之閱讀的基準點，回歸到零度的閱讀恰恰和零度寫作，有同樣的解構之形式，但內容則全然相異─後面，將再論及「閱讀是反向書寫」的意思。

不論如何，降到零度之書寫和閱讀，不多不少，正是單子及單子聚集於社會場域裡發生之文本的年華變化之素樸掌握；此中，年華是各種年齡之代稱。社會場域裡，任何遭遇空間中群聚的單子們─街道廣場或交通載具上相互遭遇的人們─所有這些情節之浮現，都單純發生在零度內容的年華上，亦即各種年齡呈現之現象與結構。對於各種年齡之遭遇與觀察，使閱讀者以內在年華為唯一參照點，這獨特的歧異處，更促成為自己年華之輪迴的自我窺視者。因此，閱讀不會停留在第一個旨趣上，必從素樸的年華現象中出走。

二、琅琅的語聲與創生過程

出走，拋開素樸的年華現象，閱讀者被迅速吸入自身存在的文本。文本源於自我創生的過程，這是以不同的琅琅語聲來表現的。閱讀舊報紙和重讀舊信件為例，是一種心情轉換之歷程。如果能夠用詩來想像，那麼觸發這種心情的是通常是懷舊的意識，從中誘引出靈光（aura）之氛圍。試讀此段：

掃瞄厚厚的故紙舊字
竟掉落出一葉

　　　一葉狠狠遺棄的能意
　　　吸飽妳愛之思維的
　　　恰恰是我曾經乾渴的所意

「能意／所意」這成對的用語，是一體相關的認識結構之兩邊。能意（noesis）是認識之意向活動，所意（noema）即此認識活動的意向對象。如此情境中，失去明確角色的場景，在剎那間被氛圍觸動了，完整地包裹在懷舊意識中。此刻，情節不再是重點，反而是在年華內在的記憶裡被重生才是關鍵。重讀一件舊作品，或閱讀過去的書信、剪報，或回顧舊聞、重遊舊地，真的只是內在的年華自身之單純懷舊？我們會看到，當降到零度內容而隨興閱讀的單子，在其置身的外在世界中遭遇到的各種年齡所呈現的素樸現象之時，這個向己靠攏、向內彎曲的微小專注是最起碼的火苗。嚇！不小的火苗。外在的各種年齡不是我，現在我當下仍然是那過去迄今猶然離棄不曾的歧異單子，千真萬確。何謂歧異單子？獨一無二、無可取代，又無所逃於天地之間的遊牧者，此單子角色之認同自身即謂之歧異（singularity）。藉此歧異，勾勒出單子曾有經歷的內在年華而成為閱讀者自身的文本，這就是活生生的火苗。此即藉由流動年華之「內在／外在」的對比而翻轉形成的想像力，足以閱讀自身。跟進於此，透過內在年華而進入自身的內在時間意識，可以滑落到生命的記憶之流當中，而與另一個或更多的他者，形成年華之對照。放回現實場景，這不就是互為年華之對比與差異了嗎？不期然而遇的舊友，心想互換年華而終不得。

　　不論各種年齡、內在年華或互為年華，這三者都依著閱讀行為而伴隨有語言音聲。簡言之，語聲賦活了閱讀者的年華，使文本歷時地成形，讓閱讀的歧異單子自身現形，而且促動其對照之他者的年華。依此，年華的基本特徵上，語聲表現會造成年華之「昔者／今者」的區別。母語鄉音，腔調語氣，除了不復原樣或不再存在的母體、家庭、社區或故里之外，剩下的都是無所是的在地異鄉。我們將隨處可見的

在地異鄉，稱為烏何有之鄉（the no man's land）。就書寫與閱讀而言，正是此烏有的在地異鄉性使單子之自我創生為可能。

一期生命之間，或說「盆棺之間」有生命的初始黏稠之事實，此足以為志。詩言志，收斂自身於言語文字以誌此黏稠，此世間風采，即謂之詩。詩人，語言黏稠的采風者。琅琅，是喃喃自語之反轉於語言黏稠者之謂也。發聲，直往而達於蒼茫，語言之音節韻律，出乎自然，沛然天成，就是言說。只是，詩的寫作大多違背社會存有之旨趣所展示的規則。簡言之，詩違反了業的一切規則。詩，斷裂、空缺、逃逸，遺留下生命之否定跳躍（gambols of negation）的痕跡。為何為詩？正因為語聲琅琅，所以是詩。一般而言，單子之初云琅琅者，雖有成調，但仍不能自成一格。也可以說，琅琅就是語言黏稠之初始現象，其衍化為日後的懷舊意識，即詩。寫詩讀詩，乃以此琅琅發聲的懷舊表現，成為否定跳躍之語言聲音的演練，此也是年華不斷消逝之表現主義的過程。

如此，問題在於何謂琅琅？在詩之琅琅語聲中，閱讀者在閱讀中本真地反向書寫著自身生命經歷的文本，成為一種體現「結構為功能之美之真」的自我創生過程（autopoiesis, αυτό-ποίησις, self-poiesis）。一般說來，此創生過程有下述幾種：

第一，琅琅語聲是喃喃於口之無意義的語音語聲，單子生命之兀自生成之初，既已本具的原始音聲，起於無開始之時，發於無根源之處，在母體裡如海洋自身喃喃之宏大聲音者。此係胚胎之初始黏稠的語音鼓動，爾今已遺忘猶如遠古之遺音。

第二，琅琅語聲是牙牙學語之童真的透明聲音。語言的發聲，俱黏稠在連續變化的母音共振上。除了母親或替代襁褓的主要角色以外，初始語言的發音者、聆聽者、傳訊者、溝通者，都是同一個單子之生命個體──這是兀自生成的自體階段。單子之在世存有，在閱讀與自我閱讀文本中的年華存有。

　　第三，琅琅語聲是琅琅上口的啟蒙母語之後的圓熟融會過程兒童的生成語言階段。還有，第四，琅琅語聲是鏗鏘其聲，甚至振振有辭的社會語言，屬於少年、青年而成年的語言生成階段。單子具足一切琅琅語聲之能力，完整的逃逸及遊牧路徑於焉形成。

　　總體來說，單子及單子集聚之語言黏稠，即透過如此琅琅語聲之各個階段而兀自生成為成熟的語言行動了。重要的是，恰恰是因為先於意識之基層黏稠的琅琅語聲有這樣的兀自生成之過程，單子才真正離開了語言自身的初始黏稠，而轉形為成熟的語言個體。無可否認，儘管語言起源於考古的史前人類文明，但如前已述，它也起源於賦以生命及倫理力的母體子宮裡。如今，采風不離世間黏稠，恰恰是詩令自身成為詩。書寫以詩，係為了逃避年華老去，然而卻也正是詩自身之衰老最為急逼。寫詩者往往當下才作些許推敲，其琅琅語聲卻已是門朽柴枯，不復可觸。這就是詩，不論書寫詩或閱讀詩，都直接揭露了年華老去之殘酷事實與恆定歲月之夢幻。

　　歸結以上看法，就單子群聚與遊牧傳習的內容來說，這是被閱讀的文本的語聲即年華的第二個意義。若遊牧者反過來扣緊自身生命文本，以琅琅語聲之湧現而內斂地說之，那麼，詩應當回返到任何最初之初，

　　　　早春醒來的遊牧單子
　　　　繞行在秘笈隱藏之世界裡
　　　　用相互黏稠來詮釋
　　　　原生的夢
　　　　今天棲息我心田滿滿是妳
　　　　初生嬰孩時的呼吸

一樣是從母體內外擴展到世界中，單子之語聲是生成變化的，從嬰孩到青年到生命成熟之際，是完整的「兀自生成」之過程。喃喃自語，

向內收斂，而琅琅則為他而發聲，係向外擴張之語聲。藉此，閱讀者
觸及了這第二輪意義即「年華內在」指的是，單子自然具有基本的或
潛在的朗讀能力。此年華之內在性係用以對比於外性性（即各種年齡）
之立足點，譬如初十歲（at the age of ten），相續為二十、三十等等階
段。換言之，年華之原初的主體意義全然相續而不斷地給出於自身，
無人可予替代。在時間流動中，單子內在聲音乃源起於其初始黏稠之
發聲，繼而其呼吸的聲音向外擴張，溪谷喧囂，以逮於終老。年華內
在是種子、生命與時間完全綿密融合在一起的阿賴耶識，是恆轉如斯
之內在瀑流[2]。然而，單子之出走素樸現象而轉身停留在內在年華上，
此返回於琅琅語聲之初始生命的幸福感，只是短暫假象。單子在遊牧
中不斷將年華擴散。

三、遊牧：橫向擴散的文本

　　單子在其自身遊牧中是最初始的文本，這使得其後續的一切閱讀
雖然是自我精神提昇向上發揚，但其實終其一生，都是在世界裡橫向
擴散的。

　　擴散造成混亂，促成制式規範之需求。依此視野，無數單子之聚
集是在跨越現有體制，形成各種遊牧式的教學方式，也就是遊牧傳習
的內容。「傳習」是單子們以互為年華的互動方式而彼此薰習成長的意
思。如此，年齡成長只是一種橫向擴散的現象，將終身學習壓縮為當
下飄浪的自身文本之閱讀。文本是被關注的對象物或事件，在閱讀中
也是如此。書寫及寫作在閱讀之初已經預擬為面向讀者而自身開敞的
作品，這個「開敞性」是文本的特性。具有開敞性的作品才是可閱讀

2　唯識學瑜伽行派對阿賴耶識等八識系統之心理學分析是潛意識與集體無意
　識並行的，放在遊牧單子的飄浪文本上來分析是很有意義的。有關「恆轉
　如瀑流」出自《唯識卅頌》。

的文本，因為一方面它是社會產物所以開敞性就是公眾性，另一方面它也是純粹的創意表現因此有「可再生產性」。閱讀的文本是被閱讀物，也同時是文本演練的角色即閱讀者。就生命過程來看，閱讀者此演練角色比起被閱讀物更呈現出文本之年華變化的特徵，可以說最真實的文本是能夠本真地體現年華的豐富意義者。簡言之，文本即是讀者自身，反之亦然。依此，最終的文本不能不是閱讀者自身，即遊牧單子。透過「文本」的進一步分析，遊牧單子之閱讀自身成為文本，其實包含有三個現象：

（一）單子閱讀自身的文本是擴散的，而且是橫向跨越自身而投身於世界之中的擴散。單子有橫向水平軸的「黏稠性及其甲殼化」為基本生存特徵之倫理力[3]。我們曾以「三重基層黏稠性」（the triple infra-stickiness）來論述之，表現為「血液／食物／土壤」之文化象徵的結構，也成為「身體／所有物／轄域」的社會現實。此中，也有縱向收斂的，即向上高處及向內深處活動的垂直軸之文本閱讀，但這是「混涎及贖回」（in-sal(i)vation）之實踐工夫上論述的倫理力。這也是「語言之冪」的琅琅語聲之原初意義的發生所在，而唯有透過閱讀才能將此冪予以開根號。無論如何，橫向或縱向都一樣是語言的黏稠，而且如果身體是舟，那麼語言便是單子飄浪的槳。所有語言聲音最終都將捲入混沌之浪中，在社會書寫的海浪甚至海底中。何以閱讀文本之擴散必然牽涉到語言黏稠？這仍是開放問題。

（二）此文本也是分裂碎片的，單子是自身飄浪的文本。飄浪來自於「猶太大離散」（the Diaspora）歷史事件的後現代化傳播特性，我們說為當代遊牧單子之碎片離散（the diaspora,-s）現象。歷史的大離散衍生於當代的普遍飄浪，這和全球化息息相關。此中，碎片化的文本如同塗鴉一樣是難以拼湊完整意義的書寫碎片，放不進正式寫作

---

[3] 請見拙文，〈互為遊牧性的倫理力——其律法、權利與法規之分析〉（The Ethical Power of Inte-rnomadicity: An Analysis of its Law, Right and Rule），發表於臺灣哲學會 2008 年度學術研討會。

的進程裡。它的潛意識或集體無意識的自我創生的動因，不斷被飄浪的現實壓抑了，擠縮為最孤立的歧異單子之角色和最少量公眾成分的表現形式中。所以，單子文本之飄浪其實不是為他共業的存在狀態。與此相對反，像大離散這種事件的文本卻視為永恆的集體飄浪的文本，形成大敘事的書寫，而這是無法閱讀者之閱讀那原先不可書寫的文本。現在，就閱讀年華的考量來說，遊牧單子被稱為飄浪者，是因為他在流動年華裡不斷成為閱讀者與被閱讀文本之緣故。

（三）在眾多遊牧單子的飄浪歷程中，被偶然地視為傳習內容的就是閱讀完成的文本。此後，文本就固定了，失去飄浪的動力和被多樣解釋的可能性。藉由閱讀之授受，促成棲息遊牧的內容之傳習。遊牧傳習的內容是甚麼？一言以蔽之，采風而已。采風足以書寫和閱讀，則「作者／讀者」之遊牧式教學，即發生為種種啟迪、薰習、解悟、講述之傳授也。此不居一格之采風最得遊牧單子之文本飄浪的本真意義。就方法上來說，采風就是現象誌（phenomenography, graphic ways of phenomena-graph），具有單子互為遊牧性的誘惑形式。不論是否為全球陌生人的角色，即在遊牧中施以飄浪文本之傳習的單子們，透過互動薰習而成長成熟及衰老，恰恰是因為他們彼此處身在互為年華及其流動不居的事實裡如同永恆飄浪的緣故所致。因此，我們得以說，飄浪文本的傳習方式，讓遊牧單子的「采風／被采風」的誘惑邏輯成立，而且被普遍接受、傳遞及運用——采風者，恆被采風。

如上所述，「擴散／飄浪／傳習（再擴散）」，指文本自身之歷歷呈現，閱讀者通過年華變化而遍歷一切者。不論寫作或書寫，都在表現人之當下存在。此表現係通過自身演練（self-performance）而完成以純粹意義的文學事件，藉此寫作者存有論地完備了自身的存在特徵，即世間之業。業之存在特徵是透過群聚而表現的，所以就自業蘊涵了共業之場域；易言之，寫作既是社會個體的身口意之自業表現，也是個體群聚之文字、符號甚至圖像之共業表現。雖然，書寫或寫作表現

了存在主義氛圍，但其實它更是素樸的社會存有論之行為。遊牧單子的身行活動、言說活動和意向活動，這身口意三種業的相關交涉，促成了書寫活動之當下可感知的展示內容。所以寫作是三種業的記錄，是文字、符號和圖像的交叉表現。

　　就單子群聚與遊牧傳習的內容來說，這形成了年華的第三輪的意義。飄浪者自身給出之文本，很難靜止不動。移動，永不止息地移動是遊牧單子被視為飄浪、離散、擱置與棲息的最基本形態。身體行動力（mobility）使單子之遊牧決定了棲息，而非棲息決定遊牧。如果有詩可充作分析之對象，那麼詩的想像可以如此朗誦：

　　　　我穿梭公路
　　　　棄置背後的四百公里
　　　　向島嶼南端更南
　　　　挪出一夜海角
　　　　擱淺的滿天星斗
　　　　似一張迷航過久的海圖
　　　　妳住北邊棋盤

從「內在年華」之自持觀點而衍生為「互為年華」之分歧觀點。單子做為當下飄浪者之棲遊四方，其命運既無從肯定也無法否定。命運其實就陷溺在自業與共業之交叉處，此際出現了內在生命之外在化的表現力量，造成兩種超越方向。其一，橫向超越向公眾的，成為互為年華之旁觀者，此只是純粹橫向地、平面地而且始終在世俗領域裡從己處越過（beyond）到彼處，如此而已，仍然是單子之無可由他人取代之當下自己。其二，縱向地朝上拋擲以超越自我有限性而達於年華所無以企及之無限者，此其實必是年華之極限，以無可逃的對比極限而逼近於生命邊界者；就世俗來說，對比極限即單子之活的靈魂之生命終結的意義。遊牧單子因為此無從說及、無以企及的超越層之過於遙

遠，當然可以不必討論此無限超越的方向，只任其自在便是；然而，
這在主體性裡常被構想為理之必然如此，而且常常是被默然應許的。
如今，要緊的是，單子能跨越而過的，僅僅是平面差異的世俗鴻溝，
所促成的亦只是恆向擴散的改變視角而已，此所以成為當下飄浪的文
本。在閱讀行為中，文本遂成為最首出的關注物。擴散、無止盡的擴
散可能嗎？停留於此，仍然造成單子憶起靈魂深處之痛苦，如萊布尼
茲所喟嘆的。

四、黏稠碎片之拼湊與飄浪

　　尋覓出無止盡擴散的所有可能行跡，通過閱讀來定住這文本，正
是慰藉靈魂痛苦之方法。飄浪當下的單子依然有其具體的存在特徵，
即三重基層的黏稠性，他/她有身體及流動於身體內的血液、擁有其所
持有的一切所有物及換取自生活周遭中流動的食物，還有其身所處位
置而立足於地的領域轄境及其與年華一般緩緩流動的土壤附屬於上
者。血液、食物和土壤是三重基黏性，這是一切遊牧單子的基本存在
特徵，因此閱讀文本的碎片拼湊，就和液態化的黏稠直接關連在一起
了。彼此熟識的單子在互為年華的遭遇當中，透過交換各自內在年華
的傳習內容，而深刻體會了流動年華的現實歷程。其實，揭露不同飄
浪經歷的文本是為了閱讀彼此的黏稠性，儘管這些黏稠性早已甲殼化
以致全然不可讀。

　　整體來說，就遊牧單子的存在特徵即此不能不面對黏稠及其甲殼
化之事實。當代人類由於棲息於不斷流動的生活現實中，往往無法擁
有完全統整的世界，造成碎片化情節和拼湊的液體價值觀。依此，我
們視成長、成熟及衰老為年華互映之必然的流動過程，而且遊牧單子
以自身為飄浪文本即因為此衰老過程而無時不在逃逸此衰老之現實，

更跌落到流動年華的無明深淵中。就外在化的各種年齡來說,這被稱
為更年。茲引用詩來說明:

> 如果更年我
> 就翻個身換個姿勢愛妳
> 再黏它五十年
> 我說:荒年無記
> 讓愛傾離曼

緣何故,要讓愛傾離曼?傾離曼一語,語音花俏。clinamen 指存在狀
態的某種傾向及其抉擇,可說為 inclination 的意思,此字譯為兩字「傾
離」或三字「傾離曼」俱可。不依直線而垂直落下之行迹,有發生不
同碰撞和逸出原路徑的現實可能性,之謂傾離曼。荒年無記之「無記」
(indifference),是指無從分辨,不加以區別的意思。希臘字 adiaphora
一語,與此相當,亦得翻為中立、中性或無決定性的。荒年與豐年相
對照,係以聖經為引注。無論如何,任何流動年華之書寫與閱讀,在
單子自身文本的成長、成熟、衰老的歷程上,有四項特徵組成其遊牧
現象的深層結構,也表現為單子的內在情意綜,即:

　　(一)單子們莫不以黏稠方式而存在。黏稠意識(consciousness of
stickiness)者何?是表現為「能意/所意」的認知構成方式之意向性
的心靈活動,必具的意識之本質結構 (essential structure of this
consciousness)。相類於「對比於某物」(contrast to~)之溯源為「意想
於某物」(intend to~)之原型,「黏稠到某物」之原生狀態係更為原生
的存在狀態之描述,其「初始黏稠」(primary sticky)有回歸於生命之
初的大輪迴意義的可能性。依此,可以說,黏稠之初就是年華發生之
時。

　　(二)世界是液態變化的,充滿流溢的時間以及歷史洪流,但總
是固定在不可撼動的意識型態裡。年華如何為流動或液體給出?液

態，即如單子所憑以為流水、逐風、飄浪之遊牧行為者。換言之，年華沒有不是液態或流狀顯現的，否則就是被靜態展開來的各種年齡之素樸現象了。歲月時節之大更替的現象，稱之經年、常年或流年，此飄浪的傳習內容其實完全是空無。於此際空無，而猶說有更替者而虛擬以假象的，說為華，意為茂盛豐富之狀—年華一語，亦是為了固定流動而虛說的。

（三）因為黏稠在液體流溢的世界裡，所以單子們總是以碎片漂浮或拼湊的方式來建構自身的世界觀。此所以，虛說的年華盡皆無法加以整全，無從隸屬，失諸領域，徒然剩餘者，皆遊牧單子之碎片化特徵也。

（四）虛說年華而現實流動依然如故，則單子們即落入阿修羅般的狂妄（madious, mad）中，所以閱讀者乃必須以「解阿修羅狀」（de-mad-ness, or de-asuralization）為本真的存在情境之途徑，以求世俗解脫之可能的初步描述。因此，這就在身體、食物及土壤之三重基黏性的自業或共業上，說為「遊牧性」及互為遊牧性（inter-nomadicity）。遊牧單子的行動力（mobility）即等同於飄浪文本的可讀性了。依此，單子之可行可止的遭遇，成為自身文本之可住可臥與可遊的閱讀。

依此內在情意綜的表現方式來看，單子群聚與遊牧傳習的內容，其實是遊牧單子隨處面臨自身情節之碎片化及不斷自我複製的飄浪狀態。這不能不面對的第四輪意義的是流動年華。這種飄浪完全體現了流動年華之衰老及無從停止之大洪流的命運，請允許我以詩來類比地描述此狀態：

從山腳轉入小路
在幾個轉彎後
有一整排菩提樹等著薩維耶

緩緩經過會想起妳
幽遠記憶裡波旬女兒的傳說
落一片葉子
轉九萬六千三百一十五次心語
妳可曾蒼老過？
烙印在心識深處的妄念

波旬（Papiyas 或 Papman，即第六天魔王），是佛教本生故事的一段情節，魔王波旬的三個女兒於菩提樹前，頓間顯現出徹底衰老的必然現象。無論如何，在閱讀年華中此所說的蒼老與妄念是相互對應的。當然，只有在彼此映照的互為年華當中，單子與相遇相識的另單子之間，也唯有以一種模糊浮現的流動年華可被彼此呼喚而現身，從而進一步被獲得。因為呼喚不是歧異單子自身孤立的行為，而是交織彼此關注力的過往經歷，故各自以曾經發生的互為遊牧性來勾勒彼此身影，如此而無從遁形，莫得隱藏，單子們只有在不斷逃逸中呼嘯回應，抽取過去迄今的飄浪碎片拋向對方之回應此當下遭遇，其餘則依然而且斷然拒斥於記憶之門外矣。

　　所有遊牧單子莫不如此，互為年華及流動年華是已經甲殼化的黏稠性之被迫揭開的公眾場域之原因。離開公眾場域而直接逃逸者，其路逕即單子之所以為歧異的最初獨特性，因此單子們雖然以互為年華為公眾而閱讀，但其實是逐漸隱匿的、不斷消退的，最終在返回到外在的各種年齡之素樸的匿名身分而隱藏於其間而已。大隱於市，最能描述此中境況。至於，間接逃逸者，則迂迴地藉由單子群聚之方式而逃逸，此為集體單子之行迹。在小眾群聚中感到歸屬感而自在，但也因為其內在年華又過度被外化而為同屬群聚的其它單子所熟識而徹底不得自在，因此再一番轉折地重新逃逸。換言之，單子們的年華流動是最常態的遊牧現象。唯一恆定不變的，不是年華的甚麼而是變動不

居之永恆律則。任何單子都會依年華流動而衰老，此真理確實很老，
夠老，已無所謂衰老。

五、緩緩老去：流動的街頭采風

　　遊牧單子之緩緩老去，是因為流動年華每每引起年華內在之無止
盡的對照而不斷耗損所致。流動年華來自於街頭采風所遭遇之陌生的
各種年齡、來自於自我窺視的年華內在，而且來自於舊識之不期然相
遇的交互年華，以及彼此交換各自流動已經久遠的遊牧經歷，這些組
合成為緩緩老去的「流動年華」。為何閱讀此流動年華？閱讀是為了在
無所謂的認真采風中，顯現以無所謂的風光姿態，從而朝向一切單子
們年華聚集的汪洋大海之無所謂的浮光掠影的方向，緩緩飄浪而去。

　　簡言之，年齡緩緩變化的人，在現實流動中閱讀了無數多的象徵
意義，每一個固定的意義都被閱讀者經歷為不變的年華。采風之際，
被緩步下來的衰老過程，是年華之緩緩老去。衰老，除了緩緩老去，
也有暫時性的還老返童，或遽然蒼老。

> 所以，身為讀者
> 不能為了捨棄而假裝眷戀
> 不是嗎？

既然一切飄浪都表現黏稠，也都再現了流動年華的情節，所以眷戀和
捨棄是同一件事，都是虛說年華而被假說為傳習內容之空無而已。任
何一個場景裡，如何相識的親友故舊都是遭遇中的偶然碎片，沒有誰
可以充作誰的年華內在之衡量基準。互為年華是互為不存在的內在年
華之一時遭遇的彼此自況。此中，依然是流動年華淹沒一切。那麼，
沒有年華內在、互為年華而只有喧嘩四處的眾年華假說者，我們即稱

之為「年華聚集」。試想，饗宴上萃聚滿堂的年華是怎麼情形？眾遊牧單子汲汲於飄浪之際，偶然於眾多文本之相互閱讀之餘，以其短暫聚集為琅琅語聲——然後，各自以為有所棲息而已。這完全被「剩餘情節」（surplus plots）所作弄。剩餘情節是什麼？已詳於另文。然而，閱讀自身文本為剩餘情節之關鍵意義，理當包括如下要素：

（一）情節，係剩餘情節之想像力（imagination）與快感之來源的基本單位。歲月流溢中逸出之碎片，亦無從整存收納者，可移置割捨而猶眷戀者毋忘者，皆謂之剩餘情節，不在話下。

（二）劇情是情節之進一步構想，即「劇情想像」（scenario imagining and thinking）的任何結果。誰在緩緩老去？究竟是誰的年華才是誰？我們在采風中遭遇的其他遊牧單子豈不反過來是對我飄浪四處的采風者？街頭劇場、社會舞臺，不論學校機構、人嘲雜沓的交通要道或商圈賣場，這些「都會流動劇場」是後現代遊牧單子們的阿戈拉（agora）。但是，誰？依然是剩餘情節的施為者或操練者（agent or performer）的單子角色被人們遭遇，而非大自然風景或客觀擴展的空間場地。唯有劇情想像或詩性思維，才足以拼湊那飄浪的文本。

（三）場景，係為無數的剩餘情節所串流的場域。為了將單子的飄浪現象而擱淺留置下來的文本碎片，予以重新安排足以構成完整劇情，我們不斷在揭露場景。尤其在都會遊牧中的情節、劇情與場景串連的可能性，是閱讀文本所以得能形構完成的日常生活世界之素樸材料。當然，在無底深淵的歷史法庭中，才有真正大共業的詩性懲罰。

（四）采風，尤其是都會采風都發生在素樸的日常性當中。我們不斷提到，飄散地上的街角的報紙，可能只有幾天時間卻已經觸目風霜滿紙，破損不堪了。圖像、符號或文字，色彩、明暗或光影，甚至類型、風格或品味，皆已不復可讀，可這卻是采風者及其采風行為之初衷。報紙是新聞，當日風華的角色，卻活生生地褪色了。即使保持鮮色光亮，也因為當日已過成為舊聞了，「昨日報紙」一辭是詩性書寫的第一層皮膜。就算是當天報紙確切處在當日之風華，也可能被閱報

人以「我已讀過了」之話語而即身解消其當下既有的新鮮風華。但采風者比被采風還更能保鮮嗎？非也。人們無法否認或遺忘自身年華之隨時在飄浪中衰老也。風霜是最能被更新的更年表現了，更年精神是各階段年華之親膩死神。

如此說來，在單子群聚與遊牧傳習的內容上，此為第五輪的年華階段而遊牧單子及其群聚之集體行跡被轉換了，成為年華聚集。此中，年華閱讀採取了具體的現象誌而非先驗或抽象運作的現象學。換言之，是「誘惑采風」（phenomenographical seduction）而非只守著「現象學或本質還原」（phenomenological or eidetic reduction）。就當代視野來說，這經常是指都會采風，而且此中事實是：采風者恆被采風。無論采風或被采風，這種年華是流動的，瞻前顧後，在浮面表象下依然是無法固定下來的眼前現象，總是變動不居，重覆差異。就像詩說的：

陽光觸目
冷冷都是週末情侶
若真有五十二個惆悵
我無怨悔
默默還妳一年又一年

都會街衢上顯現的各個單子如其所是的各種年齡。有聲無聲都環繞著交互年華之間各自內在年華之緩緩老去的事實，這一切不斷流動著。琅琅，即年華自適而緩緩老去的音調。在閱讀者一念之間，各種年齡其實是流動年華之靜態觀，而這是緩緩者對於年華老去之無聲表現。任何閱讀，最終都為了朝向年華聚集而前進，所以從年齡的素樸現象出走，反轉於自身的內在年華，遭遇他者的互為年華而不斷逃逸，形成四處漫漫而永無止盡的流動年華，觸及聚集年華以索求靈魂療痛的

藥方。然而，這不就是最無邊無際開放的閱讀公眾嗎？誰閱讀了誰？
櫥窗裡的年華。

六、閱讀公眾：恆定的年華聚集

其實，閱讀群聚就是閱讀公眾，是重新面對所有外在呈現的各種
年齡，而自身文本無例外地已經生命歷歷自在地包括在其中。這樣的
年華聚集，乃朝向公眾之恆定年華的閱讀者。閱讀公眾，其實在揭露出
這樣的奧密：聚集年華必定返回到各種年齡裡，印證了年華的大輪迴（a
grand re-course of agings）。

所以，一如前面已經說的，書寫既是為了閱讀而呈現，也為流動
的閱讀者之自我創生過程而被重新朗讀，朝向各種恆定的年華而發
聲。從各種年齡之隱藏不顯的世代交替，年華聚集則揭露了它。如今，
更讓閱讀者無所逃的事實是：逃逸閱讀或以閱讀為逃逸方式的遊牧單
子，其唯一出路是進行反向書寫。簡言之，閱讀是書寫表現的反向操
作。透過年華之流動事實，進行本真地閱讀，將一切閱讀對反於書寫
歷程而開展大輪迴的想像力。此無可怪的逃逸路線，就是逆讀文本。
從社會存有之外化所造成的人們各種年齡的通俗現象，到自身捲入其
中世代更替的命運裡，重生回來。本文題籤所寫的字句就是面臨年華
聚集形成的命運之愛，以及掙脫此命運掌握的逃逸路線之想像力的敘
事描繪——「漩渦裡，抓緊著妳，我倆吸足一口氣！順激流沉下，沒
頂後三個世紀光影掠過，再浮出水面。我彷彿前世，妳依然今生」。文
本是閱讀者的屍骸，此事蹟已老朽至今。我，或我們的文本？不可揭
發的命運在於：閱讀是文本之閹割。

文本閹割，使閱讀者及其閱讀繞了一大圈，落入到社會存有旨趣
的表現狂妄症候當中。做為阿修羅習性的作者僅管宣告已死，但其實
他也不曾完全死去，所以讀者知道要以反向書寫來延遲其死（the

writing is ever nearing dying in the dureé with its own differant）──但其實這在櫥窗裡是無記別的（indifference）。文本的大輪迴中，作者恰恰只能是自己的讀者，它不多不少地執行著自身的緩刑。那麼，還有甚麼比逃逸線更真實的？好一箇棲息遊牧的人間單子。

在此，三重基黏之回歸於自身之初始性，不外乎就是指：1. 恆定年華與恆定剎那，成為沒有具體年華內容的永恆假象；以及 2. 彎曲的聲音氣息與寂寥無聲。觀流水，聆曲樂，覺氣息，就是自身初始黏稠的想像力之操練所在，因為再也沒有年華最初的子宮。當然，若就單子群聚與遊牧傳習的內容來說，這階段是從流動年華朝向公眾之恆定的閱讀及書寫的最後結局，也就是在年華聚集中遊牧單子之悄悄然隱身消失。大輪迴劇情裡並沒有誰隱身或消失，但對於誰而言那唯一的歧異性不再存在了。那麼，就是當下飄浪的閱讀文本自身消失和隱退了。真正說來，那歧異處才有誘惑引生，如今則還原到各種年齡之素樸現象上。我們最終都在櫥窗裡充當假象了，而當初曾是窗外親自窺見此幕的一個活靈活現的單子。容許我們再引一段詩句，證明文本之被徹底閱讀和閱讀者自身文本的被閹割之間，仍有契合可能之同樣命運，而此中還有誘惑嗎？

> 十年後仍將讀我的詩
> 為的是我讀不懂
> 妳的唇

這詩句無從解說，只是文本之無情節的碎片。對照於此，公眾是年華聚集的現實，輪迴的大文本是所有的人間單子們，亦即生活世界的人們日常棲息及遊牧之素樸的整體。碎片漂浮之破裂的主體，終於回歸到群聚的、聚集的空無場域中，不斷地重覆回應那恆定發聲者所始終無法固定進駐的那箇「我」。必須特別說一說的是，萃華菁英自許之作者以為自身是最本真的第一閱讀者，其實是年華輪迴之新貧（new poor）陷在年華單薄之貧困裡，他們的文本過於堅持一個作者的主體我，在碎片飄浪的輪迴風暴中，既無從拼湊，也不值得收藏。我們看到的，只是參與其間的各種年齡之本真地依各自的年華內在表現為外化的互為年華之流動現象而已。在四處嘈雜之當中，也包括了個別單子的寂寥無聲，這是整體最大對反面的書寫，是最大無聲，故謂之恆定的閱讀，即恆定的「反向書寫」。於其中，遊牧單子唯一能做的是，將年華的閱讀和書寫，親自搓揉一遍。但是，我們能各自從年華大輪迴中全身而退，自語聲漩渦中琅琅地回來嗎？

七、遊牧傳習揭露了詩性復歸

遊牧式教學或說遊牧傳習，只有被揭露的飄浪訊息，而沒有發端者與接受者之別。輪迴中是誰啟動輪迴的？復歸者怎麼重複出現在復歸的差異中？有奧密，但沒有可供設想問題之答案。來自於年華聚集的大輪迴，遊牧單子們的傳習也就沒有原始作者、原初讀者與最後解謎者。但是，大輪迴中的遊牧傳習並沒有傳習任何內容，其一再揭露的事實僅僅是：「詩性復歸」。

如其所述，舊居、舊識、舊報紙和舊信件，使我們面臨了四處發生的輪迴，遊牧者不停飄浪的年華，這是一種精緻的詩性復歸，即單子們的對比歷程，以及其棲息遊牧之不斷發生的詩性復歸。在「盆冠罥角」的一期生命中，即在個體生命輪迴中，遊牧單子之琅琅閱讀所揭露的年華顯現方式，是極為豐富多樣的。如前面各節所論述的，我們至少獲得了五種不同的年華表現的模態。為方便說明與整體把握，茲依序排比不同年華表現模態之關係，如星輪般的圖式所示：

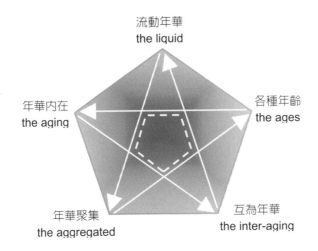

流動年華
the liquid

年華內在
the aging

各種年齡
the ages

年華聚集
the aggregated

互為年華
the inter-aging

（一）「各種年齡」（the ages）被讀者靜態地掌握為不同年齡之各種恆定時間，即各種年齡之謂（which grasped by the reader statically as it is eternal times of different ages）。投身於公共空間裡遭遇到他人，由於無認識者而成為素樸現象之隨處且無意地呈現而已。此即，日常說的客觀呈現的第一輪意義之一般年華。譬如，街頭行人、廣告或時尚雜誌封面上的年華。

（二）「年華內在」（the inner aging, the aging）。所謂年華內在也指稱一切年華，因為它是一切閱讀以歧異性為自身文本的立足點。「年華」能給人自身以覺醒的內在時間流，此關涉到個別單子的內在時間意識之流（that is concerning the flow of time-consciousness of individual monad），這也是主體自業的歲月感之得以形成的來源。此轉入到自業的內在年華，以逃逸出年華的素樸現象，此年華之自我置定是第二輪的。

（三）「互為年華」係單子們透過此相互性而彼此聚焦在個殊或社會個體的時間感之互動上，此可稱為「相互歷時性關係」。同樣地，個殊或社會個體之互為年華的閱讀模態可能共時地發展起來，這將自身轉形為

書寫或文本的承擔或社會責任。重遇舊識之共業的歲月感[4]，具足了以年華相互限定以確保能持續閱讀的動能。第三輪之相互置定的年華根本無從相互取代，其互動只是揭發彼此年華不定的懷舊感傷而已，此逼出流動年華之現實。

（四）「流動年華」（the liquid aging）「流動年華」指單子的遊牧式教學即講習（nomadic tuition of monad）之最適當大小的敘事單元，恰恰是這僅有的讀者對自身擁有的生成文本的「對反書寫」可以比較完整地被閱讀。其實，這第四輪的年華也必然在歷史洪流的集體意識中開展之能意與所意一體相關的流動關係[5]，依此生起永恆年華的假象便謂之中年。於流動中，就歲月無常而深刻體會之者，像年年門上春聯之更替一樣變動著自身年華。

（五）「年華聚集」（the aggregated agings）不外乎就是聚集的單子之遊牧式教學，在促使讀者角色落實在各式各樣的年華上[6]。閱讀，在此被還原為原初的詩性書寫。具體來說，寫詩和讀詩，渾然一物，無有分別。然而，此聚集現象總是被遺忘的，所以年華其實就是街上和廣告中的各種年齡。市集街衢廣場之裝飾時時更新，而水岸總有新人行，閱讀年華裡沒有老年歧視（ageism）可言，不老或忘年（ageless）也只是年華聚集之恆定閱讀（everlasting in agelong reading）的大輪迴

---

[4] The inter-aging: which focus on the interaction of time-sense between the particular or social individuals that could be called the relationship of the interactive temporality. Also, it is possible to develop the reading modes in the particular or social individual's inter-aging synchrony which is to be going transforms itself into a duty of, or social responsibility, of writing and text.

[5] The mere reader, who is always counter-writing his/her own becoming-text in the liquid correlation of noesis/noema that explored in the collective consciousness of historical stream.

[6] The aggregated agings is the giving of the contextual reading text no more than the nomadic tuition of aggregative monads engage their roles of readers that fulfilled in various ways of aging.

命運。此年華聚集也徹底決定了遊牧單子及單子們群聚之文本自身的書寫與閱讀之自我創生途徑，這就是遊牧傳習的內容。

　　如上所述，這五種不同年華的表現模態是星型輪狀的重覆疊合，在摺紙遊戲中無論如何細膩差異，也都是假想的傳習內容，完全空無。那麼，「琅琅兮年華」豈不就是我們在文本閱讀的大輪迴裡，唯一能讓彼此認得詩性復歸之路，最初喃喃的母語麼！

參考文獻

Aristotles, Poetics, Translator: S. H. Butcher, 1974.《詩學》

Giambattista Vico, The New Science of Giambattista Vico, trans. Thomas G. Bergin and Max H. Fixch. Ithaca: Cornell UP, 1968. another trans. Pompa, Leon, Scienza Nuova (The First New Science). 1725. Cambridge: Cambridge UP, 2002.《新科學》

Jean-Paul Sartre, 1940, L'Imaginaire; translation The Imaginary, 《想像》

Jean-Paul Sartre, 1943, L'Être et le néant; translation Being and Nothingness; 《存有與虛無》

Judith Butler, 1990, Gender Trouble: Feminism and the Subversion of Identity (Routledge).《性別麻煩》

Leibniz, 1714, Monadologie, The Monadology: An Edition for Students. University of Pittsburg Press, translated by Nicholas Rescher, 1991; another text is translated by Robert Latta.《單子論》

Leibniz, 1714, Monadologie, translated by Nicholas Rescher, 1991. The Monadology: An Edition for Students. University of Pittsburg Press.《單子論》

Nussbaum, Martha C., 1999, Sex & Social Justice, Oxford University Press.《性與社會正義》

Nussbaum, Martha C.,1995, Poetic Justice : The Literary Imagination and Public Life, Boston, Mass.: Beacon Press.《詩性正義》

Richard Posner, 1995. Aging and Old Age, 《年長與老年》

Richard Posner, 2003. Public Intellectuals: A Study of Decline, 《公共智識份子：衰退研究》

Roland Barthes, 1977, Fragments d'un discours amoureux, Éditions du Seuil, Paris A Lover's Discourse : Fragments, 1990, Penguin Books:London.《戀人絮語》

Roland Barthes,1980, La chambre claire: Note sur la photographie, Gallimard/Seuil/Cahiers du cinéma, Paris, 《明室》

Roland Barthes, 1964, La tour Eiffel, Centre National de la photographie/Éditions du Seuil, Paris The Eiffel Tower, and other mythologies, 1997, University of California Press:Berkeley. 《艾菲爾鐵塔》

Roland Barthes, 1953, Le Degré zéro de l'écriture, suivi de Nouveaux essais critiques, Éditions du Seuil, Paris Writing Degree Zero, 1968, Hill and Wang:New York. 《寫作的零度》

Roland Barthes, 1973, Le plaisir du texte, Éditions du Seuil, Paris.　The Pleasure of the Text ,1975, Hill and Wang:New York. 《文本愉悅》(文之悅)

Spinoza, 1677, Ethica Ordine Geometrico Demonstrata; The Ethics, translated by Jonathan Bennett. 《倫理學》

Walter Benjamin, 1936, Das Kunstwerk im Zeitalter Seiner Technischen Reproduzierbarkeit, trans. by Andy Blunden 1998, 2005, The Work of Art in the Age of Mechanical Reproduction. 《機器複製時代的藝術品》

Zygmunt Bauman, 1995: Life in Fragments. Essays in Postmodern Morality. Cambridge, MA:Basil Blackwell. 《生活在碎片》

Zygmunt Bauman, 1996: Alone Again - Ethics After Certainty. London: Demos. 《再度孤寂》

Zygmunt Bauman, 1998: Globalization: The Human Consequences. New York: Columbia University Press. 《全球化：人類的後果》

Zygmunt Bauman, 2000: Liquid Modernity. Cambridge: Polity 《流動的現代性》

Zygmunt Bauman, 2003: Liquid Love: On the Frailty of Human Bonds, Cambridge: Polity. 《流動的愛》(液態之愛)

座談會引言

洪文瓊老師與我

林文寶
臺東大學兒童文學研究所

　　洪文瓊老師與我年齡相近，在兒童文學界他出道早，且名氣大。基本上我們並不深交，雖然他曾參與編選幼獅版兒童文學選集（童話卷），可說是淡淡的君子之交。我們的結緣是他應聘到當時臺東師院的語教系。

　　1987 年臺東師專改制為臺東師院，於是有了語教系，當時我負責系務，且以兒童文學為系發展的主軸，當年的兒童文學老師，除我之外，又有何三本與洪文珍兩位。緣於兒童文學，前後又聘請了楊茂秀和洪文瓊兩位老師。

　　洪文瓊是 1994 年 2 月應聘。在應聘之前，在兒童文學界已然是大家，他的輝煌經歷有：

一、「新一代兒童益智叢書」的執行編輯之一

　　將軍出版社於 1974 年 9 月 28 日成立「新一代兒童益智叢書論委會」，洪文瓊任總策畫。召集人吳豐山，編輯委員有二十九人。執行編輯有：王文龍、王維梅、吳英長、洪文瓊、高明美、陳曉南、陳素心、

鄭明進、蘇振明等九人。於 1975 年底出書。文學類十六本、科學類十
二本、史地類八本、美育類四本，合計四十本。

二、慈恩兒童文學研習會總幹事

　　宗教團體介入文化出版業在臺灣並不希奇，但從事兒童圖書出版
與兒童文學推廣，且拿得出成果並有相當影響的，似乎只有高雄宏法
寺開證法師所創設的「佛教慈恩基金會」（1978 年設立）。慈恩育幼基
金會原先是以救助貧苦兒童為主，後開證法師接受林世敏老師的建
議，認為救貧只能救急一時，開啟智慧才是永遠的，因此改而支持出
版兒童圖書。為編輯兒童叢書，卻遇到了人才問題，因而又資助創辦
慈恩兒童文學研習營，並出版兒童文學理論研究叢書。這個過程說起
來像是在編故事，但它確是道地的事實。佛教慈恩育幼基金會自 1981
年暑假起，每年均支持舉辦一期的「慈恩兒童文學研習營」，前後共辦
六期，除第一期為綜合營外，其餘均為專科研習——計有童話（第二
期）、唱念兒童文學（第三期）、少年小說（第四期）、圖畫書（第五期）、
編輯企畫（第六期），「專科研習」這是連板橋國校教師研習會「兒童
讀物寫作班」也少有的。這六期是民間唯一真正有計畫在辦的兒童文
學研習活動，可說是為板橋國校教師研習會「兒童讀物寫作班」之外，
提供另一條進修管道。從參加過的學員對研習會的感恩贊許，以及他
們在兒童文學界逐漸展露頭角看來，它的確對臺灣兒童文學界人才的
培育有所貢獻。此外，慈恩育幼基金會也藉著舉辦兒童文學研習營，
結合了眾多臺灣優秀的兒童文學作家、插畫家，協助編印出版了二十
本佛教兒童叢書。不過，最最難得、貢獻也最大的是資助出版兒童文
學理論研究叢書：（一）《我國兒童讀物市場之調查研究》（楊孝溁撰，
1979 年 12 月 31 日出版）；（二）《卅年來我國兒童讀物出版量之研究》
（余淑姬撰，1979 年 12 月 31 日）；（三）《改寫本西遊記研究——情

節取捨與標題製作之探討》（洪文珍撰，1984 年 7 月）；（四）《從發展觀點論少年小說的適切性與教學應用》（吳英長撰，1986 年 6 月）。

三、《兒童圖書與教育》雜誌總編輯

這是國內第一本兒童圖書與兒童教育為主題的專業性雜誌。創刊於 1981 年 7 月。洪文瓊發行人兼總編輯。創刊宗旨是：

（一）提升兒童讀物的出版與流通。
（二）爭取兒童圖書消費者的利益。
（三）保障兒童的福利。
（四）促進兒童教育的素質。

雜誌是月刊，計發三卷一期。至 1982 年 7 月後停刊，總計十三期。

四、中華民國兒童文學學會第二屆秘書長

1987 年 12 月底馬景賢先生接任中華民國兒童文學第二屆理事長。並邀請洪文瓊先生擔任秘書長，兩人合作無間，是歷屆以來最具學術氣息者。其間洪氏籌畫主編重要史料叢書者有：

《中華民國臺灣地區兒童期刊（民國三十八年～民國七十八年）》，中華民國兒童文學學會，1989 年 12 月。
《兒童文學大事紀要（西元 1945～1990）》，中華民國兒童文學學會，1991 年 6 月。
《華文兒童文學小史》，中華民國兒童文學學會，1991 年 5 月。

五、《兒童日報》創報總編輯

　　1988 年臺灣解除報禁，新報刊紛紛申請創設，《兒童日報》即是在此大環境下新創刊的第一家真正為兒童辦的報紙。在報禁解除之前，臺灣並沒有兒童專屬的報紙，《國語日報》雖擁有廣大的兒童讀者，但是它有三分之一的版面，並不是以兒童為對象。因此嚴格來說，《國語日報》並不是兒童的報紙，《兒童日報》創刊具有歷史意義，就是在它是一份天天出刊的兒童報。但是它對臺灣兒童文學發揮重大的影響並不在於它是臺灣第一份兒童報。

　　《兒童日報》對臺灣兒童文學發展有指標性的意義，主要是它為兒童文學界帶來創新。《兒童日報》是臺灣首家以嚴謹態度規畫而創辦的報紙。光復書局並且正式給付創刊規畫費用壹佰萬，創臺灣兒童刊物出版的記錄。而它採行的「兒童文化」編輯政策，更是一新臺灣兒童圖書出版業界的耳目。它的工作人員，除了總編輯外，一律招考聘用剛畢業的新手，它聘請兒童心理、兒童教育及大眾傳播、印刷出版等各領域的專家學者為顧問，為報社員工作在職訓練。它設有比臺灣任何報社都完整而能發揮真正支援編輯、採訪作業的資料室。它的字體、字距、行距以及版面的規畫成為兒童圖書出版業者參考的對象。它整版的人物版、漫畫版、藝術版更是走在其他報刊的前面。《兒童日報》創刊後，《國語日報》被迫放大字體，調整版面，可說就是《兒童日報》產生影響的最具體例證。然而《兒童日報》對臺灣兒童文學界影響最大的，應是它為臺灣兒童文學界培養出一批具有兒童文化理念的新秀。現今在臺灣兒童文學界嶄露頭角的，即不乏第一代《兒童日報》的工作者。當時，洪文瓊並將創刊規畫費用壹佰萬元捐贈中華民國兒童文學學會，作為設助兒童文學創作（含插畫）及研究成就獎。

　　當年，我與洪老師並不算熟識，但卻是我敬重的學者，於是透過楊茂秀老師的協助，洪老師就如此的來到臺東師院的語教系。

　　其後，1996 年 8 月，我受命兼兒童文學研究所籌備處召集人，亦會邀請洪老師為籌備委員，參與籌備設所相關事件。

　　又其後，洪老師有了研究社群，互動不多，但仍相知相惜。

　　然而，歲月不饒人，我們都已到退休歲月。但願往後能身體康健，精神愉快。

鐵漢教授好典範

——談恩師洪文瓊教授

黃靜惠

屏東縣長樂國小

一、前言

做為一名語文教學工作者，進行語文教育專業探討，充實語文教學知能是我這個國小老師經驗了近二十年的甜蜜負擔，這段迢迢長路裡引領並陪伴我的諸多長者恩師都是重要的力量，支持我在語文教育的領域裡耕耘與前行，其中在東大語教所裡與洪文瓊老師結緣成為師生，更是生命歷程中彌足珍貴的里程碑，做過大洪[1]老師的學生，才知道什麼叫做當「學生」，作老師的學生雖然辛苦但卻是值得驕傲的一件事。

二、教學現場的洪老師

畢業自淡江大學美國文學研究所的洪文瓊老師專長在兒童文學、兒童文化、書刊編輯、採訪寫作、詞典學，來到國立臺東大學前任職

---

[1] 洪文瓊、洪文珍兩兄弟皆任教於臺東大學語教所，姓氏前加上大小純為區隔兩位洪老師。

於電腦公司、出版社與報社，曾主編過與《國語日報》齊名的《兒童
日報》，在東大教授兒童文學、國語文教學、書刊編輯學、多媒體語文
教材設計、教材選編、思維與寫作……等課程都是學生心目中辛苦卻
收穫滿囊的學分。

　　老師上課最在意學生的學習所得與收穫，就像企業界講求績效般
要求學生自我檢驗以求對自己負責，第一堂上課，他總是習慣這樣「醜
話說在前面」，他要求我們花時間思索：

　　「此門課讓自己學到什麼？」

　　「期待什麼？」

　　「心得又是什麼？」

　　他還要求每次能夠以兩三百字簡要記錄一下，期末再交一個總體
的報告作為該門課的報告。

　　而這些是不包含在課程內容的各樣作業之中的個人報告，所以上
老師的課「作業多」是第一件要承受的任務。

　　「態度嚴格」則是第二道要修習的功課，老師不苟言笑，對於上
課主題嚴肅而認真，上課實況諸多片段相信都是學生心目中的經典
鏡頭。

　　學生們通常都是怎樣形容大洪老師的？可由年輕的學弟妹們在部
落格留言窺見一般：

　　「洪老師和他弟弟洪文珍老師

　　可說是語教系上兩大殺手級的人物

　　『殺手級』的稱號，是由於修這兩位老師的課程都很吃力

　　不但不能遲到，也別想早退（能準時下課就要謝天謝地了）

　　不能翹課（翹課幾乎可說是死當的）

　　作業多，對作業的要求又高，有時還有期中、期末考……

　　選修他們的課程，腦細胞會死很多的（引自 http://tw.myblog.yahoo.
com/jw!jZ_hQMWTHBZJnEw6VwYm0R6.jg--/article?mid=71）

「洪文瓊老師的課一開始就是那麼嚴肅，我很習慣他那麼嚴肅，他銳利的眼神掃過來掃過去……」（引自 http://www.wretch.cc/blog/CawaiPics/16747279）

甚至有學生形容上洪文瓊老師的課是「生命的挑戰」（引自 http://www.wretch.cc/blog/dorothy0702/9868373）

「民主開放」則是老師教學的第三個特色。面對不同學生，不同課程，老師的作法也諸多調整與配合，筆者修習的語碩暑期班，由於進修者多為在職身分，他最強調溝通與討論，試圖將課堂中的理論與我們現場實務作對話與交流。

「老師上課時，常常示範各種教學法，最令我印象深刻的是討論法，他總是讓學生報告，先鼓勵同學提問，報告者答辯，老師再提問，報告者再答辯。過去我們習慣於講授法的課堂，討論的方式對我們而言是新的學習。練習提問和答辯，老師也會示範提問，最後大家不必一定要達成共識。老師的課堂最民主最開放，能容納不同的聲音，接受多元的思考方式。」（孟嫻）

老師的適時回饋總是將課堂討論推到高點，例如談到教科書中的圖文關係，洪老師的回饋針針見血，帶領我們一起進入另一層面的思考：

（一）教科書插圖融入語文教學的教學重點是什麼？

（二）設計出來的圖文教學活動能幫助學生對文章的理解嗎？還是美術課的延伸？

（三）真實照片真的可以幫助理解文意嗎？手繪圖如果畫得好，難道不能幫助理解嗎？（作者筆記）

諸如此類的對話與探討不斷的出現在老師的課堂。

做人道理也是老師不著痕跡的教誨，學生製作報告分攤功課難免秤斤論兩錙銖必較，老師也會適時點醒我們：

「不計較，才會長大」猶如醍醐灌頂一般，提醒自己多付出就是多學習、多得到。小組中每個人有每個人的專長與經驗，我們丟出去一些，獲得的卻是大家無私的分享，教然後知不足，學然後獲得更多，有緣相聚東大語教所，是多麼需要珍惜啊！（美慧）

指導「語文工具書與參考書選編研究」這門課，談到參考工具書的編輯，同學的報告反映了老師對學生報告回饋的另一種直接：

「所有小組報告完畢，老師把時間留給大家，也對我們的報告提出一些意見，對於老師的那句話，大家真是笑翻了：與世界接軌，我看是接『鬼』。顯見老師對整個教育的期許很大，相對的也讓自己很受傷。老師生氣圖書館界的偷懶、出版界的不負責，憂國憂民的使命感，不得不讓人佩服。」（麗娜）

學生學習態度不佳，老師不假辭色，直言無諱：「最後老師好像對於大家今年的狀況都不是很滿意，覺得同學的心思已不在課堂上，對於發表、釐清自己觀念的機會都已興趣缺缺，有寶也不知道要挖。」（麗娜）

老師治學嚴謹認真不是要求我們而已，「以『圖畫書』為例，老師就情商曾興廣老師和藍孟祥老師來協同教學，不但課前討論，還課後檢討，隨時調整教學設計。暑碩班三屆，都上了圖畫書的課，三個班的課程安排都不相同，是三位老師不斷的設計、檢討、調整的結果。」

「他和藍孟祥老師、洪文珍老師帶著學生每週進行語文研討會，針對國語課本和圖畫書兩個議題進行討論，參與的人員專長、背景、任教的地點不同，分別在所上和線上（以視訊方式）進行討論。我們可以從討論中，聽到不同的想法，接收到其他老師的經驗。今年暑假，老師還把過去研討會的會議記錄集結成書，提供未參與研討的老師們思考的方向。研討會中，他是最好的主持人，尊重多元觀點，總是能引導大家發言。過去我認為畢業必定和學習脫鉤，現在，因為有研討會，教學有問題的話，老師和學姐們總會在網路上提供最多的建議，

我們偶爾還要交作業，提供討論的內容。老師的一切努力，也讓我們能精進語文教學的能力。」（孟嫻）

　　精進、奉獻、提攜後進正是老師課堂教學、課後身教給學生最好的典範。

三、研究指導

　　指導研究生時的洪教授，在研究生眼中呈現了一般課堂教學之外另一種風範。

　　孟嫻這樣描述：「老師不只一次的告訴我們，寫論文之前應該要想清楚自己到底要研究什麼，把前三章的架構都構思好之後，再執行計畫，千萬不要還沒想清楚，就去執行，因為執行的過程中，研究者會不知道應該要觀察什麼，如果從結果逆推，再去修改計畫，是違反研究倫理的，『研究倫理』是老師希望我們一定要遵守的。」

　　「老師希望我們在學習的過程中，能夠投入，不躁進，一步一腳印的把論文完成。在論文指導得過程中，從無到有，陪伴我們摸索和學習。雖然我們的進度較慢，摸索的過程較長，但是在完成論文的時候，獲得很多的成就感。這樣的過程，最辛苦的就是老師了，我們雖然苦思不得解脫而感到懊惱和挫折，老師卻得用一種過來人的心情，有耐性的提問和引導我們思考，幫助我們具體化研究的內容，往往meeting 了一整年，提示的內容都是一樣的，老師犧牲這麼多的時間和精神陪我們，就是希望我們能夠提升能力，令我們十分感動」反映了老師帶領研究生撰寫論文過程，對研究倫理與學習態度的重視。」

　　指導淑瑜時，老師一再退回修改雖令她苦惱，但她提及：「老師總以提問讓學生自行發現自己原先設想的漏洞，特別注重讓學生自己去發現問題的解決之道，重視學生到底有沒有學到東西。過程中，雖然

跌跌撞撞難免辛苦，但最後的果實卻是甜美的。」從她的結論看出被要求的辛苦她已了然於心。

　　但最叫研究生「小孩」們銘感於心的莫過於以下片段了：

　　「在論文指導的過程中，我們和老師 meeting，他總是配合我們的時間。因為我家住在澎湖，還有同學住在高雄，學妹住在臺中，他總是配合我們的時間，回到高雄等我們 meeting，我們會約在星期六早上，在老師路竹的老家，他會買好水果和茶點，泡好茶，把桌椅準備好等我們。討論時間很長，往往從早上討論到下午四、五點。好幾次老師討論後，就馬上趕火車回臺東繼續工作。他辛苦地來回奔波，是為了幫助學生學習，他的敬業精神，正是我們學習的目標。」（孟嫻）

　　「私下的文瓊老師是相當關心學生的家庭與身體健康狀況的。不論是了解澎湖姊妹缺席南區讀書會的真實原因，或我因肺炎住院而中斷研究，或在提論文口考前夕，家母因癌症住院開刀，我所承受的煎熬，文瓊老師都相當理解我們的難處。」（淑瑜）

　　來自研究生的回顧，讓我們看到老師體貼細膩的柔情面，誰說鐵漢不柔情？

　　淑瑜提供一則佚事片段：「花了一年多，突然發現『迷你課程』原來是可以多麼迷你，於是在進文瓊師位於地下室研究室前的樓梯口，興奮的告訴文瓊師我的發現時，眼眶泛著淚水，笑稱自己的痴與傻。」

　　看完以上種種，和老師相處的時光堪稱「血」、「淚」交織也不為過吧！

四、結語

　　勾勒老師的剪影，這一幕畫面相信大家都不陌生：

　　「老師總是很嚴肅，老師給人不一樣的感覺，尤其，那抱在胸前的雙手，閉眼沉思的悶笑，多了一種父親的慈祥。」

老師的學生們，其實有好多話想告訴老師。

在這般言行舉止處處可為典範的老師面前，自我檢討起來難免這種結論：「曾經，大家的學習氣氛這麼好，發言討論都這麼帶勁，卻因為論文壓力而無法投入學習，最後一堂課看著老師帶著失望的背影離去，害我也悵然若失，讓我很想告訴老師：『老師，對不起。』」

研究生淑瑜在論文謝誌中，提到「感謝指導教授洪文瓊老師，老師以嚴謹的態度，耐心指導我，讓我體會為人師者的風範，就算對研究內容有意見相左的部分，老師也相當尊重我所堅持的部分，沒有洪老師的指導與協助，這本論文無法順利完成。」

美慧則是在期末報告這樣表述老師對他的影響：「老師這麼一個認真、盡責的教師，不會讓自己的學習停頓、中斷，『活到老，學到老』終身學習的精神，應該是每個教師努力的目標，也應該以『學習，永無止境』來勉勵自己啊！」

這以上種種只是文瓊老師執教東大近些年來簡短的側寫，更多形象無法以文字表達形容，欣逢老師榮退在即，邀請語教學子一起談談心目中的洪老師，一方面表達對恩師的敬重與感恩，一方面對於老師即將卸下教職重擔，更能全心投入心中念念不忘的相關志業獻上賀忱與祝福！

洪文瓊對童書出版究竟了解多少

周慶華

臺東大學語文教育研究所

在兒童文學界，有兩個人特別活躍：一個是林文寶；一個是洪文瓊。林文寶善於掌握整體兒童文學的生態；洪文瓊則精於追蹤兒童文學出版的走向，兩人各領風騷一方，卻很少對話。我因跟他們都共事過，且現在又緣於主持所務策畫此次兼祝賀洪文瓊即將榮退的「閱讀與寫作教學的新趨勢學術研討會」，所以依便就先來談談洪文瓊的見解部分。

洪文瓊的經歷，除了教學和研究，最多的是他長年持續不輟的對童書市場的關注。他所出版的《臺灣兒童文學史》、《兒童文學見思集》、《兒童圖書的推廣與應用》、《電子童書小論叢》和《臺灣圖畫書發展史──出版觀點的解析》等書，或多或少都在談童書出版的問題；尤其《臺灣圖畫書發展史──出版觀點的解析》一書，是他的副教授升等著作，對於臺灣圖畫書出版的考察用力特勤。然而，就在他所自詡的這類研究觀點在臺灣不作第二人想的時刻（他在後書第一章第二節「相關文獻檢視」中多有不滿一些零星研究的言論），我們是不是也該試著檢視一下他的「出版觀點」是否可靠？

大致上，臺灣童書出版量有多大以及有那些出版方式和行銷策略等，都已經是「俱在的事實」而可以考得幾分；但有關這當中的「風尚變遷」及其「讀者迎拒」情況的解釋，卻不是那麼容易可以一併解

決。好比洪文瓊慣於從經濟發展、消費人口、圖書館普及率和行銷通路等市場因素以及解嚴開放、本土化政策和教育改革政策等政經社會因素來解釋臺灣童書（特別是圖畫書）的發展，卻無能為力於透視二十世紀九〇年代原在圖畫書有相當出版量的幾家出版社如華一、智茂、新學友、光復、和圖文等被淘汰出局的原因。這難道不是讀者喜新厭舊的「心理因素」和後現代多元審美觀的「價值意識」在左右出版社的出版走向麼（出版社「因應」不及，自然會敗下陣來）！因此，光上述那些市場因素和政經社會因素等，豈是足夠藉來窺探這種高度不穩定的文化波動現象？

還有洪文瓊在考察童書本身所涉及的層面，包括出版者、出版行銷和編／寫／畫／研究等等，都有嚴加批判它們的缺漏和不足處。殊不知這全是仿效別人的結果（而跟國人爭不爭氣無關）！換句話說，只要不是自我環境所逼創出來的，都一定會帶有仿效不及而嫌「小人一號」或「旁門走道」的弊病。而這一點，洪文瓊幾乎不曾著墨（只一逕「恨鐵不成鋼」的寄望國人「迎頭趕上」），所論當然難以「切中肯綮」！

此外，洪文瓊還喜歡依「階段」觀察臺灣童書的變遷，並揀選一些「重大事件」作為跨階段或推動進程的指標。這種「進化論」觀點和內外「鼓舞條件」說，幾乎都沒有作者、作品和讀者「參與其中」（不論是發言還是評價或是串聯運作，一概未見）；如此「片面」考察的結果，就是回饋「無門」。也就是說，臺灣童書的階段「變化」和重大事件的「開新」論斷，是要有作者／作品／讀者等廣為「實質感應」或「具體迴響」來支撐的；否則就會「徒託空言」而語後「無所旨歸」。再說有沒有那「幾個階段」和「重大事件」的出現，兒童文學界還是會「自尋出路」而可能另有「一番風景」；倒是它們既然已經發生了，那麼我們還有什麼雅興期待「異軍再起」？

後者是說，當那些階段變化和重大事件都既成事實了，那麼我們還能夠重新盼望它們「再發生一次」嗎？或者以它們為借鏡而另外製造新奇？顯然是無緣這麼做的！因為早已時過境遷，同樣的事件不可

能重複一次；而未發生的事件也無從寄望它要如何成形。這樣掌握那些階段變化或舉出什麼重大事件，也就「前景不明」而失去了掛搭，終究不知道它的「特殊作用」在那裡。

這不能因為洪文瓊已經先自我宣稱「志在出版考察」而尚無心於作者／作品／讀者的了解，就可以輕易的「放行」。畢竟這是他的「史觀」！這種史觀還是得有充分的史識和史才來包裝；不然一切對他人「缺乏史觀」的指控，就會回過頭來威脅自己論述的正當性。換句話說，他人固然史觀不正確，但當自己的史觀有嚴重的缺角時，又如何能夠批評他人所論不及格？

其實，所謂的史觀，並不在它有什麼客觀性或絕對性，而在它是否能為「權力意志」服務。洪文瓊自己並不是沒有意識到這一點（比如他老愛提「前人種樹，後人乘涼」一類的話），但他所能藉為影響／支配他人的史觀卻是「少了骨肉」；這自然不易引發他人的「同情共感」，更別說想進他的樹蔭納涼了。也許在某些對出版環境陌生的人來說，洪文瓊的考鏡耙梳臺灣童書的出版走向會有吸引他們的魅力，但對我這樣一個出版四十幾本書且合作的出版社超過十家（還不包括被退稿的更多出版社）的「半老」的資歷的人來說，他的出版經驗談就少掉許多我所知道的面向而無法激起我的共鳴。

不過，洪文瓊的出版史觀在相對上還是有他人「少能」而他「多能」的典範意義。雖然他的追趕西方人作風的一些論調「過分的樂觀」（因為背後各有文化制約，很難學得來。而這只要看看迪士尼卡通影片的「動態」繁複感和我們自製卡通影片的「平板」簡易化，連及我們國人仿作圖畫書上那些圖畫無法像西方人所畫的那樣全然「立體」起來，就可以想見其他諸如圖繪技巧、文本構設和審美觀念等層面難能跟人家共量的窘境），但他一貫的從出版環境來宏觀臺灣童書的興衰，還是給大家開了一扇不小的窗口。至於他所不及的地方，有心人去加以填補，並且別為尋找真能可以跟人家競勝的出路，那又是我們所衷心許願的。

附　錄

閱讀與寫作教學的新趨勢
學術研討會稿約

一、緣起

　　本所向來以結合現代語言教學的理論與實務、發展多媒體語文教學、培育專業語文教育人才、提供在職教師語文教育進修、開拓未來語文教育產業等為發展重點，已經累積不少成果，今仍不懈努力配合舉辦學術研討會，再求深化，以探討閱讀與寫作教學的新趨勢課題。因正逢本所洪文瓊教授即將榮退，特以此兼為祝賀。洪教授著述宏富，語文教育專業為學界所共仰，且對本所的教學、服務貢獻良多，期盼此次學術研討會可以藉為輝映他的成就及聊慰他的劬勞。

二、主題

閱讀與寫作教學的新趨勢學術研討會

三、子題

(一) 閱讀教學的新趨勢。
(二) 寫作教學的新趨勢。
(三) 洪文瓊教授的學術貢獻。
(四)座談會：洪文瓊教授的學思特色。

四、主辦

臺東大學語文教育研究所

五、時間

2009 年 12 月 4 日（星期五）

六、地點

臺東大學臺東校區教學大樓 5 樓視聽教室 A

七、論文、座談會引言邀稿截止日期

2009 年 10 月 4 日（為出版會前論文集）

八、論文字數

10000～20000 字

九、座談會引言稿

3000～5000 字

十、論文格式

請依一般學術論文撰寫格式。

十一、論文、座談會引言定稿請以 e-mail 寄送

十二、聯絡資訊

(一) 聯絡人：周玉蘭助理
(二) 電話：089-318855 轉 4701
(三) 傳真：089-348244
(四) e-mail：yulan@nttu.edu.tw
(五) 地址：950 臺東市中華路一段 684 號臺東大學語文教育研究所

閱讀與寫作教學的新趨勢
學術研討會議程表

一、時間：98 年 12 月 4 日（星期五）

二、地點：臺東大學臺東校區教學大樓 5 樓視聽教室 A

時間	活動內容
8:00~8:40	報到
8:40~9:00	開幕典禮　蔡典謨校長致詞、梁忠銘副校長暨師範學院院長致詞
9:00~10:00	第一場　論文發表 主持人：謝元富院長　臺東大學人文學院 發表人：陳光明教授　臺南大學國語文學系 　　　　現代語文教學的開拓者──洪文瓊老師 　　　　周慶華所長　臺東大學語文教育研究所 　　　　出版透視與高空鳥瞰──洪文瓊臺灣兒童文學史的書寫典範
10:00~10:30	茶敘
10:30~12:00	第二場　論文發表 主持人：陳光明教授　臺南大學國語文學系 發表人：嚴秀萍老師　臺中縣沙鹿國小 　　　　童話閱讀教學的新嘗試──一個有關反動思維的發掘 　　　　許峰銘老師　屏東縣海濱國小 　　　　童詩教學的新趨勢：一個以圖像為引導的新模式 　　　　曾麗珍老師　臺北市延平國小 　　　　從圖像閱讀到文字閱讀教學的新趨勢──一個新橋樑書的觀念與願景

12:00~13:00	午餐
13:00~15:00	第三場　論文發表 主持人：杜明城教授　臺東大學兒童文學研究所 發表人：鍾屏蘭教授　屏東教育大學中國語文學系 限制式寫作在國小作文教學之應用 簡光明教授　屏東教育大學中國語文學系 文學經典與電影的對讀——以「文學與電影」課程 為例 陳界華教授　中興大學外國語文學系 教授生態小文本初機：試擬一個人類學教程——尋 求一個生活世界的文類的基本概念 ABC of Getting Initiated unto the Eco-Pettit Texte: Notes Toward an Anthropo-Curriculum 蔡瑞霖教授　義守大學大眾傳播學系 琅琅兮年華：單子群聚與遊牧式傳習 The Reads in Aging: The Aggregation of Monads and Nomadic Tuition
15:00~15:30	茶敘
15:30~17:00	第四場　座談：洪文瓊教授的學思特色 主持人：林文寶教授　臺東大學兒童文學研究所榮譽教授 引言人：林文寶教授　臺東大學兒童文學研究所榮譽教授 洪文瓊老師與我 黃靜惠老師　屏東縣長樂國小 鐵漢教授好典範——談恩師洪文瓊教授 周慶華所長　臺東大學語文教育研究所 洪文瓊對童書出版究竟了解多少
17:00~17:10	閉幕典禮　周慶華所長

主持人五分鐘，發表人二十分鐘，引言人二十分鐘。

（部分文章未能及時交稿，沒收在本書）

國家圖書館出版品預行編目

閱讀與寫作教學的新趨勢 / 周慶華主編.-- 一
版. -- 臺東市 ：臺東大學出版；臺北市
秀威資訊科技發行, 2009.12
　　面； 　公分. -- (社會科學類；ZF0019)
(東大語文教育叢書；2)
BOD 版
ISBN 978-986-02-0815-3(平裝)

1. 語文教學　2. 閱讀指導　3. 寫作法　4. 文
集
800.3　　　　　　　　　　　98021414

社會科學類　ZF0019

東大語文教育叢書②
閱讀與寫作教學的新趨勢

主　　編 / 周慶華
執行編輯 / 詹靚秋
圖文排版 / 鄭維心
封面設計 / 陳佩蓉
數位轉譯 / 徐真玉　沈裕閔
圖書銷售 / 林怡君
法律顧問 / 毛國樑　律師
出 版 者 / 國立台東大學
　　　　　臺東市西康路二段 369 號
　　　　　電話：089-355752
　　　　　http://dpts.nttu.tw.gile
　　　　　E-mail：service@showwe.com.tw
印製經銷 / 秀威資訊科技股份有限公司
　　　　　台北市內湖區瑞光路 583 巷 25 號 1 樓
　　　　　電話：02-2657-9211　　　　傳真：02-2657-9106
　　　　　E-mail：service@showwe.com.tw
經 銷 商 / 紅螞蟻圖書有限公司
　　　　　台北市內湖區舊宗路二段 121 巷 28、32 號 4 樓
　　　　　電話：02-2795-3656　　　　傳真：02-2795-4100
　　　　　http://www.e-redant.com

2009 年 12 月 BOD 一版
定價：300 元